Die Finsterwelt
Gremlins
Hexen vom Nichts
Wahrheits-forelle
Finster-schmiede
Höhle der Hydra
BD-Friedhof
Innenkreis

Dean Lorey

Monsterjäger-Akademie

Die Höhle des Slagguron

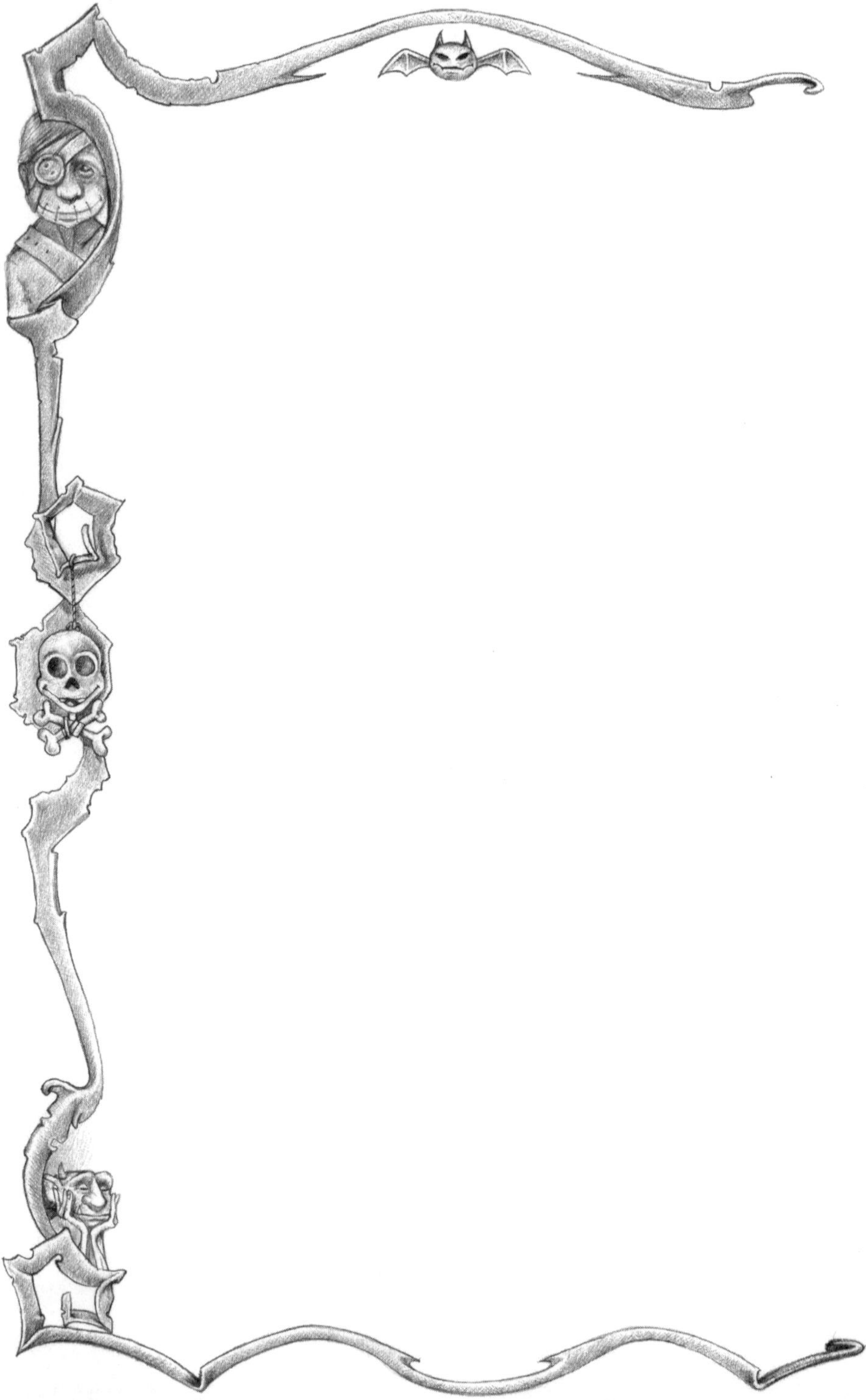

Dean Lorey

MONSTERJÄGER AKADEMIE

Zweiter von drei Bänden

Die Höhle des Slagguron

Aus dem Englischen von
Katharina Orgaß und Gerald Jung

Ravensburger Buchverlag

Bibliografische Information Der Deutschen Nationalbibliothek

Die Deutsche Nationalbibliothek verzeichnet diese Publikation in der Deutschen Nationalbibliografie; detaillierte bibliografische Daten sind im Internet über *http://dnb.d-nb.de* abrufbar.

1 2 3 4 5 13 12 11 10 09

Die Originalausgabe erschien 2008
unter dem Titel „Nightmare Academy, Book Two: Monster Madness“
bei HarperCollins Children's Books,
a division of HarperCollins Publishers,
1350 Avenue of the Americas, New York, NY 10019

Umschlag- und Innenillustrationen: Helmut Dohle
Lektorat: Franziska Jaekel

Printed in Germany

ISBN 978-3-473-34748-3

www.ravensburger.de

Für meine Eltern, Craig und Marilyn.
Man kann sich seine Eltern nicht aussuchen …
Also habe ich wahrscheinlich einfach Glück gehabt.
Ich liebe euch beide.

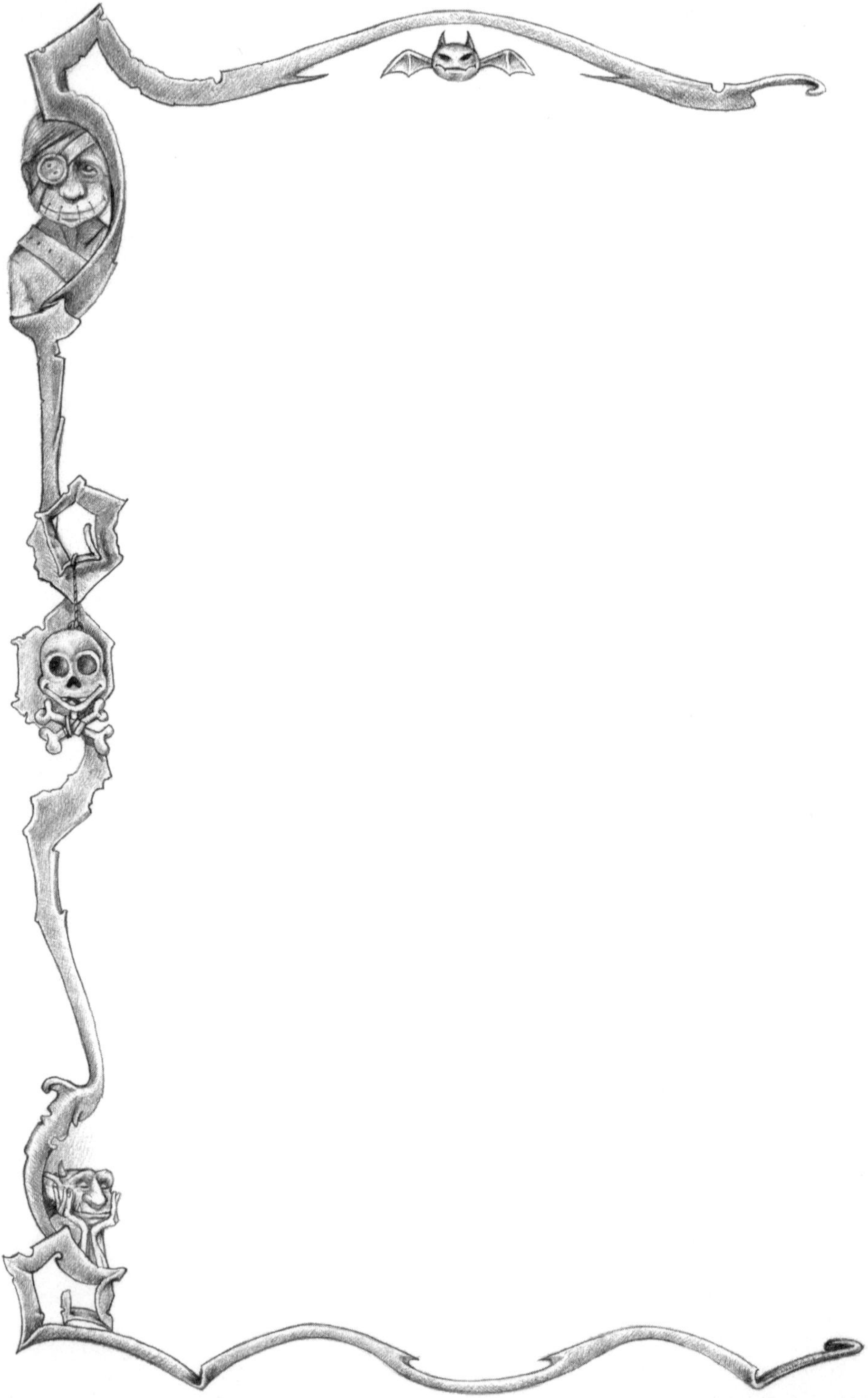

Inhalt

Erster Teil
Flucht aus der Finsterwelt

Zweiter Teil
Der Wächter

Erster Teil

Flucht aus der Finsterwelt

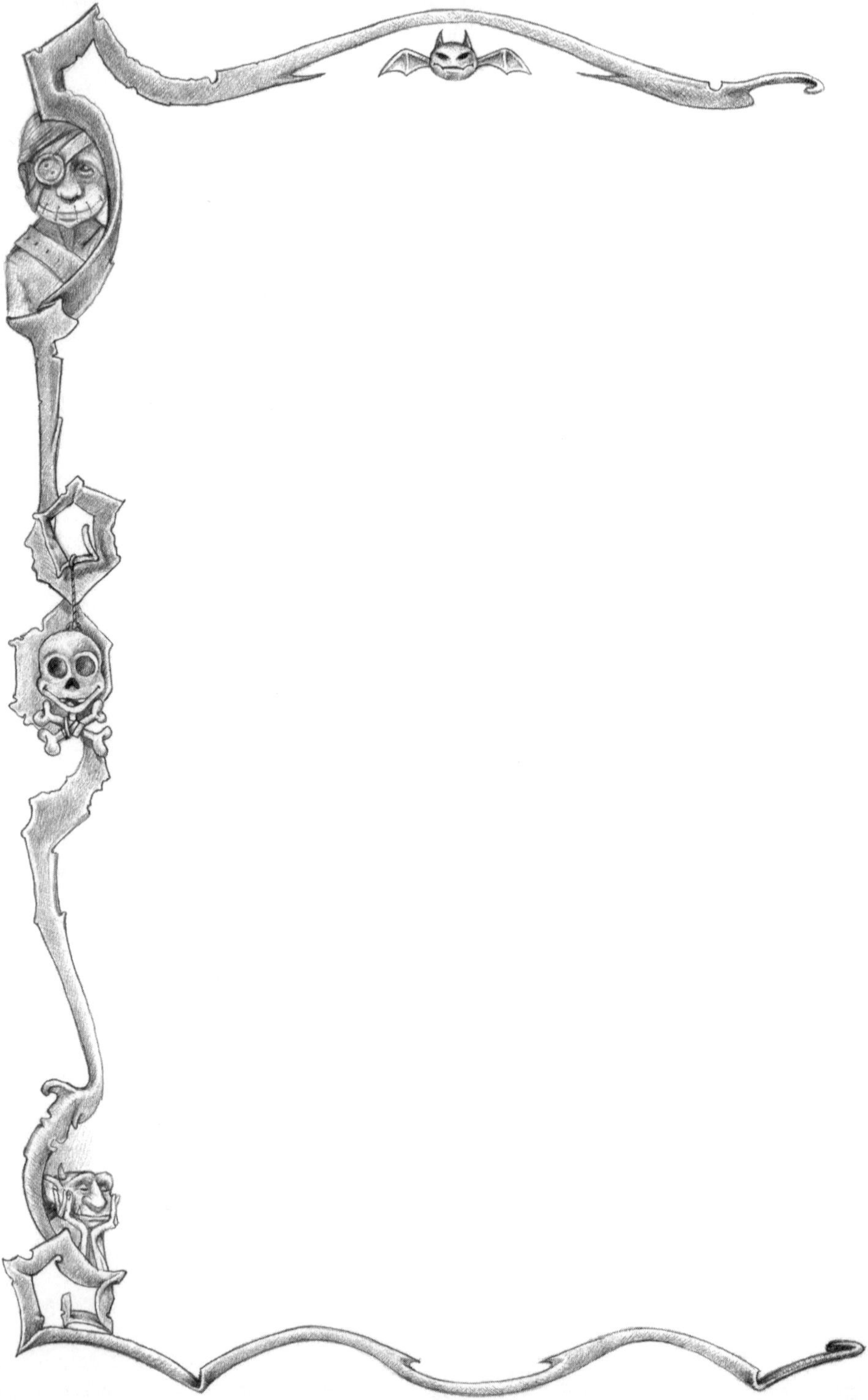

1. Kapitel

Doras Finsterling

Abschlussprüfungen enden für gewöhnlich nicht tödlich. Aber Charlie Benjamin war kein gewöhnlicher Junge, und auch die Abschlussprüfung, die er und seine Freunde ablegen sollten, war keine gewöhnliche Prüfung.

„Nehmt euch in Acht, ihr Monster!", rief Theodor, der gemeinsam mit Charlie und Violet ihre Ausrüstung auf dem Deck des Piratenschiffs hoch oben in der Albtraumakademie zusammentrug. „Wenn wir die Prüfung erst mal hinter uns haben, sind wir keine Neulinge mehr!"

Während der sechs Monate ihrer Ausbildung war ihnen der riesige Feigenbaum, der die Akademie auf seinen mächtigen Ästen trug, zur zweiten Heimat geworden. Charlie kannte jede verwitterte Planke in jedem Bootswrack, das sich dort eingenistet hatte. Die Ausbildung selbst war kein Zuckerschlecken gewesen. Die Bisse und Kratzer, die er von den Einser-Monstern in *Bezwingen für Anfänger* abbekommen hatte, zählte er schon lange nicht mehr. Und auch das ständige Heraufbeschwören der eigenen dunkelsten Ängste, um in *Portalieren für Anfänger* Portale aufzutun, war nicht gerade ein Kinderspiel.

Aber letztendlich spielte das alles keine Rolle.

Jedes schlimme Erlebnis wurde von drei tollen aufgewogen: im warmen klaren Meer mit Violet und Theodor schwimmen gehen, Versteckspielen im verrückten Labyrinth der Laufgänge und Verbindungsstege der Akademie oder so viele wilde Pflaumen verputzen, dass einem der süße, lilafarbene Saft übers Gesicht lief.

Es war einfach paradiesisch gewesen … und alles hatte auf diesen einen Tag hingeführt.

„Die Abschlussprüfung ist doch Kinderkram!", rief Theodor. „Immer her mit den Monstern, dann zeige ich euch, was ein richtiger ‚Kammerjäger' ist! Ich bin eine wandelnde Dose Insektenvertilgungsmittel!"

„Zumindest bist du so groß und dünn wie eine", sagte Violet und lachte.

„Und genauso tödlich", erwiderte Theodor. „Ich bin Insektenvertilgungsmittel Marke ‚extrastark': nicht ins Gesicht halten, nicht auf offene Flammen richten, nach Gebrauch unbedingt Hände waschen!"

„Ich bin nur froh, dass es endlich so weit ist." Charlie grinste. „Es kommt mir vor, als seien wir schon ewig NLs."

„Ist doch auch so!" Theodor sah aus, als bereitete ihm allein der Gedanke daran körperliche Schmerzen. „Mal ehrlich! Wir hätten doch schon vor Urzeiten zu FGs befördert werden müssen! Wer hat denn deine Mom und deinen Dad aus der Höhle von Barakkas und Verminion befreit?"

„Wir."

„Aber hallo! Und das gleich an unserem zweiten Tag in der Akademie! Wir sind das A-Team! Die mobile Finster-Eingreiftruppe! Die Monsterklatscher!"

„Ist ja gut, reg dich wieder ab." Jetzt musste auch Charlie lachen. „Heute Abend kriegen wir garantiert jede Menge Gelegenheit, unser Können unter Beweis zu stellen, nur keine Bange."

„Das kannst du laut sagen! Und ich sag dir eins: Ich bin hundertprozentig ZAUB!"

„Zu allen Untaten bereit?", fragte Violet.

„Quatsch!" Theodor konnte es nicht ausstehen, wenn jemand seine Abkürzungen erriet, bevor er sie erklärte. „ZAUB steht für …" Er schien nach einer Antwort zu suchen. Dann blitzten seine Augen. „Zäh, angstfrei und beharrlich!"

„Das hast du dir doch gerade erst ausgedacht!"

Ehe Theodor antworten konnte, tat sich direkt neben ihnen ein flammendes, blaurotes Portal auf, aus dem Rex, Tabitha und Pinch gestiegen kamen.

„Howdy, meine eifrigen kleinen NLs", sagte Rex in seinem zerkauten Texas-Slang. Ein breites Grinsen zog sich über sein gebräuntes Gesicht. Wie üblich trug er ausgeblichene Jeans, abgetragene Stiefel und einen steifen Cowboyhut. An seiner Hüfte hing ein lose aufgerolltes Lasso, daneben ein schimmerndes kurzes Schwert. „Auf geht's zum großen Abschlussball! Seid ihr so weit?"

„So weit ist gar kein Ausdruck", antwortete Charlie. „Wir können's kaum erwarten."

„Dann bringen wir's hinter uns. Wie sagte mein Daddy immer? Durchfallen gilt nicht."

„Wir machen diese Abschlussprüfung platt!", krähte Theodor. „Wir hauen sie in die Tonne! Treten ihr in den …"

„Dummes Gewäsch", unterbrach ihn Pinch und schüttelte den Kopf. „Diese ganze Prahlerei ist einfach nur dummes Gewäsch."

„Es spricht nichts gegen ein bisschen Selbstvertrauen, Pinch", sagte Tabitha. Ihre grünen Augen funkelten wie die Juwelen, die ihr kurzes rotes Haar schmückten. „Du bist auch mal so ungeduldig gewesen. Schon vergessen?"

„Ich geb mir Mühe", erwiderte Pinch grinsend. „Am besten, wir fangen einfach an. Je eher daran, je eher davon. Und mir wäre es lieber, ich müsste nicht den ganzen Abend damit vertrödeln, aus diesen NLs endlich FGs zu machen – falls sie es denn wirklich schaffen."

„Wir schaffen das", sagte Violet. „Durchfallen gilt nicht."

„Wo habe ich *das* schon mal gehört …?", brummte Pinch.

„Keine Ahnung", mischte sich Rex ein. „Aber wer das

gesagt hat, muss ein kluges Kerlchen gewesen sein. Und sehr gut aussehend. Und gerissen. Und …"

Tabitha legte den Finger auf die Lippen und brachte ihn damit zum Schweigen. „Wollen wir nicht langsam mal die Monster holen?"

Mit einer kurzen Handbewegung tat sie ein Portal in die Finsterwelt auf.

Das Erste, was Charlie wahrnahm, als er wieder die Erde betrat, war der Modergeruch. Er stammte vom trüben Wasser eines mit Blättern übersäten Schwimmbeckens in einem Innenhof zwischen mehreren kleinen, ziemlich heruntergekommenen Bungalows. Viele Fenster waren mit Holzbrettern vernagelt und die Häuser sahen so unbenutzt aus wie das kaputte Dreirad, das umgekippt im struppigen Gras lag. Der von Wolken bedeckte Mond spendete nur spärlich Licht.

„Wir suchen Bungalow C", sagte Pinch und spähte in die Dunkelheit. „Ah, dort drüben ist er ja …"

Er zeigte auf ein verwittertes grünes Gebäude. Die gelbe Lampe an der Wand gleich neben der Haustür flackerte unregelmäßig.

„Sieht ein bisschen unheimlich aus", sagte Violet.

„Ach was!", erwiderte Theodor. „Das liegt nur daran, dass es voller Ungeheuer ist. Hallo?"

„Darf ich ihn hauen?", fragte Violet.

Charlie schüttelte den Kopf. „Er ist zu schwächlich. Womöglich machst du ihn noch kaputt."

„Schwächlich?", brauste Theodor auf. „Hast du gerade einen Hirnkrampf gehabt oder hast du wirklich gesagt, das *Mädchen* macht mich womöglich kaputt? Denn das ist ja echt so was von ..."

„Können wir weitermachen oder nicht?", unterbrach ihn Pinch und verdrehte genervt die Augen. „Dieser Bungalow ist euer Einsatzort und das hier ist eure Panikhupe." Er überreichte Theodor eine rote Druckluftfanfare, die wie eine Dose Sprühfarbe mit einem Trichter obendrauf aussah. „Wenn ihr auf den Knopf drückt, kommen wir euch sofort zu Hilfe, aber vergesst nicht ..."

Theodor drückte auf den Knopf.

Die Fanfare trötete so laut, dass Charlie einen Satz nach hinten machte und Violet aus Versehen den Ellbogen ins Gesicht rammte. „Au!", jaulte sie.

„Tut mir leid."

„Mach das *nie* wieder!", fuhr Pinch Theodor an. Er hielt eine Hand auf die Brust gedrückt, ringsum in der Nachbarschaft bellten sämtliche Hunde. „Das Ding darf nur im äußersten Notfall benutzt werden."

„No problemo", sagte Theodor. „Ich wollte es nur mal ausprobieren. Muss ja wissen, ob es funktioniert. Wer auch nur ein bisschen Ahnung hat, nimmt die ÜDA-Regel sehr ernst. *Überprüfe deine Ausrüstung.* Das ist Regel Numero uno, und das wiederum heißt im Spanischen so viel wie …"

„Ich weiß, was das heißt!", knurrte Pinch gereizt. Er machte die Augen zu und strich sich den Bart, um sich ein bisschen zu beruhigen, bevor er weiterredete. „Denkt unbedingt daran, dass ihr die Panikhupe nur im äußersten Notfall benutzen dürft. Wenn ihr uns zwingt, bei eurer Abschlussprüfung einzugreifen, seid ihr durchgefallen. Wenn ihr die Prüfung bestehen wollt, müsst ihr auf *eines* stets gefasst sein. Und das wäre …"

„Ein Schwein im Ballettröckchen?", fragte Rex.

„Unsinn." Pinch warf ihm einen finsteren Blick zu. „Kein ‚Schwein im Ballettröckchen'. Erwartet stets …"

„Einen jonglierenden Otter?"

„Nein! *Das Unerwartete!*", brüllte Pinch.

„Hmm. Interessant. Das hätte ich jetzt nicht erwartet." Rex zwinkerte Charlie vergnügt zu, und Charlie musste sich schwer zusammenreißen, um nicht laut loszuprusten.

Tabitha schüttelte den Kopf. Allmählich wurde sie sauer. „Würdet ihr vielleicht mit dem Quatsch aufhören, damit die Kinder endlich ihre Prüfung ablegen können?"

„Findet ihr sie auch so süß, wenn sie sich aufregt?", fragte Rex grinsend. „Dann bläst sie ihre kleinen Hamsterbacken richtig doll auf und kriegt so ein hübsches Fältchen über der Nase."

„Hamsterbacken?!"

„Oooha! Seht ihr, wie sie sich jetzt wieder verstellt? Diesen Ausdruck nenne ich immer ihr Ich-bin-in-Rex-verknallt-lasse-mir-aber-nichts-anmerken-Gesicht.“

Tabitha fiel die Kinnlade herunter. Dann drehte sie sich so würdevoll zu den Prüflingen um, wie es ihr unter diesen Umständen möglich war. „Eure Abschlussprüfung fängt jetzt an. Ein ängstliches kleines Mädchen namens Dora hat bei einem seiner Albträume mehrere Monster in unsere Welt portaliert. Dora und ihr Vater haben nicht die geringste Ahnung, was da vor sich geht. Ihr Bungalow ist verseucht, das heißt, ihr müsst da irgendwie reinkommen, die Monster ausfindig machen und sie euch vom Hals schaffen. Ihr habt eine Stunde Zeit.“

„Ene mene miste, es rappelt in der Kiste, ene mene meck, das Monster liegt im Dreck“, erwiderte Theodor. Zu Charlie sagte er: „Stimmt's oder hab ich Recht?“

„Ich kapier zwar nicht, was du mir damit sagen willst, aber ich würde Folgendes vorschlagen: Wir schleichen uns zur Rückseite des Gebäudes und schauen durchs Fenster. Du weißt schon, erst mal die Lage peilen und sehen, womit wir es zu tun haben. Danach …“

„Oder wir machen's einfach so.“

Theodor ging zur Tür und klingelte.

Rex, Tabitha und Pinch konnten sich gerade noch verstecken, ehe die Tür aufgerissen wurde. Auf der Schwelle stand ein großer kräftiger Mann mit einem Baseballschläger in den behaarten Pranken.

„Was wollt ihr?", fragte der Mann. Der Baseballschläger schimmerte stumpf im Licht der Wandlampe.

„Äh ...", antwortete Charlie verdutzt. „Also, wir, äh, wir kommen von der Albtraumakademie. Wir sollen die Portalierung von Kreaturen aus der Finsterwelt überprüfen, die vermutlich von ihrer Tochter Dora durchgeführt wurde."

„Hä?" Der Mann beugte sich vor.

„Offenbar habe ich mich nicht verständlich ausgedrückt", sagte Charlie und wich ein Stück zurück. Seine Stimme wurde merklich höher. „Ich wollte sagen, dass wir ..."

„Hör mal zu, Kumpel", unterbrach ihn Theodor und baute sich vor dem bulligen Mann auf. „Sie sind MV. Wissen Sie, was das heißt? *Monsterverseucht.* Wir sind hier, um ihnen die Biester vom Hals zu schaffen."

Der bullige Mann starrte ihn an. Dann knallte er die Tür zu.

„Na toll!", rief Charlie wütend. „Vielen Dank auch, Theodor."

„Ich kann nichts dafür. Oder hab ich vielleicht irgendwelchen Schwachsinn wie ‚ich wollte sagen, dass wir ... blablabla, rhabarberrhabarber, blablabla' gestottert?"

„Ich hatte einen Plan, und wenn du dich nicht eingemischt hättest, wären wir längst im Haus! Man geht da nicht ohne jede Vorwarnung einfach hin und klingelt."

Worauf Violet ohne jede Vorwarnung noch einmal klingelte.

„Was soll das?“, fragte Charlie verdutzt.

„Lass mich mal machen.“

Die Tür ging auf und derselbe bullige Mann mit demselben fetten Baseballschläger stand vor ihnen und funkelte sie böse an.

„Ich weiß, wie es Ihnen gerade geht“, sagte Violet beruhigend. „Sie haben Angst. In ihrer Wohnung geht etwas vor sich, was Sie nicht verstehen. Sie möchten sich und Ihre Familie schützen, aber Sie wissen nicht, wie und wovor. Deshalb haben Sie auch den Schläger in der Hand, stimmt's?“

Der Mann kniff die Augen zusammen, sagte aber nichts.

„Bei uns zu Hause war es genauso“, fuhr Violet fort. „Ich hatte andauernd grässliche Albträume und meine Eltern hörten immer wieder Schreie und dumpfes Knurren aus meinem Zimmer … furchtbar unheimliche Geräusche … aber sie wussten nicht, wo sie herkamen. Sie wussten nur, dass etwas nicht stimmte und dass ich große Probleme hatte. Eines Tages standen ein paar Fremde vor der Tür und boten uns ihre Hilfe an.“ Sie lächelte den Mann an. „Wir sind solche Leute. Und wir wollen Ihnen helfen. Ich heiße Violet.“

Sie streckte dem Mann die Hand hin. Der Mann betrachtete sie ziemlich lange.

„Ich heiße Barry", sagte er schließlich und schüttelte ihr die Hand. „Mann, bin ich froh, dass ihr gekommen seid."

Dora war acht Jahre alt.

Sie hatte ein blasses Gesicht und ihre Augen, die wie zwei Monde unter dem glatten schwarzen Haar hervorschauten, waren dunkel und verängstigt. „Wisst ihr vielleicht, was mit mir los ist?", flüsterte sie.

„Das hier ist das reinste Irrenhaus", fügte ihr Vater hinzu. „Es heult und kracht, Möbel werden zertrümmert, Teppiche zerfetzt … aber immer nur nachts."

„Wie lange geht das schon so?", erkundigte sich Charlie und sah sich in dem nur schwach erleuchteten Haus um. An den Wänden hing eine Tapete mit Obstmotiven, die früher einmal fröhlich gewirkt haben mochte, jetzt aber alt und vergammelt aussah. Auf dem uralten Herd blubberte ein Topf mit Dosenspaghetti.

„Ich glaube, alles fing an, als ihre Mutter starb", sagte Doras Vater seufzend. „Das war … ungefähr vor einem Jahr."

„Das tut mir sehr leid." Violet strich Dora übers Haar. „Ich habe vor vielen Jahren meinen Bruder verloren."

„Echt?"

Violet nickte. „Das war das Allerschlimmste, was mir je passiert ist. Noch Monate danach hatte ich schreckliche Albträume." Sie lächelte sanft. „Und du?"

Dora nickte. „Ganz, ganz schlimme."

Die ohnehin trübe Deckenlampe flackerte. Charlie und seine Freunde wechselten einen vielsagenden Blick.

„Dann … könnt ihr uns also helfen?“, fragte ihr Vater an Charlie gewandt.

„Ich glaube schon. Es geht um Folgendes: Manche Kinder besitzen die sogenannte ‚Gabe‘ … die einem manchmal eher wie ein Fluch vorkommt. Wenn derart begabte Kinder Albträume haben, öffnen sie Portale in die Finsterwelt, wo die Monster leben. Manchmal gelangen die Ungeheuer durch diese Portale in unsere Welt, wo sie für allerlei Ärger sorgen. Solchen Ärger, wie Sie ihn momentan haben.“

„Ist das dein Ernst?“, fragte Doras Vater. „Portale? Ungeheuer?“

Charlie nickte. „Meiner Meinung nach haben Sie es mit einer Gremlin-Pest zu tun. Daher auch die Störungen im Stromnetz. Gremlins knabbern gern Kabel an.“

Der bullige Mann musterte ihn argwöhnisch. „Kannst du das beweisen?“

In Doras Zimmer war es noch dunkler als im übrigen Haus, obwohl alle Lampen an waren. Man glaubte, in eine Gruft zu treten. Auf dem Bett waren Stofftiere wie Wachposten verteilt, auf einem kleinen Regal stand eine Sammlung von Glaseinhörnern und in allen Steckdosen brannten Nachtlichter. Aber kein Licht der Welt konnte gegen diese bedrückende Düsternis etwas ausrichten.

Charlie fiel auf, dass Dora nur zögernd ihr Zimmer betrat. Er konnte es ihr nicht verdenken.

„Keine Bange, Kleine!", rief Theodor. „Wir sind das A-Team! Wir haben die Sache in null Komma nix im Griff."

Charlie stellte sich mitten ins Zimmer. „Na schön. Auf geht's." Er streckte die rechte Hand aus, schloss die Augen und konzentrierte sich darauf, ein Portal aufzutun.

Selbst unter den günstigsten Umständen war das ungeheuer schwer. Man musste sich dazu seinen schlimmsten ureigensten Ängsten stellen, sie heraufbeschwören und dann alle geistige Kraft wie einen Laserstrahl auf einen bestimmten Punkt vor seinem geistigen Auge richten. Nur so gelang es einem, am gewünschten Ort ein Portal zu öffnen. Es war ein bisschen so, wie mit Spaghetti zu jonglieren und dabei Tango zu tanzen. Aber in dem halben Jahr, in dem sich Charlie jetzt in der Monsterjäger-Akademie in der Kunst des Portalierens geübt hatte, war es ihm immer leichter gefallen und inzwischen brauchte er dazu nur noch wenige Sekunden.

Im Nu tanzten über seinem Kopf bläuliche Funken, und ein zwei Meter breites, von violetten Flammen gesäumtes Portal tat sich auf. Dahinter erkannte man die steinigen Ebenen des zweiten Kreises der Finsterwelt. Die Landschaft war flach und konturenlos, mit Ausnahme eines merkwürdigen Gegenstandes, der völlig unpassend im kiesigen

Sand stand – ein hoher Metallschrank mit einem schlichten Griff.

„Wofür ist der denn gut?", fragte Violet.

„Wirst du gleich sehen." Charlie trat durch das Portal.

Obwohl er es schon x-mal getan hatte, war das Betreten der Finsterwelt immer wieder eine eigenartige, verwirrende Erfahrung. Alles wirkte irgendwie verschoben, und Charlie nahm um sich herum die kleinsten Bewegungen wahr, die er im Lauf der Zeit einzuordnen gelernt hatte – der schaurige Hauch eines vorüberhuschenden Gespenstes oder das Geschlängel eines Finsterwurms, der sich unter seinen Füßen durch den Sand grub.

Er vergewisserte sich, dass keine Finsterkreaturen auf der Lauer lagen, dann hob er den Griff an der Schranktür an. Das Schloss machte *Klick* und Charlie öffnete die Tür. Der Schrank enthielt einen wahren Schatz an Bezwingerausrüstung: Peilsender und Ersatzdegen, Mehltüten, um Monsterfledermäuse flugunfähig zu machen, Taschenlampen zum Zusammentreiben von Ektosumpflern, Fallen für die Snarkjagd und verschiedene Elixiere, die Wunden heilten oder als Gegengift nach einem Monsterbiss wirkten. Kurzum alles, was ein Bezwinger braucht, wenn er es mit den übelsten Kreaturen der Finsterwelt zu tun bekommt.

„Ich glaub's nicht!", stieß Theodor hervor. „Wo hast du das ganze Zeug her?"

„Das hat sich so angesammelt.“ Charlie zuckte lässig die Achseln, obwohl er insgeheim vor Stolz fast platzte. „Ich dachte, wozu den ganzen Kram mit sich rumschleppen, den man zum Bezwingen braucht? Wieso das Zeug nicht einfach irgendwo in der Finsterwelt verstauen, wo es immer nur ein Portal weit entfernt ist?“

„Genial. Einfach genial!“

„Erste Sahne, das muss man dir lassen“, fügte Violet hinzu.

„Seht mal hier!“, sagte Charlie fröhlich. Das Lob seiner Freunde spornte ihn an. Er griff hinten in den Schrank und zog einen schweren Metallgegenstand hervor. Er war ungefähr so groß wie ein Toaster und sah auch so aus, war aber mit zahlreichen Schaltern und Lämpchen versehen.

„Was ist denn das für ein komisches Gerät?“, fragte Theodor.

„Pass auf.“ Charlie machte einen Schritt zurück und stand wieder in Doras Zimmer, schloss das Portal hinter sich und stellte den Apparat neben dem Bett auf den Boden. Dann legte er einen Schalter um. Sofort leuchteten alle Lämpchen auf und das ganze Gerät fing an zu summen.

„In Wahrheit ist es eine umgebaute Autobatterie“, erklärte Charlie. „Hält nicht so lange wie eine normale, dafür produziert sie hundertmal so viel Saft.“

„Ein Gremlin-Anlocker!“, rief Violet.

Charlie nickte. „Die kleinen Biester können dem Ding

nicht widerstehen. Das sind die reinsten Stromjunkies. Bestimmt kommen sie gleich angewuselt."

Genauso war es.

Doras Schranktür ging quietschend auf und ein affenähnliches Geschöpf mit zottigem, orangefarbenem Fell, langem Schwanz und breitem Unterkiefer kam herausgeklettert. Der Strom in der Batterie zog den Gremlin an wie ein Magnet. Er schien die Menschen gar nicht wahrzunehmen.

„Dieses Ding hat in meinem Schrank gesteckt?", fragte Dora ungläubig.

„Bingo", antwortete Charlie. „Und jede Wette, dass es hier noch mehr davon gibt."

Genauso war es.

Kurz darauf plumpste aus dem Luftschacht in der Decke ein zweiter Gremlin ins Zimmer, ein dritter kam aus dem Flur hereingerannt und schubste dabei Doras Vater unsanft beiseite. Alle drei scharten sich um die Batterie und knabberten mit den kräftigen Zähnen drauflos, um an den leckeren Strom zu gelangen, der darin zirkulierte.

„Super!", entfuhr es Theodor. „Wie's scheint, waren das alle. Dann befördere ich sie mal rasch in die Finsterwelt zurück und …"

Er wollte hingehen, aber Charlie hielt ihn zurück.

„Was denn?"

„Warum überlässt du das Bezwingen nicht der Bezwingerin?" Charlie deutete mit dem Kinn auf Violet.

„Jetzt hör aber auf“, stöhnte Theodor. „Das kann ich ja wohl noch selbst. Es sind schließlich nur Gremlins – harmloses Ungeziefer!“

„Ich weiß, dass du das kannst, aber sie kann es noch besser, so wie du besser portalieren kannst als sie.“

„Portalieren ist was für Weicheier“, grummelte Theodor. Auch nach der halbjährigen Ausbildung bedauerte er noch, dass ihn die Wahrheitsforelle nicht zum Bezwinger bestimmt hatte. Trotzdem trat er beiseite und ließ Violet den Vortritt. Der alte, schartige Dolch, den sie sich in den Gürtel ihrer Jeans gesteckt hatte, verströmte ein fahles Leuchten, als sie den Finsterweltgeschöpfen näher kam.

Eines nach dem anderen hörte auf, an der Batterie zu nagen, und schaute das Mädchen mit der schimmernden Waffe an.

„Hallo, ihr kleinen Kerlchen!“, sagte Violet und packte zwei davon blitzschnell am Nackenfell. Die Gremlins kreischten wütend und wollten sie beißen. „Wehe! Ich beiße zurück!“, sagte sie drohend und deutete mit dem Kinn auf den dritten Gremlin, der immer noch vor der Batterie hockte. „Hilfst du mir bitte, Theodor? Schnapp dir den Burschen.“

„Wird gemacht!“ Theodor strahlte übers ganze Gesicht.

Als er vor dem Gremlin stand, schoss unter Doras Bett plötzlich ein schwarzer Fangarm hervor, packte den Gremlin und zog sich mitsamt dem Zottelvieh wieder zurück.

„Was war das?“, rief Charlie erschrocken.

Man hörte den Gremlin kreischen, als litte er schreckliche Schmerzen. Dann verstummte er jäh.

Und dann waren nur noch knirschende Kaugeräusche zu vernehmen.

„Ich glaub, mir wird schlecht.“ Dora hielt sich den Magen. „Unternehmt doch was …“

Aber ehe jemand etwas unternehmen konnte, schossen noch zwei Fangarme unter dem Bett hervor und rissen Violet die anderen beiden Gremlins aus den Händen.

Wieder dieses entsetzte Gekreische. Wieder diese Kaugeräusche.

„Was um alles in der Welt ist das?“, fragte Doras Vater tonlos.

„Ich sehe mal nach.“ Theodor stellte die Panikhupe auf Doras Nachttisch und spähte unter das Bett.

„Pass bloß auf“, mahnte Charlie.

„Reg dich ab. Ich regle das schon.“

Im Dunkeln unter dem Bett lag ein pulsierender Klumpen, schwarz und glänzend wie Motoröl. Man erkannte zwei rote Augen und ein schiefes Maul mit krummen, spitzen Zähnen. Als das Ungeheuer den letzten Gremlin heruntergeschluckt hatte, dehnte es sich aus, bis sein schleimiger Rücken die Metallfedern des Bettgestells berührte.

„Ach du Schande!“, entfuhr es Theodor. „Die Kleine hat einen Finsterling portaliert! Sieht aus wie ein Zweier!“

Da kamen plötzlich drei schwarze Fangarme aus dem Glibberklumpen geschossen und kringelten sich um Theodors Kopf.

„Er hat mich erwischt!“, schrie Theodor panisch.

Mit einem kurzen, kräftigen Ruck zerrte ihn der Finsterling unter das Bett – und auf sein sabberndes, zähnestarrendes Maul zu …

2. Kapitel

Überfall der Monsterus

„Drück auf die Panikhupe! Drück auf die Panikhupe!", brüllte Theodor, als der schimmernde Zahnwald des Finsterlings weit aufklaffte, um ihn zu verschlingen.

„Nein, wir haben dich!", schrie Charlie, denn er und Violet hatten Theodors Beine gepackt und versuchten, ihn aus dem Griff der grässlichen schwarzen Fangarme zu befreien – vergeblich. Charlie staunte, wie stark das widerliche Vieh war.

„Es klappt nicht!", kreischte Theodor. Aus dem Maul der garstigen Kreatur hingen feuchte Gremlinfetzen und streiften sein Gesicht. „Drückt sofort die Panikhupe!"

„Wenn wir die drücken, können wir die Prüfung vergessen!", sagte Violet.

„Wenn ihr nicht trötet, könnt ihr *mich* vergessen!"

Charlie drehte sich zu Dora und ihrem Vater um. „Schnell, zieht das Bett von der Wand weg. Dann ist der Finsterling dem Licht ausgesetzt!"

„Und wenn er uns beißt?", gab Doras Vater zu bedenken.

„Wegziehen! Schnell!", schrie Theodor in Todesangst. Seine Stimme schraubte sich in mädchenhafte Höhen.

Dora und ihr Vater packten das Bett, der Finsterling kam zum Vorschein. Kaum fiel das Licht der Deckenlampe auf ihn, heulte er vor Schmerzen auf und ließ Theodor los – worauf Charlie und Violet, die immer noch an ihrem Freund zogen, rücklings umfielen. Der Finsterling zog sich rasch in die schützende Dunkelheit unter dem Bett zurück, wo er still und stumm vor sich hinpulsierte.

Niemand sagte etwas, weil alle erst einmal wieder zu Atem kommen mussten. Schließlich meinte Theodor: „Wenn ich das nächste Mal rufe: Drückt die Panikhupe, *dann drückt ihr gefälligst, kapiert!*"

„Wir hatten doch alles im Griff", erwiderte Charlie. „Dem Finsterling war die Dunkelheit wichtiger als du. Keine Bange, wir hätten schon nicht zugelassen, dass er dich frisst."

„Toller Trost! Warum kriechst du nicht unters Bett und gibst ihm einen Gutenachtkuss? Keine Bange, ich lasse schon nicht zu, dass er *dich* frisst."

„Und ich will nicht, dass er meine Tochter frisst", sagte Doras Vater. „Aber er hockt immer noch unterm Bett. Wie wollt ihr das Ding loswerden?"

„Mal überlegen …", antwortete Violet. „Sonnenlicht ist tödlich für Finsterlinge … sie absorbieren Licht, deshalb ist es auch so schummrig hier im Zimmer. Aber sie können nur eine bestimmte Menge Licht aufnehmen. Leider scheint gerade nicht die Sonne."

„Wir können ja bis morgen früh warten …", schlug Theodor vor.

„Und die Prüfung versemmeln? In einer knappen Stunde ist unsere Zeit um und bis Sonnenaufgang dauert es noch mindestens neun Stunden."

„Nicht in China", sagte Charlie. „Auf der anderen Seite der Erde ist schon Tag."

„Na und?", fuhr Theodor ihn an. „Wir können den Finsterling wohl kaum nach China bringen."

„Das nicht. Aber wir können China zu dem Finsterling bringen – zumindest die Sonne in China. Das geht aber nur, wenn wir zusammenarbeiten."

Theodor überlegte einen Augenblick. Dann ging ein breites Grinsen über sein Gesicht. „Mein lieber Herr Gesangverein! Sie sind ja ein echtes Supergenie, Mr Charlie Benjamin!"

Nach kurzer Anstrengung gelang es Theodor, ein Portal zum ersten Kreis der Finsterwelt zu öffnen.

„Gut gemacht", lobte ihn Violet.

Der schlaksige Junge wurde rot vor Stolz. „Na ja, ich bin längst nicht so schnell wie unser Portalmeister da drüben." Er nickte in Charlies Richtung. „Schließlich ist er der ZF."

Der ZF.

Der Zwiefache.

Charlie konnte diese Bezeichnung nicht ausstehen. Er hatte sich nicht ausgesucht, ein Zwiefacher (oder ZF, wie Theodor ihn hartnäckig zu nennen pflegte) zu sein. Es war einfach so. Was Charlie betraf, stellte die Fähigkeit, sowohl das Bezwingen als auch das Portalieren zu beherrschen, eher einen Fluch als einen Segen dar. Alle anderen, die über die „Gabe" verfügten, beherrschten entweder das eine oder andere, und es machte ihn ganz irre, dass er schon wieder etwas Besonderes war. Tatsächlich war die Rektorin der Monsterjäger-Akademie derzeit die einzige andere Zwiefache, weshalb er sich erst recht wie ein Außenseiter vorkam.

„Ich bin vielleicht ein bisschen schneller beim Portaleöffnen", erwiderte er darum abwehrend, „trotzdem kann es nur klappen, wenn wir beide zusammenarbeiten. Kein Mensch kann mehrere Portale gleichzeitig öffnen."

„Ach nee!", sagte Theodor. „Das hab ich ja noch gar nicht gewusst. Meins ist offen – jetzt bist du dran."

„Alles klar. Dann wollen wir mal." Charlie trat durch Theodors Portal in die Finsterwelt, streckte die Hand aus und schloss die Augen. Sofort züngelten violette Flammen um ihn herum und er tat ein Portal auf, durch das man die Chinesische Mauer sah. Erschrockene Touristen mit gezückten Kameras schrien auf und wichen stolpernd zurück.

Grelles Sonnenlicht flutete durch Charlies Portal, beschien die steinige Landschaft im ersten Kreis der Finsterwelt und fiel durch Theodors Portal in Doras kleines Zimmer. Mit einem Mal war es taghell.

Der Finsterling verkroch sich sofort tiefer unters Bett, suchte verzweifelt Schutz in der hintersten Ecke.

„Zieht die Matratze weg!“, rief Charlie. „Die Sonne muss ihn treffen!“

Violet packte die durchgelegene Matratze am einen, Doras Vater ergriff sie am anderen Ende.

„Auf drei!“, kommandierte Violet. „Eins … zwei …“

Sie zerrten die Matratze vom Bettgestell und das Sonnenlicht fiel auf den zusammengekauerten Finsterling. Das Monster heulte gepeinigt auf, seine Haut fing an zu brutzeln und schlug Blasen wie eine Pizza mit Extrakäse. Im Handumdrehen hatte es sich zu einer öligen Pfütze verflüssigt, die in den Dielenfugen versickerte.

Alle machten große Augen.

„Ist er jetzt …?“, erkundigte sich Doras Vater zaghaft.

„Ja“, bestätigte Charlie. „Er ist tot. Toll gemacht, Leute.“ Mit einer Handbewegung schloss er das Portal nach China, und der grelle Sonnenschein verschwand, als hätte ihn jemand ausgeknipst.

„So wird’s gemacht“, fuhr Charlie feixend fort und trat durch Theodors Portal wieder in Doras Zimmer.

„Boah!“ Dora schaute sich um. „Ist ja unglaublich, wie hell es hier drin auf einmal ist!“

Charlie zuckte die Achseln. „Finsterling futsch, Licht wieder da."

„Die Gremlins sind damit auch erledigt", setzte Theodor hinzu. Und das haben wir alles ohne die Hilfe der Erwachsenen hingekriegt! Herzlichen Glückwunsch ... FGs!"

Aber ehe sie feiern konnten, kam ein stinkendes grünes Wesen von der Größe eines Kühlschranks durch Theodors immer noch offen stehendes Portal gehüpft und landete polternd auf den Holzdielen. Es lief aufrecht wie ein Riesenkänguru, hatte zwei kräftige Beine und vor dem dicken Wanst einen geräumigen Beutel. Von seinen Reißzähnen tropfte sirupartiger Sabber und es stieß ein abscheuliches Geheul aus.

„Was ist das denn schon wieder?", fragte die erschrockene Violet.

Da packte sie das Untier mit seinen kräftigen Vorderpfoten, hob sie hoch und stopfte das schreiende Mädchen in seinen Beutel. Dann drehte es sich um und hüpfte durch Theodors Portal zurück in die Finsterwelt.

„Das Ding hat Violet entführt!", rief Charlie. „Drück die Panikhupe, Theodor!"

„Das ist wieder mal typisch. Wenn ich beinahe gefressen werde, heißt es: ‚Wir haben dich, Theodor, bloß nicht die Panikhupe drücken!', aber wenn Violet entführt wird, ist das der Weltuntergang!"

„Beeil dich! Das Untier will fliehen! Jetzt drück schon auf die blöde Hupe!"

„Na gut.“ Theodor nahm widerstrebend die Hupe vom Nachttisch. „Ich möchte trotzdem darauf hinweisen, dass Portaler, verglichen mit Bezwingern, anscheinend Bürger zweiter Klasse sind. Wir sind die Seppel, sie die Schneewittchen. Wir sind …“

„Wenn du nicht auf der Stelle …“

„Ja doch!“

Theodor trötete drauflos.

Schon kam Rex ins Zimmer gestürmt, dicht gefolgt von Pinch und Tabitha.

„Was ist los?“, rief er.

„Eins von den Viechern hat Violet geschnappt!“ Charlie zeigte auf eine ganze Herde der Kreaturen, die in dem offenen Portal erschienen.

Rex kniff die Augen zusammen. „Verflixt noch mal, das sind Monsterus. Und zwar Vierer, wenn man sich die Schwänze ansieht.“

„Die korrekte Bezeichnung lautet Finsterhüpfer“, sagte Pinch naserümpfend.

„Jetzt hör schon auf, Pinch. Nicht jedes verdammte Geschöpf kann die Vorsilbe ‚Finster‘ tragen. Finsterhüpfer, Finsterkrabbler, Finsterlinge – irgendwo muss der Quatsch ja mal aufhören!“

„Brüll nicht mich an!“, erwiderte Pinch. „Ich hab mir die Namen nicht ausgedacht. Das war die Albtraumabteilung.“

„Die Biester haben Violet entführt!“, unterbrach Charlie

das Geplänkel der beiden energisch. „Vielleicht könnten wir mal was unternehmen?!"

„Klar doch, Kleiner", sagte Rex. „Komm mit. Ihr anderen bleibt hier." Schon war er durch das Portal in den ersten Kreis gesprungen.

Der grauenhafte Gestank, den die Monsterus verströmten, trieb Charlie die Tränen in die Augen. „Sie machen einen hungrigen Eindruck", sagte er.

„Gut erkannt. Ein leckerer McMenschenburger ist die Leibspeise aller Monsterus."

Charlie wurde blass. „Was wird jetzt aus Violet?"

„Da mach dir mal nicht ins Hemd. Monsterus klopfen ihr Fressen vorher erst mal richtig weich. Bevor sie einen fressen, stecken sie einen in ihren Beutel und hüpfen eine Weile durch die Gegend."

„Bevor sie einen fressen …" Charlie wurde grün im Gesicht.

„Aufgepasst!" Rex nahm das Lasso vom Gürtel. Das Seil leuchtete bläulich auf. „Ich glaub, da kommt eine Mitfahrgelegenheit. Leg mir den Arm um die Taille und gut festhalten."

Charlie gehorchte und Rex warf das Lasso. Es sauste pfeilschnell durch die Luft und die Schlinge legte sich um den Hals des vordersten Monsterus – es war ein besonders großes Exemplar, dessen rechtes Auge milchig trüb schimmerte.

„Erwischt!"

Das Monsteru machte einen Luftsprung und Rex und Charlie wurden wie zwei Konservendosen hinterhergeschleift, die jemand an die Stoßstange eines Autos gebunden hat. Die Beschleunigung presste ihnen die Luft aus den Lungen. Während sie nach oben schossen, schaute Charlie nach unten. Der erste Kreis der Finsterwelt lag wie eine blaue Picknickdecke tief unter ihnen. Da stachen ihm lauter gleißend violette Lichter ins Auge, die wie Glühwürmchen an- und wieder ausgingen.

Portale, erkannte er verdutzt. Die violetten Blitze sind lauter Portale, die von Kindern mit Albträumen aufgetan werden!

„Festhalten!", brüllte Rex, als das Monsteru in einem weiten Bogen und mit Übelkeit erregender Geschwindigkeit wieder abwärtssauste. „Jetzt wird's knifflig!"

Charlie schlang ihm die Arme fest um die Taille, während Rex sich an seinem Lasso entlanghangelte, bis er das stinkende Rückenfell des Monsterus berühren konnte. Das Untier prallte brutal auf dem Felsboden auf, fing den Aufprall aber mit den stoßdämpferähnlichen Hinterbeinen ab. Dann setzte es zum nächsten Sprung an und schoss abermals wie eine Rakete in die Luft. Im selben Augenblick riss Rex an dem blau lodernden Lasso, worauf das Monsteru keuchend nach Luft rang.

„Was machst du da?", rief Charlie.

„Ich reite das Vieh ein … zeig ihm, wer hier der Boss ist, wie bei einem Wildpferd."

Das sich sträubende Monsteru landete wieder, diesmal allerdings weniger elegant. Rückwärts stolpernd erlangte es das Gleichgewicht wieder. Charlie hielt sich krampfhaft an Rex fest. Der Cowboy ruckte energisch am Lasso.

„Gib schon auf, du Scheusal! Du kommst eh nicht gegen mich an!"

Das Lasso fuhr zischend über den Rücken des Monsters und es roch nach versengtem Fell. Das Monsteru bockte und wollte die beiden Menschen abwerfen, aber Rex ließ sich davon nicht beeindrucken.

„Gibst du auf?", rief er.

Das Monsteru knurrte, wandte den Kopf und wollte den Cowboy ins Bein beißen. Rex trat ihm gegen die Nase und zog die Schlinge noch fester zu.

„Gib auf, hab ich gesagt!"

Schließlich gab die wütende Kreatur klein bei.

„Warum nicht gleich so!", schnaufte Rex und wischte sich mit dem Unterarm die schweißüberströmte Stirn. „Und wo ist Violet nun hin?"

Charlie streckte die Hand aus.

„Dann wollen wir sie mal holen. Hü!" Rex trat dem Monsteru herzhaft in die Rippen.

Das Scheusal schoss wie eine Kanonenkugel in die Luft, hinter seinem Artgenossen her, der Violet entführt hatte.

Charlies Wangen flatterten und es verschlug ihm den Atem, als sie himmelwärts sausten. Als es wieder abwärtsging, kam er sich eigenartig schwerelos vor. Die Entfernung zwischen den beiden Monstern verringerte sich stetig, bis sie den Flüchtigen eingeholt hatten.

„Alles klar bei dir, Violet?", brüllte Charlie.

Violet gelang es, den Kopf aus der stickigen Hautfalte des Ungeheuers zu strecken. „Was soll ich jetzt machen, Charlie?"

„Bleib einfach, wo du bist! Wir befreien dich!"

„Toll! Wie denn?"

Da merkte Charlie erst, dass er keinen blassen Schimmer hatte.

„Jetzt pass gut auf, Kleiner", sagte Rex. „Sobald ich das Lasso loslasse, wirft uns das Monsteru ab."

„Wie jetzt? Dann fallen wir doch runter!"

„Natürlich nicht! Was wäre das denn für ein blöder Plan?" Rex verdrehte die Augen. „Nein, wenn wir abgeworfen werden, springen wir auf Violets Monsteru."

„Und wenn wir es verfehlen? Das ist ein ziemlich gewagter Sprung!"

„Deshalb ist er ja auch goldrichtig für einen Bezwinger! Portaler bedienen sich ihrer Ängste, um Portale aufzutun, wir Bezwinger brauchen einfach nur guten alten Mut. Das Verrückte daran ist, dass man nur mutig sein kann, wenn man sich etwas vornimmt, was einem eine Scheißangst einjagt. Darum sind wir umso stärker, je gewaltiger die Herausforderung ist, mit der wir es zu tun haben!"

Damit lockerte er das Lasso um den Hals des Monsterus und er und Charlie sprangen ab. Sie fielen nach unten, als Violets Monsteru eben neben ihnen aufwärtsschoss, und zwar so dicht neben ihnen, dass das raue Fell Charlies Wange streifte. Im Vorbeifliegen warf Rex sein Lasso aus. Es schlang sich um den Hals von Violets Entführer und sie wurden so ruckartig emporgerissen, dass Charlie beinahe Rex' Gürtel losgelassen hätte.

„He! Du sollst mir nicht die Hose runterziehen, Kleiner!"

„Ist keine Absicht, aber sonst rutsche ich weg!"

„Immer gut festhalten! Ich krieg das Vieh schon auf den Boden."

Mit Charlie im Schlepptau hangelte sich Rex den Rücken des Monsterus hoch, wo er die Schlinge noch enger zog. Das Untier heulte auf und schnappte nach ihm, aber Rex wurde immer energischer.

„Den Kampf gewinnst du nicht, Schätzchen!"

Schließlich beruhigte sich das Vieh, und Charlie konnte erkennen, wie der Kampfgeist in seinen Augen ein wenig erlosch.

„Es gibt auf!"

„Wird auch Zeit", erwiderte Rex. „Aber wir sind noch nicht fertig. Alles klar bei dir, Violet?"

„Ich … krieg … keine Luft …", keuchte sie erstickt. Der Beutel hatte sich fest über ihr geschlossen und Charlie sah sie darin herumzappeln.

„Keine Angst!", rief Charlie. „Wir holen dich gleich raus! Wir haben alles im Griff!"

Plötzlich hörten sie von hoch oben einen durchdringenden Schrei. Charlie drehte sich um und sah, wie sich aus dem aufgewühlten Himmel eine riesige Monsterfledermaus mit wild schlagenden Flügeln auf sie stürzte.

„Auch das noch …", stöhnte Rex, als das gewaltige Flugwesen das Monsteru mit seinen abscheulichen Klauen am Kopf packte. Das Monsteru strampelte verzweifelt, als die Fledermaus es mitsamt seinen unglückseligen Passagieren in die Lüfte entführte.

„He, Kleiner!", übertönte Rex die Flügelschläge. „Sag bitte *nie* wieder: ‚Wir haben alles im Griff!', bevor wir nicht *wirklich* alles im Griff haben!"

„Tut mir leid", rief Charlie. Dann zog er seinen blau leuchtenden Degen.

„Was hast du vor?"

„Violet erstickt."

„Und was willst du dagegen tun? Wir sind kilometerweit über dem Boden, schon vergessen?!"

Damit hatte er Recht. Die Monsterfledermaus hatte sie so hoch hinaufgetragen, dass Charlie alle fünf Kreise der Finsterwelt wie ein unheimliches Spielbrett unter sich liegen sah.

„Haben Sie nicht eben gesagt, dass ein unmöglicher Plan der beste Plan für einen Bezwinger ist?“, fragte Charlie.

„Schon, Kleiner – aber da hab ich ein bisschen übertrieben.“

„Wie bitte? Das Letzte habe ich nicht verstanden!“

Mit einem gewaltigen Degenhieb durchtrennte Charlie die Klauen der Fledermaus. Das Flugmonster stieß einen schrillen Schrei aus und das Monsteru – und mit ihm Charlie, Rex und Violet – stürzte auf die schroffen, immer schneller auf sie zurasenden Felsen hinab.

3. Kapitel

Ein teuflischer Plan

Charlie hörte das schrille Pfeifen, mit dem der Wind an seinem Gesicht vorbeipeitschte. Die schroffe Landschaft der Finsterwelt kam ihnen mit atemberaubender Geschwindigkeit entgegen. Wenn sie dort unten aufschlugen, würden sich ihre Reste über den ganzen ersten Kreis verteilen.

„Falls du einen Plan hast", rief ihm Rex zu, „dann wär' jetzt ein verdammt guter Zeitpunkt, ihn in die Tat umzusetzen!"

Charlie hatte tatsächlich einen Plan … einen sehr verzweifelten Plan.

Er schloss die Augen, streckte die rechte Hand aus und konzentrierte sich auf ein Portal. Lila Flammen umzüngelten ihn. Kurz bevor er, Rex und Violet auf die öde, mondähnliche Oberfläche klatschten, klappte unter ihnen ein Portal auf. Sie fielen hindurch und landeten mit einer gewaltigen Wasserfontäne in dem ungepflegten Swimmingpool vor Doras Bungalow.

Das Monsteru bekam die ganze Wucht des Aufpralls ab

und Charlie spürte den Brustkorb des Scheusals splittern wie die Zähne eines alten Plastikkamms. Das emporgespritzte Wasser klatschte wieder zurück, während sie noch tief unten im trübgrünen Becken um sich schlugen. Charlie hatte nur einen einzigen Gedanken …

Violet!

Ist sie noch am Leben? Hat sie den Aufprall unverletzt überstanden?

Hektisch tauchte er unter das Monsteru und versuchte, dessen Bauchtasche zu öffnen und Violet zu befreien, aber beim Aufprall hatten sich alle Muskeln am Bauch des Untiers verkrampft. Der Beutel war so fest verschlossen wie ein Banktresor. Charlie stemmte sich mit den Füßen gegen die Brust des reglosen Scheusals und zerrte mit aller Kraft am Rand des Beutels – ohne Erfolg.

Violet!

Bitte, bitte, sei noch am Leben!

Da bohrte sich eine blau leuchtende Klinge durch die ledrige Hauttasche. Violet benutzte ihren eigenen Dolch, um sich aus dem faltigen Kerker zu befreien. Aus der Wunde ergoss sich eine schwarze Flüssigkeit, die das Wasser im Schwimmbecken noch mehr trübte, aber Violets Waffe schimmerte durch die Brühe wie ein Leuchtfeuer. Charlie packte sie am Arm und zerrte sie aus dem Schlitz. Dann schossen sie an die Wasseroberfläche, wo sie die köstlich kühle Nachtluft tief einsogen.

„Danke“, sagte Violet, den Arm immer noch um Charlie geschlungen. „Ich wäre fast erstickt.“

Charlie wurde rot. „Ach, halb so wild. Ich meine, es ist nicht halb so wild, dass du fast erstickt bist. Das ist natürlich total schlimm. Ich meinte bloß, dass …“

„Da seid ihr ja!“

Charlie wandte den Kopf. Theodor kam aus dem Haus gestürmt, gefolgt von Tabitha, Pinch, Dora und ihrem Vater. Theodor hüpfte vor Freude auf und ab.

„Ich wusste, dass ihr’s schafft! Super! Einwandfrei!“

„Ja, wir haben’s geschafft.“ Rex kletterte aus dem Becken. „Aber es war stellenweise ganz schön knapp.“

„Und das Monster?“, fragte Dora ängstlich.

„Tot“, antwortete Charlie. Er und Violet packten Rex’ Hände und der Cowboy zog sie aus dem Wasser. „Ich glaube, der Aufprall hat ihm den Garaus gemacht.“

Da kam das verletzte – aber noch quicklebendige – Monsteru in einer Gischtfontäne aus dem tintenschwarzen Wasser geschossen. Es landete am gegenüberliegenden Beckenrand, scharrte Halt suchend mit den Krallen über die glatten Fliesen, rutschte aus und plumpste heulend in die Fluten zurück. Ehe es einen weiteren Fluchtversuch machen konnte, tat Tabitha rasch ein großes Portal auf dem Boden des Beckens auf. Das Wasser strudelte hindurch und riss das Monsteru wie eine überdimensionale Klospülung mit sich in die Finsterwelt.

Tabitha schnipste mit den Fingern, das Portal verschwand und der Swimmingpool lag leer und friedlich vor ihnen.

„Jetzt ist es aber endgültig hin!", verkündete Rex. „Jedenfalls ist es weg." Er wandte sich an Charlie. „Hör zu, Kleiner, von jetzt an verbiete ich dir, irgendwas in der Art von ‚der Aufprall hat ihm den Garaus gemacht', ‚wir haben alles im Griff' oder ‚alles in Ordnung' zu sagen. Kapiert?"

„Kapiert."

Rex zwinkerte ihm verschmitzt zu. Violet kniete sich vor Dora ins Gras.

„Geht's dir jetzt besser?", fragte sie das Mädchen. „Oder hast du immer noch Angst, in dein Zimmer zu gehen?"

„Ein bisschen schon. Was mache ich, wenn ich wieder schlecht träume?"

„Du brauchst keine Angst zu haben", erwiderte ihr Vater. „Ich bin ja hier. Und jetzt, wo ich weiß, was los ist, lasse ich nicht zu, dass dich die Monster noch mal plagen." Er schlug den Baseballschläger in seine fleischige Handfläche.

„Und wir kommen immer wieder mal nachsehen", fügte Violet hinzu und strich der Kleinen über das seidige Haar. „Irgendwann bist du alt genug für die Ausbildung in der Akademie. Hättest du dazu Lust?"

Dora nickte. „Ich will mal so sein wie ihr."

„Dann warte noch ein bisschen. Es ist bestimmt bald so weit."

„Mach ich."

Auf welchen steinigen Weg würde die Gabe das Mädchen wohl eines Tages führen?, fragte sich Charlie.

Würde sie Bezwingerin werden und ihre Fähigkeiten im Kampf gegen die Ungeheuer aus ihren Albträumen einsetzen? Oder würde sie als Portalerin ihre schlimmsten Ängste beschwören, um Portale aufzutun, durch die sie die grausamen Schrecken der Finsterwelt betreten konnte?

Wie auch immer – sie tat ihm leid. Er wusste, wie entsetzlich schwer es war, ein Kind zu sein und sich vor den Kreaturen zu fürchten, die man womöglich selbst herbeirief, mitten in der Nacht, allein im Dunkeln …

„Ich finde, wir hatten genug Aufregung für heute", sagte Tabitha lächelnd. Sie drehte sich zu Charlie und seinen Freunden um. „Findet ihr nicht auch … FGs?"

„Theodor Dagget – FG!", rief der dürre Junge. „Der bin ich! Egal, wie oft ich es sage, es stimmt, es stimmt!"

„Nicht so voreilig", sagte Pinch. „Technisch gesehen seid ihr durchgefallen. Ihr habt die Panikhupe benutzt!"

„Ja, schon", erwiderte Charlie, „aber nur, weil Violet sonst … erstickt wäre."

„Trotzdem. Ihr habt ganz klar gegen die Vorschriften verstoßen. Ein wahrer FG hätte sich ohne die Hilfe Erwachsener aus der Klemme befreit."

„Jetzt mach aber mal halblang!", fuhr ihn Rex an. „Du machst dich ja lächerlich. Die Prüfung ist so angelegt, dass die Kinder beweisen, dass sie es mit einem Haufen

Einser-Viecher aufnehmen können. Einser, nicht Vierer! Apropos: Was hatten die Vierer überhaupt im ersten Kreis zu suchen?"

„Das tut hier überhaupt nichts zur Sache."

„Doch", mischte sich Tabitha ein. „Genau darum geht es. Wo sind die Vierer hergekommen? So etwas habe ich noch nie erlebt."

„Nicht nur das", fügte Charlie hinzu. „Finstergeschöpfe flüchten sich aus der Finsterwelt in unsere Welt, stimmt's? Aber das Monsteru hat sich nicht daran gehalten. Es ist aus der Finsterwelt gekommen, hat sich Violet gegriffen und ist wieder zurückgehopst. Das ist doch total unlogisch. Wo wollte es denn mit ihr hin?"

„Das habe ich das Vieh auch gefragt, als ich noch in seinem Beutel war", warf Violet ein.

Alle drehten sich nach ihr um.

„Und was hat das Monsteru geantwortet?", wollte Rex wissen.

„Na ja, es war ziemlich schwer zu verstehen, weil es so dumpf geklungen hat, aber ich habe verstanden, dass es mich ‚zum Wächter' bringen wollte."

Rex, Tabitha und Pinch wechselten besorgte Blicke.

„Bist du sicher, dass es ‚Wächter' gesagt hat?", fragte Tabitha.

Violet zuckte die Achseln. „Ziemlich. Ja."

Wer oder was zum Geier ist der Wächter?, dachte Charlie. Und warum machen alle auf einmal so todernste Gesichter?

„Mannomann!“, sagte Rex da. „Denkt ihr dasselbe wie ich?“

Tabitha nickte. „Wir sollten der Rektorin einen Besuch abstatten. Am besten gleich.“

Schon war sie dabei, ein Portal aufzutun.

„Da besteht allerdings Grund für allergrößte Alarmbereitschaft“, sagte die Rektorin der Albtraumakademie, nachdem Charlie ihr erzählt hatte, was geschehen war. Nachdenklich streichelte sie einen zahmen Snark, der auf dem Geländer im ersten Stock ihrer gemütlichen, angenehm unordentlichen Wohnung hockte.

„Was halten Sie davon?“, fragte Rex. „Glauben Sie, dass die Namhaften dahinterstecken?“

Die Rektorin nickte. „Höchstwahrscheinlich. Slagguron und Tyrannus versuchen schon seit Jahrhunderten, aus der Finsterwelt zu entkommen. Falls sie das im Schilde führen, was ich vermute, haben sie womöglich einen Weg gefunden.“

„Slagguron und Tyrannus?“, wiederholte Charlie fragend. Die beiden Namen hatte er schon einmal gehört, und zwar von der Rektorin selbst. Vor einem halben Jahr hatte er sich mit Barakkas und Verminion – zwei der vier Namhaften Herrscher der Finsterwelt – angelegt. Er, seine Freunde und Eltern waren nur knapp mit dem Leben davongekommen.

Obwohl es Barakkas und Verminion geschafft hatten, die beiden anderen Namhaften – eben Slagguron und Tyrannus – saßen immer noch dort fest, wo sie in ebenso prächtigen wie düsteren Palästen wohnten.

„Was wollen die beiden denn hier?“, erkundigte sich Violet.

„Den Fünften beschwören“, antwortete Charlie leise.

Beim bloßen Gedanken daran stockte ihm das Herz. Jeder der vier Namhaften besaß ein Schmuckstück aus der Finsterwelt: Barakkas trug einen gewaltigen Metallarmreif am Handgelenk, bei Verminion war es ein breites Halsband. Was für Schmuckstücke die beiden anderen trugen, war Charlie nicht bekannt. Er wusste nur, dass sie, wenn sich alle vier in dieser Welt einfanden, mithilfe der vier Schmuckstücke ein Wesen beschwören konnten, das sie „den Fünften“ nannten.

„Wer soll das sein, der Fünfte?“, hakte Violet nach.

„Das wissen wir noch nicht“, erwiderte die Rektorin. „Aber wenn ihn die Namhaften herbringen wollen, muss es ein unvorstellbar tückisches Ungeheuer sein.“

„Dann machen wir es eben platt!“, platzte Theodor heraus.

Alle sahen ihn an.

„Jaja, ich bin ja schon still“, sagte Theodor abwehrend, lachte gezwungen und tat so, als würde er sich den Mund abschließen und den Schlüssel wegwerfen.

„Es hängt alles davon ab“, fuhr die Rektorin fort, „ob es Slagguron und Tyrannus gelingt, aus der Finsterwelt herüberzukommen und sich mit Barakkas und Verminion zu verbünden. Momentan ist der Wächter das Einzige, was sie noch daran hindert.“

„Wer ist denn dieser Wächter?“, erkundigte sich Charlie.

„Ein ausgesprochen ungewöhnliches Geschöpf mit einer einzigartigen Eigenschaft: Jedes Monster, das ihm zu nahe kommt, wird sofort lahmgelegt. Der Wächter beschützt eine Schwachstelle zwischen unserer Welt und der Finsterwelt, die sogenannte Anomalie. Slagguron und Tyrannus setzen alles daran, um dort zu uns hinüberzuschlüpfen, aber am Wächter kommen sie nicht vorbei.“

„Ich verstehe bloß nicht“, warf Violet ein, „was das alles damit zu tun hat, dass die Monsterus Kinder klauen.“

Die Rektorin sah sie an. „Das ist ganz einfach. So, wie der Wächter Gift für die Monster ist, sind Menschen Gift für den Wächter. Die Berührung eines Menschen reicht aus, um ihn zu töten.“

„Deshalb glauben wir, dass die Namhaften vorhaben, Kinder während ihrer Albträume zu entführen und zum Wächter zu schaffen“, führte Tabitha den Gedankengang fort.

Theodor ging ein Licht auf. „Ach so! Dann flüchten sich die Kinder vor lauter Angst zu diesem Wächter. Und wenn sie ihn anfassen, muss er sterben und Slagguron und Tyrannus können durch die Anomalie zu uns herüberkommen! Ein genialer Plan!“

Violet sah ihn bestürzt an.

„Äh, auf eine total kranke und abartige Art, meine ich.“

„Die große Frage ist nur …“, Rex kratzte sich das Stoppelkinn, „kommen wir noch rechtzeitig? Ich meine, haben sich unsere bösen Buben Slagguron und Tyrannus schon an den Wächter rangemacht?“

„Genau das müssen wir herausfinden.“ Die Rektorin stellte sich in die Mitte ihres Arbeitszimmers. Ihr weites weißes Kleid, das ihre schöne karamellbraune Haut betonte, wehte hinter ihr her. Sie streckte die rechte Hand aus. Violette Flammen umspielten sie knisternd.

„Was hat sie vor?“, erkundigte sich Theodor flüsternd.

Charlie zuckte die Achseln. „Keine Ahnung.“

Rex zog sein glimmendes Kurzschwert. „Tretet lieber einen Schritt zurück … das hier könnte hässlich werden.“

Charlie wusste aus Erfahrung, dass es tatsächlich sehr hässlich werden konnte, wenn Rex das sagte. Er, Theodor und Violet zogen sich hinter eine Zwischenwand zurück.

„Los geht’s“, sagte die Rektorin geheimnisvoll. Mit erstaunlicher Leichtigkeit tat sie ein großes Portal auf. Auf der anderen Seite konnte Charlie scharfkantige, senffarbene Kristalle glühen sehen.

„Das ist der fünfte Kreis“, flüsterte Theodor. „Was will sie denn dort?“

Doch da kam auch schon eine Fünfer-Silberzunge ins Arbeitszimmer der Rektorin gekrabbelt. Sie ähnelte einem Riesenskorpion und hatte ihren Giftstachel stoßbereit hoch über dem Kopf gekrümmt. Rex' Kurzschwert leuchtete heller, als er auf das Untier zuging, um es abzuwehren. Aber kaum hatte er ein paar Schritte gemacht, brüllte die Silberzunge wie von unerträglichen Schmerzen gepeinigt los und krümmte sich auf dem Boden.

„Was geht da vor sich?“, fragte Violet.

„Genau das macht die Aura des Wächters mit den Bewohnern der Finsterwelt“, antwortete Tabitha. „Auf diese Weise sind wir vor ihnen geschützt. Solange der Wächter wohlauf ist, kann uns kein Finstergeschöpf hier in der Akademie überfallen.“

Es blieb nur eine große Frage: Auf *welche* Weise schützte die Aura des Wächters die Akademie? Sie befanden sich nicht in der Finsterwelt und schon gar nicht irgendwo in der Nähe des Wächters (zumindest dachte Charlie das), wie also reichte die Aura des Wächters bis hierher?

Während er noch überlegte, ging Rex zu der sich windenden Silberzunge. Mit aller Kraft schob er sie durch das Portal der Rektorin zurück, worauf diese mit den Fingern schnipste und es wieder schloss.

„Noch funktionieren die Sicherheitsvorkehrungen“, sagte sie nachdenklich. „Das bedeutet, niemand hat den Wächter angerührt. Aber das wird nicht mehr lange so bleiben. Früher oder später gelingt es den Namhaften, ihn mit einem Menschen in Berührung zu bringen – es sei denn, wir halten sie davon ab."

Ehe Charlie fragen konnte, wie sie sich das gedacht hatte, ploppte das nächste Portal auf und ein hochgewachsener Mann kam heraus. An der Hüfte trug er ein langes, zweihändiges Schwert.

„Dad!", rief Theodor.

Der Mann wandte den Kopf und musterte ihn schweigend. „Ach, Theodor", sagte er schließlich mit unbewegter Miene. „Du bist groß geworden."

„Danke!"

„Größer ... aber nicht kräftiger. Wie willst du je eine Waffe führen, dürr, wie du bist?"

Theodor schien in sich zusammenzusinken. „Aber Dad ... du weißt doch, dass ich kein Bezwinger bin. Ich bin ein Portaler, schon vergessen?"

„Wie könnte ich das wohl vergessen?" Der Mann lächelte grimmig.

Charlie drehte sich jedes Mal der Magen um, wenn er sah, wie Theodors Vater seinen Sohn behandelte. Theodor war kein Bezwinger wie alle anderen männlichen Mitglieder der Familie Dagget, aber er war ein unheimlich guter Portaler. War das nicht auch etwas?

„Was führt Sie zu uns, William?", erkundigte sich die Rektorin.

„General Dagget, wenn es Ihnen nichts ausmacht."

„General!", wiederholte Theodor aufgeregt. „Echt? Glückwunsch, Dad!"

„Danke", erwiderte William kühl.

„Was können wir also für Sie tun … General?"

„Präsident Drake möchte Sie sehen. Sofort."

„Ausgezeichnet. Ich habe viel mit ihm zu besprechen. In der Finsterwelt braut sich etwas Fürchterliches zusammen."

„Nicht nur Sie allein. Sie alle." William ließ den Blick über sämtliche Anwesenden schweifen.

„Na toll", sagte Rex mürrisch. „Ich kann mir nichts Schöneres vorstellen, als beim Präsidenten anzutanzen. Will er uns mal wieder zusammenstauchen? Sollen wir uns in die Ecke stellen und uns schämen?"

„Wenn das alles ist, können Sie sich glücklich schätzen", antwortete William. „Ich weiß nicht, ob ich ihn schon jemals so wütend gesehen habe."

4. Kapitel

Ungute Erinnerungen

Ob bei Tag oder Nacht, der Albtraumdienst sah immer gleich aus: fensterlos und steril, voller blinkender, piepsender Elektronik und erwachsener Bezwinger und Portaler, die zur Behebung einer Katastrophe eilten oder damit beschäftigt waren, irgendwelche Finsterkreaturen in eine der vielen Hundert Verwahrungszellen einzusperren.

„Überlassen Sie das Reden mir“, sagte die Rektorin, die ihnen zielstrebig durch die labyrinthischen Gänge voranschritt. „Wir wissen ja wohl alle, wie schwierig und unberechenbar unser Präsident sein kann.“

„Das können Sie laut sagen“, stöhnte Theodor. „Der Typ ist total behämmert!“

Da streifte ein Dreier-Säurespucker, der von vier Bezwingern begleitet wurde, seinen Maulkorb ab und versprühte seine Säure in die Richtung der Vorübergehenden. Ohne auch nur den Schritt zu verlangsamen, öffnete die Rektorin beiläufig ein Portal zwischen der Gruppe und der Kreatur, wodurch die ätzende Flüssigkeit in die Finsterwelt spritzte, ohne irgendwelchen Schaden anzurichten. Im nächsten Augenblick hatten die Bezwinger das Ungeheuer wieder gebändigt und die Rektorin konnte das Portal schließen.

Wieder einmal staunte Charlie, wie gut und schnell sie war.

„Da wären wir", verkündete die Rektorin und blieb vor einer schmalen Eisentür mit der Aufschrift BÜRO DES PRÄSIDENTEN – PRIVAT stehen. „Und denken Sie daran: Was auch geschieht, ich regle die Sache."

Der Präsident des Albtraumdienstes war ein hochgewachsener Mann mit stahlgrauem Haar und dazu passenden Augen. Er war überhaupt so grau, dass er sich kaum von den grauen Metallwänden abhob. Seine manikürten Finger trommelten unablässig auf die Schreibtischplatte aus Chrom, wobei er Charlie von oben herab musterte.

„Charlie Benjamin …", sagte er gedehnt. Und dann: „Ich erinnere mich."

Charlie gefror das Blut in den Adern.

„Allerdings …", fuhr der Präsident fort und kostete das Wort aus wie ein Bonbon, das einen mit immer neuen Geschmacksrichtungen beglückt, je länger man daran lutscht. „Ich erinnere mich, wie du Barakkas in unsere Welt eingelassen hast. Trotz meiner dringenden Warnungen. Ich erinnere mich, dass ich dich zur Reduzierung verurteilt habe, damit du nicht noch mehr Schaden anrichtest. Ich erinnere mich, dass dir deine Freunde und Lehrer gegen meinen ausdrücklichen Befehl zu Hilfe gekommen sind. Kurz gesagt, ich erinnere mich … an alles."

Charlie wurde schwindelig. Er musste sich dringend setzen, wollte den Kopf zwischen die Knie klemmen, die Augen schließen und sich einreden, dass alles nur ein böser Traum war – aber ihm war klar, dass das keine Lösung sein konnte.

Leider entsprach alles, was der Präsident gesagt hatte, der Wahrheit: Charlie hatte Barakkas Zutritt zur Erde verschafft, wo er sich mit Verminion verbündet hatte. Natürlich war das alles nicht mit Absicht geschehen. Charlies noch ungezähmte Fähigkeiten waren so stark gewesen, dass er unter großer Anspannung versehentlich ein Portal in den Innenkreis der Finsterwelt aufgetan hatte.

Als Strafe hatte der Präsident angeordnet, dass Charlie „reduziert" werden sollte. Eine harmlose Bezeichnung für eine barbarische Prozedur, die Charlie ein für alle Mal seiner Bezwinger- und Portaler-Fähigkeiten beraubt hätte. Dasselbe war Pinch in seiner Jugend angetan worden, weshalb er heute so machtlos und verbittert war. Aber die Rektorin, Rex und Tabitha hatten sich vor Charlie gestellt und jetzt hatte der Präsident alle drei auf dem Kieker.

„Wahrscheinlich fragst du dich, wieso ich das alles wieder weiß." Der Präsident stand auf und ging um seinen Schreibtisch herum. Er fuhr sich mit den langen Fingern durch das mit Pomade zurückgekämmte graue Haar, worauf der Duft des Pflegemittels den Raum erfüllte – es roch nach Mandeln. „Denn ihr habt ja weiß Gott Himmel und Hölle und sonst was in Bewegung gesetzt, damit ich alles vergesse."

Jetzt war es raus.

Die Hexen, dachte Charlie, dem inzwischen kotzübel war. Der Präsident erinnert sich an die Hexen vom Nichts.

„Ihr haltet euch wohl für oberschlau." Drake kniff die Augen zusammen. „Mithilfe der Hexen meine Erinnerung an eure Untaten auszuradieren. Ihr dachtet, ihr wärt Genies. Und euch käme keiner auf die Schliche."

„Wovon redet der Typ?", raunte Theodor.

„Keine Ahnung", antwortete Violet achselzuckend.

Ich schon, dachte Charlie grimmig.

Er war zwar nicht dabei gewesen, als die Rektorin, Rex und Tabitha den Präsidenten entführt und zur Hexenkönigin gebracht hatten, aber er hatte trotzdem schon mit eigenen Augen gesehen, was das abstoßende Geschöpf mit seinem Opfer anstellte. Die Hexe umschlang einen mit ihren ledrigen Schwingen, legte den grünen, schuppigen Kopf in den Nacken, ließ ihre erschreckend lange Zunge aus dem mit spitzen Zähnen gespickten Maul schlängeln, stieß sie einem ins Ohr und saugte einem …

… die Erinnerungen aus.

Sie lutschte sie weg wie Schokobonbons, und wenn sie fertig war, hatte man sein Gedächtnis verloren.

Bis auf dieses Mal.

Die Hexenkönigin hatte dem Präsidenten alle Erinnerungen an Charlie und seine Freunde geraubt, aber irgendwie hatte er sie wiedererlangt.

„Wie denn?", fragte Charlie. „Wieso können Sie sich denn daran erinnern?"

„Sieh dich um." Präsident Drake wies auf die elektronischen Wunderapparate. „Alles, was hier geschieht, wird elektronisch aufgezeichnet und gespeichert. Es war nur eine Frage der Zeit, bis mir meine Ratskollegen diese Aufzeichnungen vorführen würden und ich mich daran erinnere, was du mir angetan hast … was ihr alle mir angetan habt." Er beugte sich so weit vor, dass Charlie die Kaffeeflecken auf seinen Zähnen sehen konnte. „Oder hast du etwa gedacht, ich finde es nie heraus?"

„Nein, das haben wir nicht gedacht", antwortete die Rektorin. Charlie fuhr zusammen. Er hatte ganz vergessen, dass sie auch noch da war.

„Was hattet ihr denn für diesen Fall geplant?"

„Sie gleich wieder zu der Hexe zu bringen, was sonst? Um Ihre Erinnerung auszuradieren … so wie immer."

„Wie … immer?" Präsident Drake wurde aschfahl und glich nunmehr, samt den grauen Haaren und Augen, dem Blechmann in einer gruseligen Abwandlung des „Zauberers von Oz".

„Soll das heißen, dass …"

„Ach, Reginald", fiel ihm die Rektorin ins Wort. „Sie glauben doch wohl nicht im Ernst, dass Sie sich zum ersten Mal daran erinnern? Warum hätte der Rat wohl ein halbes Jahr warten sollen, bis er Ihnen die Aufzeichnungen von unseren Auseinandersetzungen vorführt? Das hat natürlich gleich im Anschluss stattgefunden, und wir haben Sie sofort wieder zu der Hexe gebracht, um ihre Erinnerung daran zu löschen."

Der Präsident schnappte nach Luft. „Wie bitte?" Beinahe, aber nur beinahe, tat er Charlie ein bisschen leid. „Wie oft habt ihr dieses … dieses Scheusal schon an mich herangelassen?"

Die Rektorin schaute an die Decke und überlegte. „Das weiß ich nicht mehr so genau. Jedenfalls schon ziemlich oft."

„Siebenmal", knurrte Rex. „Ich kann mich jedenfalls an sieben Male erinnern."

„Siebenmal." Die Rektorin nickte. „Könnte hinhauen."

„Sie haben das … schon *siebenmal* mit mir veranstaltet?"

„Ja, und für uns ist es genauso widerlich wie zweifellos für Sie. Leider macht Ihr Zorn auf Charlie Benjamin diese Maßnahme notwendig. Selbstverständlich müssen wir uns über die Sache einmal ausgiebig unterhalten, aber momentan ist dafür nun wirklich nicht der rechte Augenblick. Wir müssen uns um dringendere Angelegenheiten kümmern. In der Finsterwelt zeichnet sich etwas ab, was sich für uns zu einer Katastrophe auswachsen könnte. Der Wächter …"

„Der Wächter ist mir schnurz!", fuhr Präsident Drake die Rektorin an. „Hier und jetzt geht es vor allem darum, dass Sie alle der Strafe zugeführt werden, die Sie ohne jeden Zweifel verdienen!"

Er griff unter seinen Schreibtisch und drückte einen Knopf. In allen Räumen des Albtraumdienstes heulten Sirenen los und rote Warnlämpchen begannen zu blinken.

„Er hat den Alarm ausgelöst!", rief Violet. „Jetzt holen sie uns!"

„Das will ich hoffen", sagte Präsident Drake. „Aber keine Angst, meine Kleine. Ich tu dir den Gefallen und lass dich als *Letzte* in die Reduzierung bringen."

„Lasst mich durch!" Theodor wollte sich auf den Präsidenten stürzen, aber Charlie hielt ihn zurück.

„Immer mit der Ruhe, Grünschnabel", sagte Rex und hakte das Lasso vom Gürtel. „Uns passiert schon nichts, verlass dich auf mich." Dann wandte er sich an Tabitha. „Machst du bitte mal ein Portal auf, Schätzchen?"

„Wohin?"

„Na, zu den Hexen!"

Präsident Drake wich wankend zurück und musste sich am Schreibtisch festhalten. „Nicht … das ist Verrat!"

„Das sagt er aber auch jedes Mal!", sagte Rex belustigt.

Dann warf er das Lasso aus dem Handgelenk quer durch das Büro und zog es um die Brust des Präsidenten fest, sodass er die Arme nicht mehr bewegen konnte.

„Auf geht's, Kumpel. Du hast ein Rendezvous mit 'ner hübschen Dame."

Als die Gruppe geradewegs in den großen Ballsaal ihrer baufälligen Finsterweltresidenz hineinportalierte, kaute die Hexenkönigin gerade an ihren Zehennägeln. Sie blickte kurz von ihrem fleckigen Thron auf. Dann kaute sie weiter auf einem besonders dicken, widerspenstigen Nagel herum, als sei sie nicht besonders überrascht über das Auftauchen der Menschen. Etliche andere Hexen in schmutzigen Ballkleidern standen hinter ihr und kämmten ihr mit kostbaren Silberkämmen das verfilzte Haar.

„Uff!" Theodor schaute sich erschrocken um. „Ist ja vielleicht krass hier!"

„Aber echt!", stimmte ihm Violet zu.

„Wir sind wieder da", verkündete Rex und zerrte den Präsidenten am Lasso vorwärts.

Daraufhin biss die Hexenkönigin das letzte Stück Zehennagel ab und spuckte es mit erstaunlichem Schwung quer durch den Ballsaal. Der harte, gelbe Halbmond blieb wie eine Pfeilspitze im prächtig geschnitzten Kaminsims über der riesigen Feuerstelle stecken.

„Tatsächlich", erwiderte sie und leckte sich die schwarzen

Lippen. „Wie ich sehe, habt ihr wieder euren Präsidenten dabei."

„Stimmt." Die Rektorin ging auf die monströse Parodie einer Frau zu. „Hoffentlich bist du auch hungrig."

„Immer …", antwortete die Hexenkönigin – und schrie auf. „Du hast geziept!", schnauzte sie die Hexe links hinter sich an.

Mit einem Hieb ihrer Klauenhand trennte sie dem Wesen den Kopf sauber vom Hals. Schwarzes Blut sprudelte aus dem Stumpf, als die tote Hexe zusammenbrach, wobei ihr der Silberkamm klirrend aus der Hand fiel.

„Also ehrlich …" Die Hexenkönigin seufzte angewidert. Dann erhob sie sich mithilfe ihrer ledrigen Flügel über dem Thron in die Luft und wirbelte dabei so viel Staub auf, dass einem der Ballsaal wie die texanische Prärie vorkam. „Fähige Kammerzofen sind schrecklich schwer zu finden. Man kann sie noch so sehr anflehen, sich vorzusehen, es nützt alles nichts. Dabei bin ich so ein zartes Pflänzchen."

„Und ein hübsches dazu!", flötete Rex und schenkte ihr sein schönstes Lächeln.

„Du bist doch ein unverbesserlicher Charmeur", erwiderte das Ungeheuer und kicherte mädchenhaft. Bei diesem Geräusch hob sich Charlies Magen bedenklich.

„Ich kommentiere nur, was ich sehe, schönes Fräulein."

„*Schönes Fräulein!*" Die Hexenkönigin heulte entzückt

auf. „Das gefällt mir. Willst du mich vielleicht nicht doch noch einmal die leckeren Erinnerungen kosten lassen, die du in deinem hübschen Schädel verwahrst? Ein süßes kleines Bonbon aus deiner Vergangenheit?“

Sie schwebte auf ihn zu und streifte sein Ohr mit ihren schwarzen Lippen.

„Zum Beispiel deinen ersten Kuss?“, gurrte sie abstoßend.

„Leider haben wir Dringenderes zu erledigen“, mischte sich die Rektorin ein.

„Bäh! Soll ich etwa schon wieder das Gedächtnis dieser ollen Mumie ausschlecken?“ Die Hexenkönigin deutete mit dem Kinn auf den Präsidenten. „Ihr wisst, dass ich das nicht mache. Nein, diesmal weigere ich mich. Sein Hass auf den Jungen schmeckt gar zu fad. Er ist nur noch die Erinnerung an die Erinnerung an eine Erinnerung. Er hasst den Jungen nicht mal mehr. Es kommt ihm nur so vor, dass er ihn eigentlich hassen müsste.“

„Stimmt das?“, wandte sich Charlie an den Präsidenten.

„Natürlich nicht!“, fuhr ihn dieser an. Dann schien ihm aufzugehen, dass er damit befürwortete, dass ihm das Scheusal das Gedächtnis leer sog. „Ich meine … geht das alles nicht deutlich zu weit? Gibt es keine andere Möglichkeit?“

„Dem stimme ich voll und ganz zu“, antwortete die Rektorin. „Ich würde diesem Irrsinn nur zu gerne ein Ende machen. Wie gesagt, wir müssen uns um dringliche Angelegenheiten kümmern. Angelegenheiten, bei denen es um Leben und Tod geht. Vielleicht ist es Zeit für einen … Waffenstillstand."

„Einen Waffenstillstand …", wiederholte der Präsident. „Ja. Das wäre vielleicht vernünftig. Im Interesse aller Beteiligten."

Doch da zitterte auf einmal der Boden unter ihren Füßen. Erst hielt Charlie es für ein Erdbeben, aber angesichts der Panik, die in den Augen der Hexe flackerte, begriff er, dass es etwas viel Schlimmeres war.

„Nein …", sagte die Hexe und erhob sich mit ein paar Flügelschlägen höher in die Lüfte. „Er ist im Anmarsch."

„Wer?", fragte Charlie.

Die Buntglasfenster des Ballsaals klirrten, als das Beben zunahm, und das ganze Anwesen sich wie auf einer gigantischen Welle hob und senkte, sodass sogar der Steinfußboden Buckel bekam.

Unter ihnen regte sich etwas Gewaltiges.

Etwas Monströses.

Alle wurden umgeworfen, die Kronleuchter lösten sich aus ihren Verankerungen und kamen wie Glasbomben herabgesaust.

„Hände vor die Augen!", brüllte Rex.

Charlie und seine Freunde befolgten den Rat gerade noch rechtzeitig, sonst hätten sie von den Splittern blind werden können. Doch dann ließ das Beben nach und alle konnten wieder aufstehen. Der Boden unter ihren Füßen hob sich noch einmal, zweimal, dann war alles wieder ruhig.

„Was war das?“, fragte Violet in die Stille hinein.

„Das“, antwortete die Hexenkönigin aus der Luft, „war Slagguron.“

„Der dritte Namhafte“, sagte die Rektorin leise und betrachtete die Verwüstung, die das Ungeheuer verursacht hatte, obwohl es noch ein ganzes Stück entfernt gewesen war. So beeindruckt hatte Charlie sie nur selten gesehen.

„Bewegt er sich denn unterirdisch fort?“, erkundigte sich Tabitha.

„Wusstest du das nicht?“ Die Hexenkönigin war sichtlich verwundert.

„Wir sind ihm nie begegnet“, sagte Präsident Drake und streifte Rex’ Lasso ab. „Natürlich sind uns Gerüchte zu Ohren gekommen. Eines besagt zum Beispiel, er sei ein riesiger Wurm, der sich durch die Erdkruste der Finsterwelt bohrt, aber das ist nie bestätigt worden.“

„Dann betrachte es ab jetzt als bestätigt.“ Die Hexenkönigin ließ sich auf dem unebenen Fußboden nieder. „In letzter Zeit war er ziemlich umtriebig und hat sich kreuz und quer durch die Finsterwelt gegraben. Dabei verlässt er seinen Palast im Innenkreis sonst nie.“ Sie lächelte verstohlen. „Andererseits geschieht hier in letzter Zeit so manches Ungewöhnliche.“

Im selben Augenblick erscholl ein derart schriller Schrei, dass die bunten Glasfenster barsten. Man hörte es brausen wie von einer gewaltigen Turbine.

„Da!“, rief Theodor und zeigte zum Fenster. „Ich pack’s nicht!“

Durch das zerbrochene Fenster sah Charlie einen prächtig goldenen Streifen, der sich flatternd von der roten Feuersäule des fernen Innenkreises am Horizont abzeichnete.

„Tyrannus“, sagte die Rektorin tonlos. „Der vierte Namhafte.“

Der Streifen bewegte sich unglaublich rasch durch die Lüfte dieser fremden Welt, sodass Charlie nur einen undeutlichen fledermausähnlichen Umriss erkannte, eigentlich eher eine Farbschliere. Dann ertönte noch ein Schrei. Der schrille Laut ging Charlie durch Mark und Bein. Die fliegende, goldene Ungeheuerlichkeit brauste brüllend über ihre Köpfe und erfüllte die Welt mit Donner. Die Glasscherben zerfielen zu feinem Staub.

„Was geht hier verdammt noch mal vor?“, fragte Rex verwundert. „Erst Slagguron, jetzt Tyrannus. So haben sich die Namhaften doch noch nie aufgeführt.“

Ein irres Kichern zerriss die Luft, als Tyrannus in weitem Bogen zurückkehrte und hoch über dem bröckelnden Hexenhaus dahinsauste.

„*Sieg*!“, kreischte er misstönend. „Monster aus der Finsterwelt, *jubiliert*! Wir haben *gesiegt*! Der Wächter ist *erledigt*!

Endlich können wir tun und lassen, was wir *wollen*! Jetzt geht der *Spaß* los!"

„Oh nein ...", keuchte Tabitha.

„Genau das habe ich befürchtet", wandte sich die Rektorin an den Präsidenten. „Ich muss sofort den Wächter aufsuchen."

„Ich komme mit", sagte Tabitha.

„Ich bin auch dabei", schloss sich Rex ihr an. „Ihr müsst mich sowieso mitnehmen. Unser Prinzesschen hier", er nickte Tabitha zu, „hält es doch ohne ihren Rex keine Sekunde aus."

„Lass den Quatsch."

Die Rektorin schüttelte den Kopf. „Vielen Dank für das Angebot, aber ich kann Sie leider nicht mitnehmen. Sie kennen den Wächter nicht. Ich dagegen habe schon viel Zeit mit diesem liebenswürdigen Geschöpf verbracht. Ich kenne seine speziellen Bedürfnisse ... seine ausgefallenen Wünsche ... und weiß, wie man ihnen widersteht."

„Jetzt stellen Sie sich nicht so an, Brazenhope!", schnaubte Präsident Drake. „Wenn der Wächter geschwächt ist oder gar stirbt, kann niemand sagen, wie viele Feinde ihn umzingelt haben. Sollte es zum Kampf kommen, besteht unser Vorteil in unserer Überzahl."

Die Rektorin schüttelte den Kopf. „Das hier ist kein Kräftemessen, Reginald, hier geht es um Geschicklichkeit und Scharfsinn. Abgesehen davon müssen Sie alle sich einer noch viel größeren Aufgabe widmen. Ich fürchte, die Zeit ist reif. Jetzt kommt ein Plan zum Tragen, von dem ich gehofft hatte, dass wir nie davon Gebrauch machen müssen.“

Sie sah tiefernst von einem zum anderen.

„Sie müssen eine Invasion einleiten.“

5. Kapitel

Die Invasion

Der Plenarsaal des Hohen Rates war gerammelt voll. Fertig ausgebildete Bezwinger und Portaler rutschten unruhig auf ihren Plätzen hin und her und verstummten erst, als der Präsident seinen Platz auf dem Podium einnahm.

„Ich komme gerade von einer … Sitzung … mit der Rektorin", verkündete er, nachdem er sich ausgiebig geräuspert hatte. „Wir sind zu einer Übereinkunft gekommen. Was die Sache mit Charlie Benjamin angeht, haben wir uns auf einen vorläufigen Waffenstillstand geeinigt."

Alle Erwachsenen drehten sich nach Charlie um.

„Was gibt's da zu glotzen?", fragte Theodor und starrte trotzig zurück. „Wir sind hier nicht im Zirkus."

Die Erwachsenen schauten wieder weg.

„Aufgrund alarmierender neuer Entwicklungen sind alle, die mit Charlie Benjamins früheren Fehltritten in Verbindung stehen, hiermit begnadigt. Damit können wir uns nunmehr voll und ganz der größten Bedrohung widmen, mit der wir es je zu tun hatten."

Er erhob sich und fing an, auf und ab zu gehen.

„Meine Damen und Herren, in der Finsterwelt geht etwas Außergewöhnliches vor sich, etwas, worauf wir sofort reagieren müssen, wenn wir nicht in einen Krieg mit unvorhersehbaren Folgen schlittern wollen. Es besteht Grund zur Annahme, dass der Wächter geschwächt wurde und dass Slagguron und Tyrannus womöglich schon bald aus der Finsterwelt entkommen, um sich mit Barakkas und Verminion zu verbünden. Ich muss Sie wohl nicht daran erinnern, dass die vier Namhaften, sollte ihnen das gelingen, mithilfe ihrer Schmuckstücke in der Lage sind, vereint den Fünften zu beschwören. In diesem Falle werden die Kreaturen aus der Finsterwelt einen Vernichtungsfeldzug gegen unsere Welt in die Wege leiten – es sei denn, wir halten sie auf. Leider bleibt uns keine andere Wahl, als einen Plan in die Tat umzusetzen, von dem wir eigentlich nie Gebrauch machen wollten – und unsererseits eine Invasion einzuleiten."

Er drehte sich nach William um, der hinter ihm auf dem Podium stand. „Wenn Sie uns bitte auf den aktuellen Stand bringen würden, General Dagget?"

Rex stöhnte. „Nicht zu fassen! Diesem Schwachkopf will er den Oberbefehl überlassen?" Dann fiel ihm auf, dass Theodor neben ihm saß. „Entschuldigung, Kleiner", sagte er verlegen. „Ich weiß, dass er dein Vater ist und so weiter, aber es ist kein Geheimnis, dass William und ich uns noch nie besonders grün waren."

„Schon gut", antwortete Theodor. „Er und ich uns auch nicht."

William trat vor und ließ den Blick über die versammelten Bezwinger und Portaler schweifen.

„Wenn es allen vier Namhaften gelingt, in unsere Welt einzudringen, gibt es nur eine einzige Möglichkeit, sie daran zu hindern, den Fünften zu rufen."

Er verzog keine Miene.

„Einer der Namhaften muss sterben."

Daraufhin wurde es grabesstill im Saal. Sogar Charlie glaubte, sich verhört zu haben.

„Wie soll das denn gehen, bitte sehr?", rief schließlich jemand.

„Gegen einen Namhaften haben wir nicht die geringste Chance!", rief ein anderer.

Dann gab es kein Halten mehr und unter sämtlichen Anwesenden entbrannte eine lautstarke Diskussion, wobei die meisten Williams Vorschlag offenbar für reinen Selbstmord hielten.

Dann übertönte ein lauter, lang gezogener Pfiff den Lärm und es wurde allmählich wieder still. Es war Rex gewesen, der da gepfiffen hatte, stellte der verdutzte Charlie fest.

„Ich weiß, was ihr jetzt alle denkt", sagte der Cowboy und erhob sich. „Einen Namhaften umbringen zu wollen, ist ungefähr so, als ob man in einen Gewehrlauf guckt und die Kugel mit den Zähnen fangen will. Keine Frage, so was ist ein dicker Brocken, aber wir müssen ihn letztendlich abbeißen und runterwürgen. Ich glaube nicht, dass sich unsere Chancen irgendwie verbessern, indem wir das Ganze aufschieben. Abgesehen davon sind Barakkas und Verminion dank unseres tapferen Charlie Benjamin" – er zog schwungvoll den Hut und Charlie wurde knallrot – „ziemlich angeschlagen."

Charlie dachte an seine letzte Begegnung mit den beiden Namhaften. Er hatte die beiden Giganten mit einer List dazu gebracht, dass sie in ihrem Versteck unter dem Krakatau aufeinander losgegangen waren. Sie hatten einander derart übel zugerichtet, dass Charlie nicht einmal sagen konnte, ob sie ihre Verwundungen überlebt hatten.

„Wer weiß?", fuhr Rex fort. „Vielleicht ist ja einer der bösen Buben längst tot, dann hat sich die Sache für uns erledigt. Aber das müssen wir erst feststellen, und zwar so schnell wie möglich, solange wir noch die Oberhand haben." Er wandte sich an William. „Sie wissen ja, dass ich Sie nicht leiden kann, Big Bill – aber in dieser Angelegenheit bin ich Ihr Mann."

„Vielen Dank, Bezwinger Henderson", erwiderte der General. „Meine Damen und Herren … wappnen Sie sich für einen harten Kampf."

Eine gute Stunde später fanden sich vierzig Bezwinger und Portaler in der öden flachen Landschaft im ersten Kreis der Finsterwelt ein. Noch nie hatten sich so viel Geschick und

Erfahrung auf einem Fleck und zu einem Zweck versammelt. William ging zwischen ihnen umher, überprüfte den Stand der Vorbereitungen – und erblickte auf einmal Charlie, Violet und Theodor.

„Was haben die Kinder hier zu suchen? Wir sind nicht auf dem Spielplatz!"

Rex kam angelaufen. „Ich habe Charlie gefragt, ob er mitkommt. Er ist schon öfter als wir alle ins Hauptquartier der Namhaften portaliert. Mit seiner Hilfe kommen wir auch wirklich dort an."

„Einverstanden. Das erklärt aber nicht, was die beiden anderen Kinder hier machen – der Junge und das Mädchen."

Der Junge, dachte Charlie sarkastisch. Meinte er nicht eher: *mein Sohn*?

„Jemand muss doch auf Charlie aufpassen!", rief Theodor. „Und dieser Jemand bin ich! Wo Charlie hingeht, gehe ich auch hin, das ist NV – nicht verhandelbar!"

„Ach so?" William gestattete sich den Anflug eines Lächelns. „Aber du bist bloß Portaler. Könnte ein Bezwinger nicht noch besser auf deinen Freund aufpassen?"

„Darum bin ich auch mitgekommen." Violet trat vor. „Theodor und ich halten Charlie in der Schlacht den Rücken frei."

„Aha. Wie die drei Musketiere, hm?"

Charlie, Violet und Theodor nickten.

„Meinetwegen.“ William drehte sich nach Rex um. „Sie haben doch auch einige Erfahrung mit Barakkas und Verminion gemacht, Henderson. Was erwartet uns Ihrer Meinung nach, wenn Charlie das Portal öffnet?“

„Tja, ich kann Ihnen nicht sagen, welcher Namhafte dann vor uns steht, aber falls wir es mit Verminion zu tun kriegen, würde ich vorschlagen, dass Sie auf den Hals zielen, denn sein Panzer ist zu dick. Bekommen wir es mit Barakkas zu tun, zielen Sie am besten aufs Herz, und nehmen Sie sich um Himmels willen vor seinen Hörnern in Acht, wenn Sie nicht als Schaschlik enden wollen.“

Ringsum wurde grimmiges Gelächter laut.

„Egal, wer unser Gegner ist“, fuhr Rex fort, „wir müssen ihn zack-zack erledigen, sonst haben wir die gesamte Armee der Finsterwelt am Hals.“

„Danke, Henderson. Dann übernehme ich wieder, wenn es Ihnen recht ist. Meine Damen und Herren Portaler, Sie errichten eine Portalbarrikade um die Bezwinger. Damit halten Sie die Verstärkung in Schach, wenn neue Monster aus den unterirdischen Gängen strömen. Und Sie, Portaler Greenstreet …“

Tabitha schien überrascht, dass sie persönlich angesprochen wurde.

„Ja bitte?“

„Wenn es hart auf hart kommt, sind Sie für die Spülung verantwortlich.“

„Alles klar."

Portalbarrikade? Spülung? Charlie hatte keinen Schimmer, wovon William redete. Er war völlig überfordert.

„Na schön", sagte William abschließend. „Dann überprüfen jetzt bitte alle Bezwinger ihre Ausrüstung."

Überall klapperte und schepperte Stahl auf Stahl, als die Bezwinger ihre Waffen überprüften: glänzende Äxte, schimmernde Keulen und die verschiedensten Schwerter glühten blau gleißend auf.

„Sind alle so weit?"

Allgemeines Nicken.

„Dann können wir. Charlie?"

„Ja, Sir?"

„Portal öffnen."

Charlie nickte. Er war so aufgeregt, dass sein Mund trocken wie Sandpapier war.

„Immer mit der Ruhe, Kleiner", raunte ihm Rex zu. „Wenn du in der Patsche sitzt, rufst du mich einfach, und schon bin ich da, kapiert?"

„Mach ich." Charlie schloss die Augen und tat ein Portal zu Verminions Höhle unter der Vulkaninsel Krakatau auf.

Unter wüstem Schlachtengebrüll stürmte die Elitetruppe der Bezwinger und Portaler des Albtraumdienstes durch das Portal in die gewaltige Höhle. Die Hitze aus den unzähligen blubbernden Lavateichen schlug wie eine Flutwelle über

Charlie und seinen Freunden zusammen. Die Feuerteiche warfen rötlich trübes Licht auf die gewundenen Felsformationen, die sich im Lauf vieler Hundert Jahre in dem riesigen unterirdischen Hohlraum gebildet hatten.

Charlie hatte rasendes Herzklopfen, als sie nun alle in fliegender Eile die Höhle durchkämmten und dabei jederzeit auf einen Angriff Hunderter Monster gefasst waren. Er hielt angestrengt nach Verminion Ausschau … oder nach Barakkas … oder nach sonst wem.

Aber die Höhle war verlassen.

Die beiden Namhaften waren samt ihrem Heer verschwunden.

„Das soll wohl ein Witz sein", sagte Rex.

Charlie war genauso verdattert. „Hier war es aber. Das Portal ist an der richtigen Stelle, ehrlich."

„Das wissen wir doch, Kleiner", erwiderte Rex. „Aber es sieht so aus, als wären sie nicht mehr hier. Sie sind uns bereits einen Schritt voraus."

Da hörten sie hinter sich Felsbrocken poltern. Sie fuhren herum und sahen einen Vierer-Finsterkrabbler auf seinen acht Spinnenbeinen in die Höhle staksen. Offensichtlich hatte er die vielen Eindringlinge gar nicht bemerkt.

„Packt ihn!", kommandierte William und die ganze Bezwingermeute stürzte sich auf das Scheusal.

Es versuchte zu fliehen, aber die Truppe hatte es rasch umzingelt. William zog seinen Zweihänder und hielt die hell leuchtende Klinge an den Hals des sich windenden Ungeheuers. Die Waffe zischte leise.

„Wo sind sie hin?", fragte er.

Der Finsterkrabbler fauchte ihn an und William drückte fester zu, bis die Klinge in den Panzer des Ungeheuers drang. Ein kleines schwarzes Rinnsal quoll hervor. „Raus mit der Sprache, Monster, sonst leidest du unvorstellbare Qualen."

„Halt!", rief Charlie. Die Erwachsenen drehten sich um. „Tun Sie ihm nichts. Ich weiß etwas Besseres."

Charlie brachte Professor Xixclix durch ein zweites Portal in die Höhle.

„Tag zusammen", grüßte der freundliche Finsterkrabbler die versammelte Truppe und fuhr sich mit der borstigen Zunge über ein Vorderbein. „Charlie meinte, Sie hätten einen meiner Artgenossen gefangen genommen?"

„Er ist da drüben", sagte Charlie. „Können Sie mit ihm reden? Wir müssen unbedingt wissen, wo Verminion und Barakkas hin sind."

„Das dürfte nicht allzu schwer sein", antwortete Xix. „Er ist bloß ein Vierer. Da ich kürzlich Fünfer-Status erlangt habe, dürfte er für mich leicht zu knacken sein."

Charlie nahm belustigt den Anflug von Stolz im Tonfall des Professors zur Kenntnis.

Xix krabbelte zu dem Gefangenen hinüber und redete in

seiner eigenen Sprache auf ihn ein: mit Fauchen, Schnalzen und ab und zu auch Spucken. Es war das erste Mal, dass Charlie Xix mit einem Artgenossen sah. Er hatte sich schon so daran gewöhnt, dass der Krabbler in der Akademie als Monsterbändiger arbeitete, dass er beinahe vergessen hatte, dass Xix kein Mensch war – obwohl das große spinnenartige Geschöpf mit den stachligen Haaren an den dürren Beinen und dem violetten Streifenmuster auf dem glänzend schwarzen Rückenpanzer ein unverwechselbar monstermäßiges Äußeres aufwies.

„Und … alles so weit klar?“, wandte sich William während der Unterredung der beiden Ungeheuer an Theodor. Charlie wunderte sich, denn nichts in Williams bisherigem Verhalten hatte darauf hingedeutet, dass er auch nur im Entferntesten an seinem Sohn interessiert war.

„Alles bestens!“, antwortete der geradezu erschütterte Theodor. „Ich find’s super in der Akademie!“

„Er ist einer unserer besten Portaler“, setzte Violet hinzu.

„Das kann man wohl sagen“, pflichtete ihr Charlie bei.

William musterte die drei und wandte sich wieder an Theodor. „Ich find’s gut, dass du darauf bestanden hast, mitzukommen und deinem Freund zur Seite zu stehen.“

Theodor war baff. „Ähm … danke!“ Dann grinste er übers ganze Gesicht.

Da kam Xix zu ihnen herübergestakst. Die Befragung war beendet.

„Und?“, fragte William.

„Viel weiß er nicht. Bloß, dass sie ihr Versteck in die ‚Eiswüste‘ verlegt haben – wo immer das sein mag. Er hatte den Auftrag, hierzubleiben und die verlassene Höhle mit Lava zu fluten, um alle Hinweise darauf zu tilgen, dass sie je hier waren.“

„Das klingt, als hätte er beim Hölzchenziehen verloren“, brummte Rex.

„Aber was haben sie vor?“, fragte Charlie. „Barakkas und Verminion, meine ich?“

Ehe Xix den Gefangenen nochmals befragen konnte, antwortete er von sich aus: „Alle … umbringen …“

Die Versammelten sahen einander beklommen an.

Rex gab sich einen Ruck. „Wir müssen sie suchen gehen. Wo sie auch sind, wir müssen die Namhaften ausfindig machen und einen von ihnen töten. Da führt kein Weg dran vorbei.“

Charlie wurde es ganz flau. Einen Namhaften zu töten, war ein fast unmögliches Unterfangen. Und jetzt wussten sie nicht einmal mehr, wo sich Barakkas und Verminion aufhielten. Damit hatten sie schon vor dem ersten Kampf eine schwere Niederlage erlitten. Vielleicht würde es ihnen gelingen, den Standort des neuen Hauptquartiers in Erfahrung zu bringen … aber blieb ihnen dafür überhaupt noch genug Zeit?

Jetzt hängt alles von der Rektorin ab, dachte Charlie.

Hoffentlich hatte sie den Wächter noch lebendig angetroffen.

Hoffentlich konnte sie dafür sorgen, dass es auch so blieb.

Hoffentlich war es noch nicht zu spät.

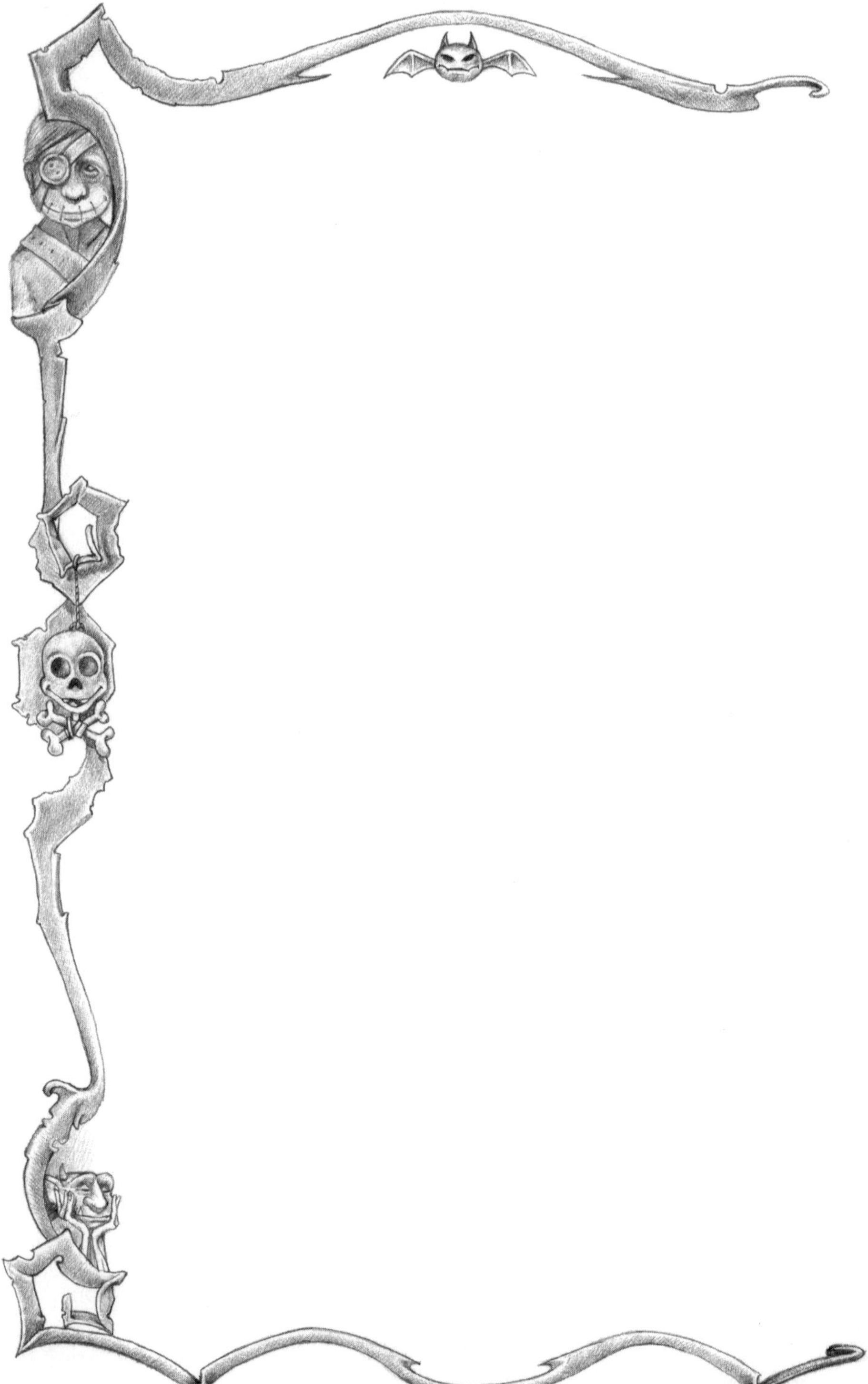

Zweiter Teil

Der Wächter

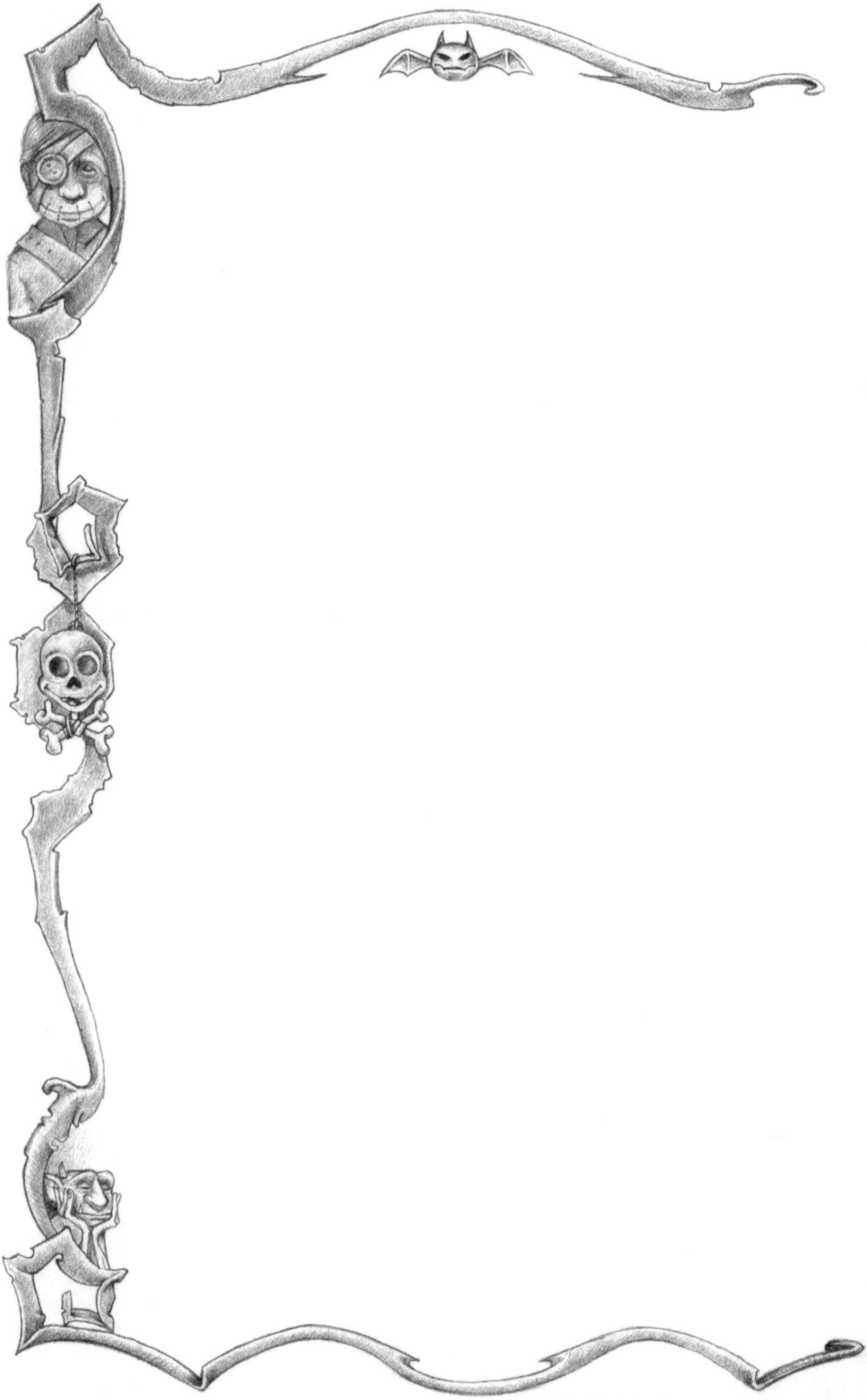

6. Kapitel

Auf dem Meeresgrund

Die Albtraumakademie war immer ein erfreulicher Anblick. Die riesigen gestrandeten Schiffe, die in den Ästen des größten Feigenbaumes der Welt nisteten, begeisterten Charlie immer wieder. Heute Morgen aber war er so stinksauer, dass er kaum einen Blick dafür übrig hatte.

„Was ist denn los, Charlie? Wir sind kaum einen Tag wieder hier und du machst ein Gesicht, als hätte ein Ektosumpfler deine Mutter gefressen."

„Was los ist?", erwiderte Charlie unwirsch. „Frag lieber, was *nicht* los ist! Rex und Tabitha sind hier auf der Erde unterwegs, um Verminion aufzuspüren, die Rektorin ist irgendwo in der Finsterwelt zugange und kümmert sich um den Wächter …"

„Ja und?"

„Und wir sitzen hier untätig rum!"

„Aha!", rief Violet. „Du bist sauer, weil wir nicht mehr mitmischen dürfen. Reg dich ab. Unsere Aufgabe ist vorerst erledigt. Wir sind doch noch NLs."

„FGs!“, berichtigte Theodor sofort. „Mir ist es schnurz, was Pinch sagt. Mal sehen, was die Rektorin dazu meint, wenn sie wieder da ist.“

„Ich wollte sagen, hier geht es um so ernste Dinge, dass sie nicht mehr in unserer Verantwortung liegen.“

„Das stimmt zwar“, entgegnete Charlie, „aber das heißt noch lange nicht, dass wir uns nicht irgendwo nützlich machen können.“

Enttäuscht lehnte er sich an die Reling des Piratenschiffs und blickte aufs Meer hinaus.

„He, Leute!“

Charlie drehte sich um und erblickte Brooke, die durch einen Blättervorhang zu ihnen hochgefahren kam und mit ihren blonden Haaren und blauen Augen wie ein Engel aussah. Sie stieg aus dem zum Aufzug umgebauten Beiboot und kam zu ihnen herüber. Dabei setzte sie ein hinreißendes Lächeln auf.

„Hallo, Brooke!“, flöteten Charlie und Theodor im Chor.

Violet verdrehte die Augen. Ja, schon klar, Brooke war älter und größer und sah toll aus, aber man konnte es auch übertreiben!

„Na, was geht ab?“

„Eine ganze Menge“, antwortete Theodor. „Aber Charlie ist sauer, weil er nicht dabei sein darf.“

Charlie funkelte ihn wütend an.

„Ich meine, wir sind alle sauer deswegen“, ergänzte Theodor eilig. „Nicht nur Charlie … ich wollte ihn nicht bloßstellen wie ein schmollendes Kleinkind oder so."

„Genau das ist er doch aber", sagte eine wohlbekannte Stimme.

Charlie schaute auf und sah Geoff, Brookes großen blonden Freund, der mit herablassender Miene hinter ihr hergedackelt kam. Es ärgerte Charlie maßlos, dass der Kerl immer besser aussah, je älter er wurde. Er war sechzehn, sah aber schon aus wie zwanzig.

„Schließlich seid ihr immer noch NLs", fuhr Geoff fort. „Jeder weiß, dass ihr bei der Prüfung durchgefallen seid."

„Wir sind nicht durchgefallen!", fauchte Theodor. „Die Rektorin hat noch nicht darüber entschieden, es ist noch alles offen!"

„Den Arsch habt ihr offen, ihr drei, sonst ist hier gar nix offen!" Geoff lachte sich kringelig und schaute Brooke Beifall heischend an.

„Warum unternimmst du nicht mal irgendetwas ohne mich?", sagte sie kühl.

Charlie hätte am liebsten laut gejubelt, schaute aber taktvoll woanders hin. Theodor dagegen tat sich keinen Zwang an und rief: „Bravo!"

„Klappe!", brüllte Geoff und hob die Faust.

Theodor drohte dem viel stärkeren Jungen ebenfalls mit der Faust, bewegte dann aber Daumen und Zeigefinger wie einen Mund, quäkte: „Ich liebe dich!", und gab Geoffs Faust mit seiner Faust einen Kuss.

Geoff war erst sprachlos und sagte dann zu Brooke: „Willst du echt mit diesen Typen rumhängen?"

„Ja."

„Dann viel Spaß. Wenn es dir im Kindergarten zu langweilig wird, kannst du dich ja wieder bei mir melden." Er stapfte über das Deck zu dem wartenden Beiboot hinüber und verschwand nach unten.

„Männer!", sagte Brooke zu Violet und seufzte theatralisch, als seien sie alte Veteranen auf dem Schlachtfeld der Geschlechter. „Erst kleben sie an einem wie Kaugummi an der Schuhsohle und dann regen sie sich auf, wenn man sie abkratzt."

„Ich mag keinen Kaugummi", erwiderte Violet kurz angebunden.

„Määäh!", machte Theodor. „Zickenkrieg!"

„Jetzt reicht's!", schnaubte Violet und wollte gehen.

„Bleib doch hier!", rief Brooke ihr nach.

Charlie wusste, dass Violet Brooke nicht leiden konnte. Genauer gesagt, konnte sie Brooke nicht ausstehen, und zwar deshalb, weil sie angeblich „eingebildet" war. Charlie hatte aber auch gespürt, als er seinerzeit in Verminions Höhle mit ihr Seite an Seite gekämpft hatte, dass sie mit ihrer Überheblichkeit eigentlich nur ihre schreckliche Unsicherheit überspielen wollte.

„Du kannst jetzt nicht gehen“, fuhr Brooke fort. „Ich soll dir etwas von der Rektorin ausrichten. Besser gesagt, euch allen.“

Das fand Violet nun doch spannend und sie drehte sich um. „Wann hast du denn mit ihr gesprochen?“

„Gestern. Kurz bevor sie in die Finsterwelt aufgebrochen ist.“

Wahrscheinlich kurz nachdem wir bei der Hexenkönigin waren, überlegte Charlie. „Was sollst du uns denn ausrichten?“

„Wenn sie bis heute Mittag nicht wieder hier ist, sollen wir vier zu ihr in die Finsterwelt kommen.“

„Aber sie wollte doch zum Wächter! Ich habe nicht die leiseste Ahnung, wo wir sie da suchen sollen!“

Brooke zuckte die Achseln. „Das macht nichts. Man kann sowieso nicht direkt zum Wächter portalieren. Man kann nur irgendwo in seine Nähe portalieren, und da ist es supergefährlich. Die Rektorin kommt damit klar, aber für uns ist es zu heftig. Darum sollen wir das Wächterboot nehmen.“

Die drei anderen sahen sich verdutzt an.

„Das ‚Wächterboot‘?“

Das Wächterboot war in einer Felshöhle am Strand unter Bananenblättern versteckt, ein Stück weiter südlich, dort, wo Charlie und seine Freunde noch nie gewesen waren.

„Cool!“, rief Theodor begeistert, als sie in das kleine Gefährt kletterten. Es war ungefähr so groß wie ein Rennboot. Die sechs Sitzplätze waren mit metallenen Sicherheitsbügeln ausgestattet. Man zog sich die Bügel über die Schultern und vor die Brust. Theodor nahm sofort Platz. „Geht ganz einfach! Wie bei diesen Dingern auf dem Rummel, wo man auf den Kopf gestellt wird."

„Also ich weiß ja nicht …" Violet schien beunruhigt. „Wozu braucht man die denn?"

Während Theodor noch mit der Rückhaltevorrichtung hantierte, machte sich Charlie mit dem Fahrersitz vertraut. Vor ihm am Armaturenbrett gab es erstaunlich wenige Instrumente und Knöpfe: einen Anlasser, einen Gashebel, ein Lenkrad, einen einfachen Kompass und einen roten Knopf, unter dem ACHTUNG: NUR IM FREIEN FALL BETÄTIGEN! eingraviert war.

„Im freien Fall? Was soll das denn heißen?"

Brooke zuckte die Achseln. „Frag mich nicht. Ich weiß nur, dass wir aufs offene Meer raus und nach Süden fahren sollen, alles Übrige erledigt das Boot."

„*Das Boot?*", fragte Violet misstrauisch. „Du meinst, dann ist man auf einmal *Schwupps!* – beim Wächter?"

„Hat jedenfalls die Rektorin gesagt." Brooke war ein wenig eingeschnappt. „Ich hab so ein Ding doch auch noch nicht ausprobiert."

„Na toll, da bin ich jetzt aber beruhigt. Keiner von uns weiß, wie man das Teil überhaupt in Gang kriegt!"

„Abgesehen von dem roten Knopf und den komischen Sicherheitsbügeln sieht es nicht viel anders aus als ein ganz gewöhnliches Motorboot", mischte sich Charlie ein. „Wir müssen erst mal irgendwie aus der Höhle rauskommen und dabei nicht gegen die Felsen donnern."

„Das übernehme ich", meldete sich Theodor zu Wort. „Ich hab ein Händchen für Boote."

„Echt?", fragte Charlie. „Hast du denn schon mal eins gesteuert?"

„Nö."

„Woher willst du dann wissen, dass du ein Händchen dafür hast?"

„Du kennst mich doch. So was liegt mir einfach im Blut!" Er klappte seinen Sicherheitsbügel weg und wollte aufstehen, aber Violet schubste ihn wieder auf seinen Sitz.

„Ich fahre das Ding!", verkündete sie und nahm vor den Armaturen Platz. „Meine Eltern hatten ein Boot. Macht die Bügel fest."

Charlie, Brooke und Theodor befolgten die Anweisung. Violet schaltete die Zündung an, schob den Gashebel nach vorn und lenkte das kleine Boot geschickt aus der Höhle heraus.

„He, du kannst das echt gut!", sagte Charlie anerkennend.

Violet feixte. „Als Mädchen muss man halt alles können."

Es war ein warmer, sonniger Tag und trotz aller bevorstehenden Gefahren bekam Charlie richtig gute Laune, sobald sie die Insel hinter sich gelassen hatten und sich den freundlichen Wellen des offenen Meeres anvertrauten.

Die Katastrophe fing ganz harmlos an.

Zwanzig Meilen von der Küste entfernt kreiselte die Kompassnadel, die vorher die ganze Zeit über verlässlich nach Norden gezeigt hatte, auf einmal wie verrückt. Sie zeigte erst nach Süden, dann nach Osten und dann wieder nach Süden.

„Abgefahren", sagte Violet und beobachtete die hin und her zuckende Nadel.

„Stimmt was nicht?", fragte Charlie.

„Weiß nicht. Der Kompass spinnt. Da! Schon wieder!"

Die Nadel schlug nach links aus, dann wieder nach rechts.

„Ach, das ist nicht schlimm", meinte Theodor. „Solche Aussetzer sind ganz normal. Es kann an der Anziehungskraft des Mondes liegen oder vielleicht schippern wir ja auch gerade über einen großen Brocken Magneterz."

„Red keinen Quatsch", erwiderte Charlie. „Kriegst du überhaupt mit, was du für einen Blödsinn sabbelst?" Er zeigte auf die Instrumententafel. „Sieh dir das Ding an. Das ist alles andere als normal!"

Der Kompass trudelte unverändert hin und her und das Boot schaukelte bedenklich auf den immer höheren Wellen auf und ab. Die bauschigen weißen Wolken über ihnen färbten sich immer dunkler.

„Vielleicht sollten wir umdrehen", schlug Brooke ein wenig ängstlich vor. „Sieht aus, als ob es ein Unwetter gäbe."

„Ich würde ja gern umkehren", entgegnete Violet, „aber jetzt, wo sich der Kompass so merkwürdig aufführt, weiß ich nicht, ob ich den Rückweg finde."

„Das ist doch ganz leicht", sagte Theodor. „Du brauchst dich nur nach der Sonne zu richten."

„Nach der Sonne?"

„Na, so wie es alle Seeleute machen."

Violet biss die Zähne zusammen. „Okay. Und wie machen die das?"

„Woher soll ich das wissen? Du bist hier der Kapitän."

Zum Glück hat sie einen Bügel vor der Brust, dachte Charlie, denn allein Violets Blick hätte töten können.

„Dreh einfach um", sagte er ruhig. „Zumindest kommen wir dann aus den hohen Wellen raus."

Die See wurde tatsächlich deutlich rauer. Ein böiger Wind ließ ihnen die Gischt wie Nadelstiche in die Gesichter prasseln. Charlie staunte, wie schnell das Wetter zu ihren Ungunsten umgeschlagen war.

„Wahrscheinlich hast du Recht", sagte Violet ein bisschen unsicher. Sie beobachtete, wie immer höhere Wellen gegen ihr kleines Boot schlugen und es wie einen Kreisel tanzen ließen. Sie kurbelte am Steuerrad herum.

Nichts tat sich.

Das Boot fuhr unverändert in dieselbe Richtung, wie von einer starken, unsichtbaren Kraft angezogen. Die ersten Riesenwellen schwappten über den Bootsrand und drohten das Fahrzeug zu versenken.

„Was ist denn los?", übertönte Charlie den immer lauter heulenden Wind.

„Keine Ahnung!", schrie Violet zurück. „Das Boot reagiert nicht! Irgendwas zieht uns an!"

„Wahrscheinlich entweder der Nord- oder der Südpol", überlegte Theodor laut. „Kommt natürlich drauf an, auf welcher Seite der Erdkugel wir uns befinden."

„Das ist doch albern!", brüllte Charlie. „Die Albtraumakademie liegt nicht mal in der Nähe von einem der beiden Pole, sondern in den Tropen, wie jeder Depp erkennen kann!"

„Ihr wisst nicht, wo die Akademie liegt?", fragte Brooke ungläubig und die nächste gewaltige Welle überspülte sie.

„Nee!" Charlie wischte sich das beißende Salzwasser aus den Augen. „Hat uns noch keiner gesagt."

„Na ja, eigentlich kein Wunder. Das lernt man auch erst als FG."

„Jetzt sag schon – wo sind wir hier?", brüllte Theodor.

Dichte Regenschleier rauschten herab, Blitze zuckten am dunklen Himmel.

„Im Bermudadreieck", rief Brooke. Das Boot fing an, sich

wie in einem Strudel um die eigene Achse zu drehen. „Die Albtraumakademie liegt im Bermudadreieck!“

Die anderen drei starrten sie mit offenen Mündern an.

„Wie bitte? Im Bermudadreieck?“, kreischte Theodor. „Soll das ein Witz sein? Dann sitzen wir in einer tödlichen Falle! Weißt du nicht, wie viele Flugzeuge und Schiffe hier schon verschollen sind?“

„Nicht in Zahlen“, rief Brooke.

„Jedenfalls massenhaft! Verdammter Mist! Jetzt müssen wir alle sterben!“

„Hör schon auf!“, rief Violet. „So schnell stirbt man nicht!“

„Na ja …“ Charlie spähte über den Bootsrand. „Irgendwie sieht es schon so aus.“

Das Meer bildete einen Strudel wie ein gigantischer Abfluss, an dessen Rand das kleine Boot wie irre im Kreis herumsauste. Tief unten im schäumenden Wasser konnten sie eine riesige, rot glühende Scheibe erkennen.

Sie trauten ihren Augen nicht. So etwas hatten sie noch nie gesehen.

„Was kann das sein?“, rief Brooke.

„Ich habe nicht die leiseste Ahnung!“, antwortete Charlie unsicher.

Der Strudel sog sie ein, bis ihre Nussschale untertauchte und völlig steuerlos der sonderbaren roten Scheibe entgegentrudelte. Als sie näher kamen, erkannte Charlie, wie gewaltig sie tatsächlich war: mindestens eine Meile im Durchmesser. Sie wurde immer größer, bis sie sein ganzes Gesichtsfeld ausfüllte. Er bäumte sich gegen den Sicherheitsbügel auf, versuchte verzweifelt, sich davon zu befreien, aber die Vorrichtung war fest eingerastet und er musste wohl oder übel sitzen bleiben. Niemand konnte mehr aus dem Boot aussteigen, das unaufhaltsam mit ihnen in den kalten, luftlosen Abgrund gesogen wurde. So sausten sie auf das geheimnisvolle, sich drehende Objekt auf dem Meeresgrund zu …

7. Kapitel

Der BD-Friedhof

Charlie bekam keine Luft.

Er hatte keine Ahnung, wie lange er unter Wasser gewesen war. Minuten vielleicht, vielleicht auch nur sekundenlang, aber er war ganz sicher, dass er sterben musste, wenn er nicht bald Sauerstoff bekam. Es stach in seinen Lungen und kalte, schwarze Dunkelheit schob sich über seine offenen Augen wie ein Sargdeckel. Um sich herum sah er seine Freunde ertrinken, denn auch sie konnten nicht aus dem sinkenden Boot entkommen. Sein Blick begegnete dem von Violet. Er sah Todesangst in ihren Augen … Todesangst und einen Anflug von dumpfem Einverständnis.

Aller Mut verließ ihn.

Wieder einmal hatte er seine Freunde auf einen dunklen, einsamen Pfad geführt, der in den sicheren Tod zu münden schien. Inzwischen waren sie der riesigen Drehscheibe unter ihnen so nahe gekommen, dass Charlie die Hand ausstrecken und sie anfassen konnte. Eben das versuchte er.

Aber da war nichts zum Anfassen.

Seine Hand griff einfach hindurch, gefolgt von dem ganzen Boot. Dann fielen sie sich überschlagend durch die Luft … es war tatsächlich Luft! Charlie rang nach Atem und spürte, wie Leben spendender Sauerstoff den Brand in seinen Lungen löschte. Obwohl sie sich immer wieder überschlugen, hielten die Bügel sie auf ihren Sitzen fest. Ab und zu erhaschte Charlie einen Blick auf die Umgebung: gelbe Kristalle, eine rote Feuersäule …

Wir sind in der Finsterwelt, begriff er schlagartig. Wir sausen im freien Fall durch die Finsterwelt.

Im freien Fall.

Wo hatte er das zuletzt gelesen?

„Drück den Knopf!“, brüllte er Violet an. „Den großen roten Knopf auf dem Armaturenbrett … drück drauf!“

Die benommene, orientierungslose Violet sah den roten Knopf mit der Unterschrift ACHTUNG: NUR IM FREIEN FALL BETÄTIGEN! Sie nahm alle Kraft zusammen, streckte die Hand aus und drückte darauf.

Es zischte laut, wie von einem undichten Reifen. Durchsichtige Ballons quollen aus den Seitenwänden des Rennbootes und bliesen sich auf. Sie hüllten das kleine Fahrzeug in eine Art Kokon und verlangsamten seinen Fall. Durch die Ballons hindurch glaubte Charlie tief unter ihnen undeutlich lauter Segelschiffe zu erkennen – Hunderte und Aberhunderte Segelschiffe.

Das Wächterboot fiel weiter und landete schließlich

polternd auf dem Deck eines alten Frachters. Es hüpfte wie ein Gummiball hoch, drehte sich einmal um die eigene Achse, und Charlie erhaschte einen Blick auf die riesige rote Scheibe, durch die sie hindurchgefallen waren. Sie leuchtete jetzt in schwindelerregender Höhe über ihnen.

Dann überschlug sich das Boot wieder.

Nachdem sie noch ein paarmal aufgeschlagen und wieder abgeprallt waren, kam das entfesselte Wächterboot endlich zur Ruhe. Die schützenden Ballons entleerten sich und die Sicherheitsbügel lösten sich mit sattem *Klonk*.

Sie waren da.

„Na … das war ja spannend", sagte Theodor und schob seinen Bügel hoch.

„Alles in Ordnung?", fragte Charlie in die Runde, während er sich ebenfalls befreite.

„Bin mir nicht so sicher", antwortete Brooke, die hektisch atmete. „Ich glaube schon. Wie sehe ich aus?"

„Super – wie immer!", sagte Theodor.

„Mir geht's auch gut, Theodor", warf Violet säuerlich ein. „Falls es dich interessiert."

„Doch, doch. Ich hätte dich gleich gefragt. Ehrlich."

„Hmm."

Alle stiegen aus und sahen sich um. Sie standen auf einem riesigen Schiffsfriedhof. Die Wracks stapelten sich wie kaputte Autos auf dem Schrottplatz. Die untersten waren alt und verwittert, nach oben wurden die Modelle immer moderner. Über dem Ganzen leuchtete die rote Riesenscheibe, in der Charlie jetzt eine Art Portal erkannte, wie eine sterbende Sonne.

„Wir nennen es ‚die Anomalie'", sagte da jemand hinter ihnen.

Sie fuhren herum und sahen die Rektorin durch die Schiffstrümmer stapfen.

„Frau Rektorin!", rief Charlie erfreut. „Wir haben Ihre Nachricht bekommen!"

„Jaja, das sehe ich …" Ihre Augen funkelten belustigt. „Sie befinden sich hier im sogenannten BD-Friedhof. Nur wenige Menschen bekommen ihn je zu Gesicht."

„BD-Friedhof …", wiederholte Charlie. „Das ist bestimmt die Abkürzung für Bermudadreieck-Friedhof, stimmt's?"

Die Rektorin nickte. „Wie Sie wahrscheinlich schon erraten haben, zieht die Anomalie Schiffe von der Erde herunter und legt sie hier ab."

„Die Anomalie … das ist das, was der Wächter bewacht, oder?"

„Richtig. Wir wissen selbst nicht genau, um was für ein Phänomen es sich dabei handelt … womöglich ist es eine Art Riss in der Hülle der Finsterwelt."

Wenn das ein Riss ist, dann aber ein ordentlich großer!, dachte Charlie.

Er hatte bis dahin noch kein größeres Portal als die Portale gesehen, die er selbst aufgetan hatte. Das hier war etwas ganz anderes. Es war gewaltig … hundertmal größer als das größte Portal, das ihm je gelungen war. Es brannte rot (statt wie sonst violett) und schien permanent geöffnet zu sein. Dabei besaß es anscheinend magnetische Wirkung und ließ alles durch bis auf das Meerwasser.

Kein einziger Tropfen kommt durch, dachte er staunend, als er nach oben schaute. In diesem Augenblick fiel ihm ein dunkler Schatten auf, der sich ihnen von der Erde aus näherte.

„Was ist das?"

„Etwas Großes", antwortete die Rektorin.

Das Ding, das den Schatten warf, kam immer näher, bis es durch die Anomalie in die Finsterwelt herabgestürzt kam.

Das kann nicht sein …, dachte Charlie. Das ist ein Buckelwal!

Das riesige Tier fiel zappelnd und sich verzweifelt windend durch die Luft, bis es in einer gewaltigen Explosion aus Stahl und Walspeck in die Trümmer eines alten Flugzeuges krachte.

„Armes Tier!", sagte Brooke und drückte die Hände auf die Brust.

„So etwas ist schlimm, aber es kommt nur selten vor", kommentierte die Rektorin. „Die meisten Meeresbewohner spüren die Anomalie und halten sich von ihr fern, aber hin und wieder gerät einer in den Sog. Ich hätte gern unter dem Wal ein Portal aufgetan und ihn wieder ins Meer fallen lassen … aber in der Nähe der Anomalie kann man nirgends portalieren … darum brauchen wir auch das Wächterboot." Sie deutete auf das kleine Fahrzeug. „Es ist zwar ein ungewöhnlicher Weg, um hierher zu gelangen, aber erstaunlicherweise der ungefährlichste. Ohne das Boot hätten Sie in den fünften Kreis portalieren und sich durch die Fünfer-Monster hierher durchschlagen müssen, so wie ich. Und das ist kein Spaß, so viel kann ich Ihnen verraten."

„Glaub ich gerne", sagte Violet.

„Dann ist also die Anomalie am schlechten Ruf des Bermudadreiecks schuld?", erkundigte sich Theodor. „Deshalb spielt hier jedes Radar verrückt und deshalb sind hier schon so viele Menschen auf Nimmerwiedersehen verschollen? Dann ist das Rätsel ja gelöst!"

„Ganz recht, Mr Dagget. Die Anomalie gestattet Gegenständen und Lebewesen, von der Erde in die Finsterwelt überzuwechseln."

„Hm …", machte Charlie. „Und ich nehme an, umgekehrt funktioniert es genauso … dass man von hier aus der Finsterwelt auf die Erde gelangen kann. Wenn man ein Monster ist zum Beispiel. Oder ein Namhafter."

Die Rektorin nickte. „Gut erkannt, Mr Benjamin. Zum Glück haben wir den Wächter."

„Wo ist er denn? Der Wächter, meine ich."

„Kommen Sie mit. Ich bringe Sie zu ihm."

Der Wächter war ganz anders, als Charlie ihn sich vorgestellt hatte.

Schwach und gebrechlich, kaum größer als ein Kind, mit großen, wässrigen Augen und durchscheinend orangefarbener Haut, unter der blaue Adern pochten. Sein Mund war klein wie der eines Babys und voller winziger weißer Zähne, die wie Perlen schimmerten. Er hielt die langen, spindeldürren Arme vor der schmalen Brust verschränkt, zitterte am ganzen Leib und keuchte asthmatisch.

„Nehmt mich doch bitte in den Arm", wisperte er. „Mir ist kalt."

Der Wächter wohnte in der Kapitänskajüte eines zerstörten Schlachtschiffes. Trotz der schaurigen Umgebung hatte jemand (womöglich die Rektorin persönlich) versucht, die Behausung ein bisschen wohnlicher zu gestalten. Überall lagen Kissen, auf zahlreichen Gemälden sah man sonnendurchflutete, exotische Landschaften. Charlie erkannte Hawaii wieder. Auf dem Boden, gleich neben dem Bett des Wächters (das eigentlich nur ein Haufen Decken war), stand ein Schachbrett mit aufgebauten und bereits vorgerückten Figuren. Leider bewirkte die ganze Mühe, die Kajüte ein wenig freundlicher zu gestalten, genau das Gegenteil – Charlie hatte noch nie etwas derart Trostloses gesehen.

„Will mich denn niemand in den Arm nehmen?", fragte der Wächter wieder. „Mir ist so schrecklich kalt."

„Er ist ja ganz klein …" Violet trat auf das gebrechliche

Geschöpf zu und streckte schon die Arme aus. Sie wollte das bemitleidenswerte Wesen unbedingt trösten.

„Er liegt im Sterben, Miss Sweet", sagte die Rektorin warnend. „Wenn Sie ihn anfassen, bringen Sie ihn auf der Stelle um."

Violet hielt inne, aber sie musste dafür alle Willenskraft aufbieten. Das abgemagerte Geschöpf hatte etwas seltsam Übernatürliches und löste in ihr den übermächtigen Drang aus, es in den Arm zu nehmen und zu beschützen.

„Bitte …", röchelte der Wächter. „Bitte … wärmt mich!"

„Schluss jetzt, Hank", mahnte ihn die Rektorin sanft. „Du weißt doch, dass dich die Kinder nicht berühren dürfen. Das darf niemand."

„Hank?" Theodor musste lachen. „Der Wächter heißt Hank?"

„Wie er richtig heißt, weiß ich nicht. Ich bin nicht mal sicher, ob er überhaupt einen Namen hat. Aber ich hatte mal einen Hund namens Hank, den mochte ich sehr gern, deshalb …"

Sie zuckte die Achseln, als wäre damit alles gesagt.

„Du siehst lieb aus", hauchte der Wächter und sah dabei Brooke an. „Wenn du mich in den Arm nimmst, passiert bestimmt nichts Schlimmes. Mir ist so schrecklich kalt und ich bin so einsam."

Brooke kamen die Tränen. „Und wenn ich ihn nur ganz kurz drücke? Da passiert doch bestimmt …"

„Oh doch, Miss Brighton", unterbrach sie die Rektorin. „Und es ist bereits passiert. Ein Mal kurz drücken hat den Wächter in diese schlimme Verfassung gebracht. Darum muss er ja vor uns Menschen geschützt werden. Man kommt kaum gegen den Drang an, ihn anzufassen."

„In Ordnung, Frau Rektorin." Brooke wandte sich ab und trocknete sich verstohlen die Augen.

„Wie ist das denn gekommen?", wollte Charlie wissen. „Wer hat ihn denn angefasst?"

„Als ich hier eintraf", erwiderte die Rektorin, „fand ich den Wächter in den Armen eines Mädchens. Die Kleine wollte ihm natürlich nur helfen, so wie Sie eben, aber ihre Umarmung genügte, um ihn schwer krank zu machen."

„Und wo ist das kleine Mädchen jetzt?"

„Zu Hause."

„Wie das denn? Ich dachte, hier kann man kein Portal auftun?"

„Stimmt. Ich musste sie erst außer Reichweite der Anomalie bringen."

„Dorthin, wo die Monster sind …", sagte Violet leise.

„Leider", erwiderte die Rektorin. „Ich musste etliche … aus dem Weg räumen."

Charlie, der die Rektorin schon in Aktion erlebt hatte, konnte sich gut vorstellen, welche Verwüstung sie mit ihrem blau leuchtenden Stab angerichtet hatte. Wenn sie erst mal loslegte, konnte sie nichts und niemand aufhalten.

„Nehmt mich in den Arm“, flüsterte der Wächter wieder. „Es ist so dunkel in der Finsterwelt und ich habe solche Angst.“

Wie gelang es der Rektorin bloß, standhaft zu bleiben?, wunderte sich Charlie. Er selbst war schon fast so weit, dass er der Versuchung nachgegeben hätte.

„Kommen Sie mit nach draußen“, sagte die Rektorin da. „Wir müssen dringend etwas besprechen.“

Sie standen außer Hörweite des Wächters auf dem BD-Friedhof, trotzdem kam es Charlie vor, als hörte er jeden einzelnen, röchelnden Atemzug.

„Wenn der Wächter stirbt“, erläuterte die Rektorin, „dann erlischt auch die Aura, die er ausstrahlt, und ebendiese Aura ist es, die unsere Feinde in der Finsterwelt zurückhält. Sogar die Schiffe, die hier herumliegen, sind damit durchtränkt.“

Charlie ging ein Licht auf. „Auch die Wracks aus der Albtraumakademie kommen von hier, nicht wahr? Vom BD-Friedhof. Darum stößt die Akademie alle Finsterweltgeschöpfe ab.“

„Sie haben’s erfasst. Aber nur, solange der Wächter am Leben ist. Nach seinem Tod schützt er die Schiffe nicht mehr mit seiner Aura und die Finsterweltgeschöpfe überrennen den BD-Friedhof und gelangen auf die Erde.“

„Dann müssen wir unbedingt dafür sorgen, dass er sich wieder erholt!“, rief Theodor.

„Geht das denn?“ Charlie kämpfte energisch gegen seine aufsteigende Angst an.

„Das geht schon ...“, antwortete die Rektorin ein wenig zögerlich. „Darum habe ich Miss Brighton ja auch gebeten, Sie herzubringen. Aber es ist sehr gefährlich und es gibt keine Erfolgsgarantie.“

„Pah – die Erfolgsgarantie bin ich!“, prahlte Theodor. „Die weltbekannte Theodor-Dagget-Erfolgsgarantie! Betrachten Sie die Sache als erledigt! Was sollen wir tun?“

Die Rektorin musterte sie nacheinander und versuchte, ihre Fähigkeiten und Willensstärke einzuschätzen, so wie ein professioneller Schneider einen Kunden abschätzt und die richtigen Maße weiß, ohne ein einziges Mal das Maßband anzulegen. „In der Finsterwelt gibt es einen Trank“, sagte sie schließlich, „der angeblich erstaunliche Heilkräfte besitzt. Schon ein winziger Schluck genügt und man befindet sich wieder im Vollbesitz seiner Kräfte.“

„Cool!“, sagte Brooke. „Aber vermutlich kommt man da nicht so einfach ran.“

„Ihre Vermutung ist ganz richtig.“

„Was ist das denn für ein Trank?“, fragte Charlie.

„Milch ... Die Milch einer Hydra.“

„Einer Hydra?“, platzte Theodor heraus. „Meinen Sie etwa so eine garstige, vielköpfige Wasserdrachen-Hydra?“

„Ja. Aber nicht irgendeine, sondern ein Weibchen muss es sein. Das ist der Haken an der Sache. Es gibt nur noch ein einziges Hydraweibchen und wir wissen nicht, wo es sich aufhält."

„Damit sich der Wächter erholt", fasste Violet das Gesagte zusammen, „müssen wir also das einzige Hydraweibchen in der Finsterwelt aufstöbern, ihm Milch abzapfen und sie dem Wächter einflößen."

„Richtig. Und so schwach, wie der Wächter jetzt schon ist, haben Sie dafür allerhöchstens vierundzwanzig Stunden Zeit."

„Ausgeschlossen!", rief Theodor. „Das ist absolut ausgeschlossen!"

„Wie bitte?", fragte die Rektorin. „Haben Sie mir nicht eben garantiert, dass die Sache so gut wie erledigt sei?"

„Schon, aber da wusste ich ja noch nicht, worum es geht. Soll heißen, ich hatte nicht damit gerechnet, dass es derart knifflig ist."

„Damit hätten Sie aber rechnen müssen. Schließlich geht es darum, unsere Welt zu retten. Alles andere wäre doch ein bisschen enttäuschend, oder?"

„Wir machen es", sagte Charlie leise.

Alle wandten die Köpfe.

„Ist das dein Ernst, Charlie?", vergewisserte sich Brooke.

„Klar. Irgendwer muss es ja erledigen. Und außer uns ist niemand da. Die Rektorin muss hierbleiben und den Wächter vor anderen Kindern schützen, die eventuell hier auftauchen, und alle anderen Portaler und Bezwinger sind mit der Suche nach Barakkas und Verminion beschäftigt. Da bleibt uns wohl nichts anderes übrig."

Er lächelte Brooke zuversichtlich an.

„Moment mal ..." Violets Blick ging zwischen den beiden hin und her. „Erklärst du dich etwa nur dazu bereit, um bei ihr Eindruck zu schinden?"

Charlie wurde rot. „Wie kommst du denn darauf?"

„So ist es doch, oder nicht? Du wirst rot wie eine Tomate!"

„Ach Quatsch!"

„Ich fass es nicht. Sag die Wahrheit!"

Charlie wäre am liebsten im Erdboden versunken. Woher nahm Violet diesen absurden Verdacht? Natürlich tat er das alles nicht einfach nur, um ein Mädchen zu beeindrucken!

Oder doch?

„Sie nehmen den Auftrag also an?", hakte die Rektorin nach.

„Ja", sagte Charlie trotzig und sah in die Runde. „Irgendwelche Einwände?"

„Du bist der Boss", antwortete Theodor rasch. „Wenn du mich brauchst, bin ich da, mon ami. Das ist französisch und heißt ‚mein Freund'."

„Super!" Charlie wandte sich an Brooke. „Bist du auch dabei?"

Sie lächelte ihn flüchtig an. „Klar."

„Prima!" Er drehte sich nach Violet um. „Jetzt komm

schon, Violet … bitte! Ich brauch dich doch. Wir brauchen dich alle.“

Sie sah ihn erst ausdruckslos an, dann nickte sie mürrisch. „Meinetwegen.“

„Schön“, sagte die Rektorin. „Ich bringe Sie weit genug von der Anomalie weg, damit Sie sich hinausportalieren können, und halte Ihnen dabei die Monster vom Leib.“

Schon marschierte sie durch den Schiffsfriedhof davon. Charlie warf noch einen letzten Blick auf den Wächter – wie klein er war, wie zerbrechlich und hilfsbedürftig – dann ging er hinterher.

Erst schwiegen alle. Die leckgeschlagenen Rümpfe uralter Schiffe türmten sich ringsum auf wie gespenstische Riesenleiber.

„Bestimmt gibt es noch mehr Kinder, die in der Finsterwelt gestrandet sind“, sagte die Rektorin nach einer Weile. „Haben Sie ein Auge darauf. Und wenn möglich, holen Sie sie raus.“

„Machen wir“, erwiderte Charlie.

„Aber vor allen Dingen müssen Sie Ihren Auftrag erfüllen. Nichts, aber auch gar nichts kann vordringlicher sein. Sonst würde ich nicht von Ihnen verlangen, Ihr Leben aufs Spiel zu setzen.“

Sie war mit einem Mal ganz ernst.

Kurz darauf verließen sie die schützende Aura des Wächters und hielten auf einen Wald aus nadelspitzen, senffarbenen Kristallen zu, aus denen der fünfte Kreis sonst bestand. Dunkle, todbringende Schemen regten sich darin.

„Noch ein paar Meter, dann können Sie bestimmt ein Portal auftun“, sagte die Rektorin. Sie betrachtete abschätzig Charlies gekrümmten Degen und Violets schartigen Dolch. „Wenn Sie wieder in der Akademie sind, rüsten Sie sich doch bitte neu aus – das hier sind Anfängerwaffen.“

„Heißt das, wir sind jetzt FGs?“, fragte Violet gespannt.

„Was denn sonst? Glauben Sie wirklich, ich würde blutigen Anfängern so einen brandgefährlichen Auftrag anvertrauen?“

„Juhu!“, rief Theodor und hielt Charlie die erhobene Hand hin. „Lass mich bloß nicht hängen.“

„Niemals!“ Charlie klatschte ab, aber er musste dabei daran denken, dass Pinch mit ihrer Beförderung bestimmt nicht einverstanden war.

„Noch etwas“, sagte die Rektorin. „Können Sie bitte Mr Pinch etwas von mir ausrichten?“

Konnte sie etwa Gedanken lesen?

„Klar.“

„Dann richten Sie ihm doch bitte aus, dass er während meiner Abwesenheit nicht mehr für die Akademie verantwortlich ist – diese Aufgabe fällt jetzt Mama Rose zu. Mr Pinch soll Sie in die Finsterwelt begleiten. Seine Erfahrung … wird Ihnen noch zugutekommen.“

Charlie, Theodor, Brooke und Violet waren nicht gerade begeistert.

„Wenn Sie meinen“, brummte Theodor.

Die Rektorin tat, als hätte sie es nicht gehört.

In diesem Augenblick zerriss ein grässliches Kreischen die Luft. Charlie hielt sich die Ohren zu. Seine Trommelfelle drohten zu bersten wie zum Platzen gefüllte Ballons. Ein Wind von der Stärke eines Hurrikans fuhr vom Himmel herab, und als sie die Köpfe in den Nacken legten, sahen sie aus der Feuersäule des Innenkreises einen goldenen Streifen auf sich zuschießen.

Charlie kannte diesen goldenen Blitz – er hatte ihn schon einmal vor dem baufälligen Palast der Hexen gesehen.

„Tyrannus …“

8. Kapitel

Tyrannus, der Irre

Die riesige goldene Fledermaus kam mit der Wucht eines Tornados vom Himmel herab und krachte so heftig auf den Boden, dass die massiven Kristalle unter ihren schuppigen Füßen zersprangen. Ihre Flügelspannweite war gewaltig – so breit wie ein Jumbojet – und der leiseste Flügelschlag reichte aus, um einen Elefanten umzupusten. Das Ungeheuer glotzte die Gruppe aus rot glühenden Augen an und pulte sich dabei mit einer aus dem Flügel ragenden Klaue die Überreste eines Säurespuckers aus den spitzen Zähnen. Um den knochigen Finger sah Charlie einen schwarz schimmernden Ring, dessen zahlreiche eingravierte Bilder feuerrot leuchteten.

Ein Schmuckstück aus der Finsterwelt!

„Seid gegrüßt und ein vielfaches Hallo!“, kreischte das Riesenwesen und hüpfte fünfzig Meter vor ihnen auf und ab, wobei es etliche Finstergeschöpfe zertrampelte, die nicht schnell genug das Weite gesucht hatten. „Ich heiße euch an diesem bescheidenen Ort der Finsterwelt willkommen. Ich bin Tyrannus und es wird mir ein Vergnügen sein, euch zu fressen!“

„Tatsächlich?“, rief die Rektorin zurück. „Wenn du uns fressen willst, warum kommst du dann nicht her und machst es?“

„Hmmm, ja gern, Leckerschmecker!“, entgegnete Tyrannus und kicherte schaurig. „Aber das ist nicht so einfach. Der Weg mag kurz sein, aber der Schmerz ist laaaaang.“

„Ach, du meinst die Aura des Wächters? Ich hatte ganz vergessen, wie unangenehm sie für dich ist. Wie ärgerlich, dass du dich nicht in der ganzen Finsterwelt ungehindert bewegen kannst.“

„Aber bald!“, rief das Riesenvieh vergnügt. „Bald ist der Wächter *tot*, dann kenn ich kein *Verbot*, und euer Blut färbt den Boden …“

Der Namhafte unterbrach sich und legte nachdenklich den Kopf schief.

„Rot?“, schlug Theodor vor. „Das würde sich reimen. Unser Blut färbt den Boden rot? Wie wäre das?“

Charlie drehte sich zu ihm um. „Spinnst du? Lass das Monster seine eigenen Reime finden, ja?“

„’tschuldigung“, sagte Theodor sofort. „Manchmal geht es einfach mit mir durch.“

„Das habe ich nicht richtig *verstanden*“, brüllte Tyrannus. „Kannst du ein bisschen näher kommen, Kind, und mir deinen Reim ins Ohr sagen … um Missverständnisse auszuschließen?“

„Lieber nicht“, rief Theodor zurück. „Sonst haust du mir noch eins auf den …“

„Mr Dagget!“, schnitt ihm die Rektorin unwirsch das Wort ab. „Wollen Sie das bitte *mir* überlassen!“

„Äh, ja, klar.“

„Was willst du, Tyrannus?“, rief die Rektorin dem Monster zu. „Wir haben zu tun und können unsere Zeit nicht mit dir verplempern.“

„‚Verplempern‘ legt den Schluss nahe, dass man seine Zeit sinnvoller verbringen könnte. Ich persönlich breite gern die Schwingen aus, tue mich am Fleisch Unschuldiger gütlich und tanze im Takt der Musik in meinem Kopf!“

Der Namhafte vollführte ein kleines Tänzchen, bei dem die Finsterwelt wie bei einem Erdbeben erzitterte.

Herrje, dachte Charlie. Das Monstrum ist völlig irre!

Die Rektorin, die Charlie ansah, was in ihm vorging, warf ihm einen Blick zu, der eindeutig besagte: *Mund halten!*

„Ab und zu wagen wir auch gern mal ein Tänzchen“, wandte sie sich wieder an das Ungeheuer. „Können wir sonst noch etwas für dich tun?“

„Ja. Ich würde euch gerne fressen.“

„Das geht leider nicht. Vielleicht irgendwas anderes?“

„Ja. Mir stecken die Knochen von ’nem Säurespucker

in den Zähnen. Wenn jemand so freundlich wäre, mir ins Maul zu klettern und sie rauszuziehen?“

„Das würde ich schon übernehmen … aber ich hege den Verdacht, dass du die Situation ausnutzen würdest.“

„Hui, bist du *gerissen*!“ Tyrannus grinste verschlagen. „Dich kann man nicht hinters Licht führen! Du bist zu schlau für den alten Tyrannus. Schlau wie eine Hydra!“

„Was willst du denn nun von uns?“, fragte die Rektorin. Der neckende Ton war aus ihrer Stimme verschwunden. „Wir haben noch anderes zu tun.“

„Das *weiß* ich doch.“ Auch Tyrannus war mit einem Mal ernst. „Der Wächter liegt im Sterben und ihr wollt ihn retten. Ich dagegen wünsche dem grässlichen Knirps den Tod. Deshalb darf ich euch auch nicht durchlassen.“

„Und wie willst du uns aufhalten?“

„Indem ich euch umbringe, wie sonst? Sobald ihr euch zum Portalieren weit genug von der Anomalie entfernt, schützt euch auch die Aura des Wächters nicht mehr – und dann fresse ich euch.“

Er zwinkerte ihnen munter zu.

„Dann ist es also eine Pattsituation?“

„Nur bis der Wächter tot ist. Dann ist es eine *Plattsituation*, weil ich euch dann nämlich plattmache.“ Tyrannus lächelte freundlich. „Wie wollen wir uns bis dahin die Zeit vertreiben?“

Die Rektorin drehte sich zu Charlie um und raunte: „Ich

habe etwas vor, und wenn ich es in die Tat umsetze, laufen Sie bitte alle aus der Reichweite der Anomalie und portalieren sich weg."

„Wie wissen wir denn, dass es so weit ist?"

Die Augen der Rektorin funkelten. „Das merken Sie dann schon. Und jetzt … kommt die Spülung!"

Damit rannte sie plötzlich los, ungeschützt, geradewegs auf Tyrannus zu …

Der Namhafte reagierte sofort. Die gewaltige Kreatur richtete sich zu voller Größe auf und breitete die Schwingen aus. Von Nahem war die Spannweite noch einschüchternder. Dann stieß Tyrannus einen Schrei aus, bei dem Charlie auf die Knie sank, aber die Rektorin ließ sich nicht beirren. Sie rannte weiter auf das Ungeheuer zu wie eine Maus, die auf einen Löwen losgeht.

Das überlebt sie nicht, dachte Charlie. Das ist ausgeschlossen.

Tyrannus stürzte vor. Unmittelbar vor dem Zusammenprall schnipste die Rektorin mit den Fingern und mit einem *Plopp!* tat sich zwischen ihnen ein gigantisches Portal auf. Der Schwall Meerwasser, der herausschoss, warf das Ungeheuer um und es verhedderte sich in den eigenen Flügeln. Die gewaltige Welle schoss derart unaufhaltsam hervor, dass sie auch die anderen Fünfer-Kreaturen wegspülte, die Tyrannus zu Hilfe geeilt waren.

Charlie begriff, dass die Rektorin ein Portal zum Meer

aufgetan hatte. Jetzt war ihm auch klar, was der Ausdruck „Spülung“ bedeutete – es war die letzte Rettung, dazu gedacht, alles wegzuschwemmen, wenn die Gefahr überhandnahm und Flucht der letzte Ausweg war.

„Los!“, rief er seinen Freunden zu. „Wir hauen ab!“

Sie rannten in Tyrannus’ Richtung, um das Anomaliekraftfeld zu verlassen, während der Namhafte immer noch verzweifelt versuchte, wieder auf die Beine zu kommen. Alles in Charlie sträubte sich dagegen, auf das Ungeheuer zuzulaufen, aber er wusste, dass ihre einzige Chance darin bestand, das zu tun, was die Rektorin ihnen gesagt hatte.

Im Laufen streckte er die rechte Hand aus, schloss die Augen und versuchte, ein Portal aufzutun. Normalerweise fiel ihm das leicht, aber so dicht an der Anomalie war das anders. Er spürte, wie ihn ihre fremde Macht auszulöschen versuchte, als ob jemand ein nasses Handtuch auf glimmende Kohlen warf. Er strengte sich verzweifelt an, um Zugang zu seiner größten Angst zu finden – der Angst davor, ein Außenseiter zu sein, allein in einer Welt, die ihn verachtete.

Ich habe meine Freunde in Lebensgefahr gebracht, dachte er. Und wozu? Um ein Mädchen zu beeindrucken? Wie konnte ich nur so bescheuert sein? Jetzt müssen sie meinetwegen sterben, und dann bin ich wieder ganz allein …

Allein.

Zu Charlies großer Erleichterung loderte die Glut seiner

Angst wieder hell auf. Die Kraft der Anomalie ließ nach und es gelang ihm, ein Portal zur Albtraumakademie aufzutun.

„Du hast es geschafft!", rief Brooke und Charlie wurde wieder einmal rot. Es war ihm peinlich, dass sie ihn als Einzigen lobte, und es war ihm genauso peinlich, dass er sich auch noch darüber freute.

Mit einem Schlag seiner gigantischen Schwingen erhob sich Tyrannus über den Wasserschwall und stieß mit einem misstönenden, hirnzerschmelzenden Schrei auf Charlie und seine Freunde nieder … aber die waren schon weg.

Sie waren in die Albtraumakademie zurückgekehrt.

Die Waffenkammer der Albtraumakademie befand sich im Frachtraum einer stählernen Fregatte am Stamm des Feigenbaums. Dort waren die Äste dicker und konnten das schwere Schiff tragen. Charlie und Violet inspizierten die Waffen, die unter einem Schild mit der Aufschrift FG-AUSRÜSTUNG in langen Reihen an Haken aufgehängt waren.

„Die sind eindeutig besser als die Anfängerwaffen", sagte Charlie. „Trotzdem gefällt mir mein Degen immer noch ganz gut."

Um seine Aussage zu unterstreichen, ließ er ihn durch die Luft sausen.

„Schon klar", sagte Violet. „Ich finde Hasi auch immer noch süß – das ist mein Kuschelhase von früher. Aber man muss sich auch trennen können. Wie willst du dich mit so einem Mini-Degen gegen ein Ungeheuer wie Tyrannus wehren?“

„Wie kann man sich *überhaupt* gegen ein Ungeheuer wie Tyrannus wehren?“

„Beeilung!“, sagte hinter ihnen jemand energisch. „Ihr sollt euch einfach nur ein paar bessere Waffen aussuchen. Ihr braucht sie nicht gleich zu heiraten!“

Charlie freute sich, Mama Roses raue, aber herzliche Stimme zu hören. Die korpulente Frau mit den rosigen Wangen hatte so etwas Gemütliches, Tröstliches – wie der Duft selbst gebackener Schokoplätzchen.

„Los, Mädel“, ermahnte Mama Rose Violet. „Schau dich um und such dir die Waffe aus, die zu dir spricht.“

Violet ließ den Blick über die unzähligen Speere, Keulen und Schwerter wandern, die in Reih und Glied an der Wand hingen. Charlie musste an das Werkzeug denken, das sein Vater auf ganz ähnliche Weise in der Garage aufgehängt hatte. Auf einmal leuchteten Violets Augen auf.

„Die da!“ Sie zeigte auf eine einhändige Axt mit Doppelklinge. Die Waffe war so lang wie ihr Unterarm, der Griff aus Eschenholz gefertigt.

Mama Rose grinste. „Die spricht zu dir, ja?“

„Hmmm …“

„Dann nimm sie.“

Violet nahm die Waffe vom Haken. Sie lag leicht in ihrer Rechten, als sie probeweise ein paarmal in die Luft hieb.

„Super! Leicht und gleichzeitig stark!"

„Ein echter Fortschritt gegenüber dem mickrigen kleinen Dolch, was, Mädel?"

„Oh ja! Man kommt sich schon unbesiegbar vor, wenn man das Ding nur in der Hand hält."

„So sollte sich ein Bezwinger auch fühlen."

„Und wieso klappt das mit dem Aussuchen bei mir nicht?", stöhnte Theodor. Er hatte schmollend in der Ecke gestanden. „Klar, vielleicht bin ich nicht hundertprozentig so gut wie Violet und Charlie, aber ich kann trotzdem mit Waffen umgehen – schließlich komme ich aus einer Bezwingerfamilie."

„Tatsächlich?", sagte Mama Rose und wandte sich wieder an Violet. „Warum gibst du ihm nicht deine?"

„Meine neue Axt?"

„Klar. Gib sie ihm ruhig. Er hat gesagt, er kann damit umgehen."

„Von mir aus", sagte Violet unwillig, befolgte aber Mama Roses Vorschlag.

„Komm zu Papa!", sagte Theodor froh gelaunt und packte den Axtgriff. Aber kaum ließ Violet den Griff los, zog ihn die Waffe wie ein tonnenschwerer Amboss zu Boden.

Mama Rose lachte schallend und wollte gar nicht mehr damit aufhören.

„Wahnsinn!", rief Theodor. „Ist die schwer! Wie kannst du das Ding bloß halten?"

„Keine Ahnung“, sagte Violet achselzuckend. „Mir kommt es gar nicht schwer vor.“

„Weil du eine Bezwingerin bist, Mädel“, sagte Mama Rose. „Da muss sich die Axt so anfühlen.“ Zu Theodor sagte sie: „Und wann hörst *du* endlich auf, etwas sein zu wollen, was du nicht bist, kleiner Gernegroß?“

Verlegen und wütend stapfte Theodor ohne ein weiteres Wort aus der Waffenkammer.

„Das war aber nicht nett“, sagte Charlie. „Das hat ihn jetzt echt getroffen.“

Mama Rose wandte ihm den großen Kopf zu. Bei ihrem Blick wünschte sich Charlie sofort, er hätte den Mund gehalten. „Jetzt hör mir mal zu, Charlie Benjamin, und hör *gut* zu! Man tut dem Kleinen keinen Gefallen, wenn man ihn in Watte packt und ihm weismacht, er sei etwas anderes, als es ihm bestimmt ist. Er ist entweder ein großartiger Portaler oder ein lausiger Bezwinger. Auch wenn es jetzt nicht so aussieht, könnte das eines Tages darüber entscheiden, ob er als Held dasteht oder einfach nur mausetot ist. Willst du dafür verantwortlich sein?“

„Nein. Natürlich nicht“, erwiderte Charlie kleinlaut.

„Dann werde endlich erwachsen.“

Werde erwachsen. Die beiden Worte hingen in der Luft wie eine Giftwolke. Um sich abzulenken, wandte sich Charlie der Wand mit den Waffen zu und suchte nach einem Ersatz für seinen Degen. Im Nu hatte er ihn entdeckt.

„Schon wieder ein Degen?", fragte Violet ungläubig, als Charlie die blanke neue Waffe vom Haken nahm. *Swisch!* machte es, als er damit in die Luft hieb.

„Na ja, hat doch bisher hervorragend geklappt …"

„Da sind ja unsere neuen kleinen FGs", sagte jemand. Charlie drehte sich um und sah Pinch hereinkommen. „Wie ich sehe, hat es nicht lange gedauert, dass ihr euch hinter meinem Rücken verschafft, worauf ihr die ganze Zeit aus wart."

Ach du Schreck, dachte Charlie. Jetzt kommt's.

„Die Rektorin hat gesagt, wir sollen uns neue Waffen aussuchen." Violet stellte sich vor Charlie. „Darum hat sie uns zu FGs ernannt. Wir haben sie nicht darum gebeten."

„Oh nein, bestimmt nicht", sagte Pinch verkniffen. „Ihr seid total unschuldig, so wie alle Gefängnisinsassen auf der ganzen Welt. Von denen hat auch keiner was verbrochen. Wie mir Theodor ausgerichtet hat, haben wir ein kleines Abenteuer zu bestehen, angeführt von unserem Meister Benjamin."

„Die Rektorin möchte, dass Sie uns auf der Suche nach der Hydramilch begleiten", erwiderte Charlie. „Weil Sie sich so gut in der Finsterwelt auskennen."

„Ganz recht. Mein Wissen ist so tief und uferlos wie der Ozean im vierten Kreis – und genau dort müssen wir zufällig hin. Wollen wir los?"

Charlie, Pinch, Theodor und Violet versammelten sich auf dem Deck des Piratenschiffes, um sich auf ihre Rückkehr in die Finsterwelt vorzubereiten.

„Kann sein, dass ich mehrere Portale auftun muss, um in den vierten Kreis zu gelangen", sagte Charlie. „Ich bin noch nie dorthin portaliert, deshalb muss ich vielleicht ein bisschen rumprobieren."

„Ich schon", rief Theodor.

Alle schauten ihn ungläubig an.

„Was denn? Na ja, klar, es war ein Irrtum und ich wäre fast gefressen worden – aber wo gehobelt wird, da fallen Späne, stimmt's?"

„Hört sich ja an, als ob von dem Holzstück nur noch ein Berg Späne übrig geblieben ist." Violet feixte.

„Haha. Jedenfalls kann ich uns jederzeit dorthin bringen."

Erstaunlicherweise hatte sich seine Verstimmung wegen Mama Roses Bemerkung schon wieder verflüchtigt. Charlie wunderte sich, wie schnell Theodors Stimmung umschwenkte – für ihn waren Gefühle wie ein Sturm, der sich unvermutet zusammenbraut und ebenso rasch wieder abflaut.

„Hallo! Tut mir leid, dass ich zu spät komme!"

Brooke kletterte aus dem Beiboot. Sie hatte sich umgezogen und die Haare gebürstet. Jedes Mal, wenn Charlie dachte, noch hübscher könnte sie nicht aussehen, erlebte er eine Überraschung.

„Hallo, Brooke!“ Theodor lief ihr entgegen. „Du kommst gerade rechtzeitig.“

„Warum kommt sie überhaupt mit?“, fragte Violet unverkennbar verärgert. „Nichts gegen dich, Brooke, aber du bist weder Portaler noch Bezwinger.“

„Stimmt“, erwiderte Brooke ein bisschen trotzig. „Aber ich bin ein ET-Regulator. Vielleicht kann ich auch etwas Nützliches beitragen.“

„Dafür nehmen wir ja schon Professor Pinch mit.“ Violet drehte sich nach dem bärtigen Lehrer um. „Stimmt's?“

Pinch schmunzelte. Er schien seinen ganz eigenen Spaß an der kleinen Auseinandersetzung zu haben.

„Ich finde, Charlie soll entscheiden, ob Brooke mitkommen darf“, entgegnete er gut gelaunt. „Schließlich hat ihn die Rektorin in ihrer unendlichen Weisheit zum Anführer unserer kleinen Schar bestimmt.“

Alle sahen Charlie an. Dem war gar nicht wohl in seiner Haut.

„Und?“, fragte Violet. „Darf sie mitkommen oder nicht?“

„Äh …“

„Willst du, dass ich mitkomme, Charlie?“ Brooke beugte sich vor. Sie so nah bei sich zu spüren, war aufregend, verunsicherte ihn aber auch.

„Viel Spaß bei der Entscheidung!“ Theodor lachte. „Ich kann dir nur sagen, dass ich zum ersten Mal nicht gern mit dir tauschen möchte.“

Charlie wusste, dass er um die Entscheidung nicht herumkam. Wenn er Ja sagte, würde Violet behaupten, es sei nur, weil er Brooke toll fände und sich bei ihr einschleimen wolle. Wenn er Nein sagte, würde Brooke behaupten, er tanze nach Violets Pfeife. Beiden konnte er es nicht recht machen.

Sollte er es sich mit Violet oder mit Brooke verderben?

Er dachte einen Augenblick lang angestrengt nach. „Vielleicht bleibst du lieber hier, Brooke, und sicherst unser Basislager. Es wird bestimmt ziemlich gefährlich, und da wäre es doch blöd, wenn wir alle umkämen, oder?"

Brooke war sichtlich gekränkt und sauer.

„Meinetwegen", sagte sie schließlich. „Dann viel Glück."

Sie stieg in das wartende Beiboot und verschwand im Laubdach. Violet wirkte zufrieden, aber Charlie war todunglücklich.

Eine elegante Lösung war das nicht, dachte er.

„Prima!", rief Pinch, der sich offenbar prächtig amüsiert hatte. „Dann mal auf in die Finsterwelt und die Milch geholt!"

9. Kapitel

Der fürchterliche Ozean

Rex hatte den Ozean des vierten Kreises einmal „die eisige Tiefe“ genannt. Wie üblich hatte ihm Pinch widersprochen und gesagt, er zöge die Bezeichnung „fürchterlicher Ozean“ vor. Rex hatte den Vorschlag abgetan und behauptet, dem Namen fehle es an Schönheit und Poesie. Aber jetzt, da Charlie den Ozean zum ersten Mal mit eigenen Augen sah, fand er, dass Pinch den Nagel auf den Kopf getroffen hatte – der Anblick war tatsächlich fürchterlich.

Der Ozean im vierten Kreis reichte bis zum Horizont und darüber hinaus, man sah nach allen Richtungen nur raue, schwarze, eiskalte See. Am Strand brachen sich gewaltige Wogen mit nadelspitzer Gischt. Die Schaumkronen waren schmuddelig grau und der böige Wind, der darüber hinwegpeitschte, roch unangenehm nach Verwesung.

„Ist ja eklig hier“, sagte Theodor.

„Kann man wohl sagen“, stimmte Charlie zu und fragte Pinch: „Was sollen wir jetzt machen?“

„Wieso fragst du mich das?“, antwortete Pinch in gespieltem Erstaunen. „Ich bin nicht der Anführer dieser lustigen kleine Truppe. Der bist doch du.“

„Stellen Sie sich nicht so an“, drängte ihn Charlie. „Wir brauchen Ihre Hilfe. Ich habe keinen Schimmer, wie ich hier eine Mutterhydra auftreiben soll.“

Pinch schüttelte den Kopf. „Das geht leider nicht – auf keinen Fall. Die Rektorin hat dich zum Anführer ernannt. Du musst uns sagen, was zu tun ist. Sonst hätte sie ja gleich mir die Verantwortung übertragen können.“

Charlie seufzte. Er hatte schon erfahren, dass Pinch ziemlich nerven konnte, aber das ging nun doch zu weit.

„Wir hätten Brooke mitnehmen sollen“, brummte Theodor. „Vielleicht kennt sie sich nicht so gut aus, aber sie hätte wenigstens nicht so ein Theater gemacht.“

„Gut beobachtet!“ Pinch grinste Charlie an. „Tja, da hast du echt ein Problem. Schon nach deiner allerersten Entscheidung zweifeln deine Untergebenen an dir. Womöglich lag die Rektorin doch falsch, als sie dich zum Anführer bestimmt hat …“

„Hören Sie auf mit dem Quatsch“, fuhr ihm Violet über den Mund. „Es geht hier nicht um Sie oder uns, es geht darum, das Richtige zu tun. Also tun Sie gefälligst das Richtige und helfen Sie uns!“

Charlie war nicht sicher, ob Violet es tatsächlich so meinte oder ob sie sich nicht eingestehen wollte, dass es verkehrt gewesen war, Brooke nicht mitzunehmen. Wie auch immer – es klappte.

„Hydras halten sich vorzugsweise in tiefem Wasser auf", sagte Pinch widerstrebend. „Hier an der Küste wird sich keine blicken lassen."

„Das ist doch schon mal was", entgegnete Charlie. „Dann brauchen wir uns nur etwas einfallen zu lassen, wie wir auf den offenen Ozean hinauskommen."

„Wie wär's, wenn ich ein Portal öffne?", schlug Theodor vor. „Dann klauen wir irgendwo ein Boot."

„Super. Und wie?"

„Weiß ich doch nicht! Ich bin bloß der Ideenlieferant, der Typ mit dem Überblick, der das große Ganze betrachtet – für die Ausführung bist du zuständig."

„Ich? Wieso bin immer ich für …"

„Seht mal da", schnitt ihm Violet das Wort ab und deutete auf eine Art silbriges Floß, das nicht weit hinter der Brandung auf dem Wasser schaukelte. „Was ist das?"

„Das", sagte Pinch schmunzelnd, „ist die Lösung unseres ersten kleinen Problems."

Es war kein Floß. Es war eine Qualle.

Eine Riesenqualle.

Charlie kämpfte sich durch die herandonnernden Wellen bis zu der Stelle, wo die silberglänzende Kreatur im dunklen, eiskalten Wasser trieb.

„Nimm dich vor den Fangarmen in Acht!“, rief Pinch, der mit den anderen hinterherkam. „Wenn du gestochen wirst, lähmt dich das Gift!“

Toll, dachte Charlie und spähte in die trüben Fluten. Natürlich müssen wir uns das einzige Floß aussuchen, das einen lähmen kann.

Er sah gleich unter dem Riesengeschöpf ein Knäuel matt leuchtender Tentakel im Wasser treiben. Die dicken, ziemlich langen Arme pulsierten abstoßend und verschmolzen mit der Dunkelheit. Charlie legte der Qualle behutsam die Hand auf die gummiartige Oberseite und zog sich hoch. Es war ein widerliches Gefühl, als kletterte man auf eine feuchtklebrige Nacktschnecke. Unter sich konnte er durch die glänzende, durchsichtige Haut die Organe pochen sehen.

„Bäh, ist das eklig!“, sagte Violet, die nach ihm hochgeklettert kam. „Und wie heißen diese Viecher?“

„Knallquallen“, erwiderte Pinch, als Violet ihn hochzog.

„Knallquallen?“, wiederholte Theodor, der ebenfalls auf den Rücken der Kreatur krabbelte. „Was ist das denn für ein bescheuerter Name!“

„Ein durchaus passender, glaub mir.“

„Gut“, mischte sich Charlie ein. „Wie kriegen wir die Knallqualle denn jetzt dazu, uns dorthin zu bringen, wo wir hinwollen?“

„Das ist nicht schwer. Es sind sehr schlichte Geschöpfe,

die einzig ihrem Instinkt folgen. Entweder sie bewegen sich auf Futter zu oder von einer Gefahr weg."

„Wunderbar!" Violet ging zu der dem Ufer zugewandten Seite der Qualle, nahm die Axt vom Gürtel und pikte die Kreatur mit einem Dorn der Klinge.

Das tat sofort seine Wirkung.

Die Knallqualle schwamm vom Ufer weg – und von Violets Waffe – in das tiefe, schwarze Meer hinaus. Charlie staunte über Violets kaltblütige Logik. Er hätte wahrscheinlich dasselbe getan, aber es hätte ihn doch einige Überwindung gekostet.

„Juhu!", jubelte Theodor, als die Knallqualle sie auf den Ozean hinaustrug. „Jetzt brauchen wir nur noch nach einer Hydra Ausschau zu halten."

Eine halbe Stunde später sahen sie die erste.

Sie schlängelte sich durch einen riesigen Schwarm Knallquallen, die wie Flöße auf dem dunklen Wasser trieben. Charlie war überrascht, wie riesig sie war. Sie war groß wie eine Planierraupe und hatte sechs Köpfe, jeder mit blitzenden spitzen Zähnen versehen. Mit ihrem grünen Schuppenpanzer erinnerte sie an einen Drachen, der sich mithilfe seines breiten Schwanzes durch die Wellen bewegte.

„Ist das ein Weibchen?", erkundigte sich Charlie.

Pinch schüttelte den Kopf. „Falsche Größe, falsche Farbe. Das einzige Weibchen, das es noch geben soll, ist viel größer und eher bläulich – angeblich. Bisher hat es noch niemand gesehen, darum weiß man auch nicht, wo es sich aufhält.“

Da stieß die Hydra einen lauten Schmerzensschrei aus und trat wie besessen um sich. Charlie erkannte, dass an ihren Schwimmfüßen leuchtende Tentakel wie spaghettiartige Knäuel festklebten.

„Die Knallqualle hat die Hydra erwischt!“, sagte Violet. „Und da kommt auch schon der übrige Schwarm an!“

„Unsere Qualle auch“, sagte Charlie, denn auch ihr Reittier hielt auf die sich verzweifelt wehrende Hydra zu.

Sobald die Knallquallen die sich windende Kreatur erreicht hatten, verstrickte sie sich immer mehr in den giftigen Fangarmen. Je wilder sie um sich schlug, desto hoffnungsloser verhedderte sie sich. Die Hydra schnappte wütend mit allen sechs Köpfen nach ihren Angreifern und riss ihnen hier und dort große Wunden, aus denen eine dicke klare Flüssigkeit quoll.

„He!“, rief Theodor. „Seht mal! Die Quallen werden ganz rot!“

Tatsächlich nahmen die kämpfenden Knallquallen eine scharlachrote Färbung an und schienen von innen heraus zu leuchten.

„Auweia“, sagte Pinch gedämpft.

„Wie bitte?“, fragte Charlie. „Was meinen Sie mit ‚Auweia‘?“

„Vielleicht lenkst du uns lieber ein Stück weiter weg."

„Warum denn?"

Da explodierte eine Knallqualle mit solcher Wucht, dass es die sechsköpfige Hydra beinahe entzweigerissen hätte. Anschließend zerbarst in einer schaurigen Kettenreaktion eine Qualle nach der anderen. Es donnerte wie Kanonenschüsse. Große Fetzen Haut und Glibber regneten auf Charlie und seine Freunde herunter.

„Darum!" Pinch zupfte sich klebrige Fangarmstückchen aus dem Bart.

Während sie weiter auf die explodierenden Wesen zutrieben, sprang Charlie an den vorderen Rand ihrer Knallqualle und bohrte seinen Degen in die klebrige Hülle. Sogleich schwamm die Kreatur in die entgegengesetzte Richtung – weg von ihren Artgenossen.

„Komm schon, komm schon …", beschwor Charlie das Tier.

Ihre Knallqualle bewegte sich mit aufreizender Trägheit. Charlie war sicher, dass die letzte Explosionswelle sie noch mitreißen würde – aber sie schafften es, außer Reichweite zu schwimmen, ehe die letzte Qualle in einem so gewaltigen wie widerlichen Sprühregen in die Luft flog.

„Puh!" Violet wischte sich Glibber aus dem Gesicht.

„Wieso denn? Das war klasse!", rief Theodor. „Was für ein Schauspiel!"

„Ich muss zugeben, dass es ziemlich spektakulär war",

räumte Charlie ein. „Aber verstanden habe ich es nicht. Begehen die Quallen Selbstmord, nur um ihre Feinde zu besiegen? Das ist doch verrückt."

„Bienen tun das Gleiche", antwortete Pinch. „Eine Biene muss sterben, wenn sie einmal zugestochen hat, denn die einzelne Biene zählt nicht – nur der Schwarm. Genauso ist es bei den Knallquallen. Die opfern das einzelne Tier, um die Gruppe zu schützen."

„Hm."

„Hm? Glaubst du, ich lüge euch an? Glaubst du, ich bin gerade geisteskrank geworden und will euch absichtlich mit falschen Informationen füttern?"

„Nein, nein!" Charlie war über Pinchs groben Ausbruch ganz erschrocken. „Ich finde es einfach keine besonders schlaue Überlebensstrategie."

Daraufhin platzte Pinch endgültig der Kragen. „Was verstehst du denn schon vom Überleben? Dir ist doch noch nichts Schlimmes zugestoßen! Du hast noch nie gelitten – deine Eltern sind noch am Leben, du hast noch deine Gabe und du führst dich auf, als wüsstest du mehr als ich, obwohl ich einst der Allergrößte überhaupt war! Meine Macht war so groß, dass du verglichen mit mir wie der letzte Schwachkopf dagestanden hättest, Charlie Benjamin – du eingebildetes, dummes … Baby!"

Holla! Wo kam das denn her?, staunte Charlie.

Theodor und Violet wechselten einen verunsicherten

Blick. Keiner von beiden wusste, wie er darauf reagieren sollte.

„Tut mir leid", sagte Charlie schließlich. Er konnte nachvollziehen, dass es einem stolzen Mann wie Pinch schwerfiel, sich einem Dreizehnjährigen unterzuordnen. „Ich habe gehört, dass Sie Ihre Eltern verloren haben, als Sie ungefähr in unserem Alter waren, und ich finde es nicht in Ordnung, was Ihnen der Albtraumdienst vor vielen Jahren angetan hat. Ich wollte Sie nicht kränken. Ich wollte bloß …"

„Was? Was wolltest du bloß?"

Charlie wollte eben antworten, da merkte er, wie sich die Qualle unter seinen Füßen hob. „Habt ihr das auch gespürt?"

„Ich schon." Violet schien beunruhigt.

Charlie spähte über den Rand ihrer Knallqualle ins Wasser. Es war, als schaute er in ein Tintenfass.

„War wohl nichts. Aber es hat sich angefühlt wie …"

Eine Hydra schoss aus der Tiefe empor und ließ sich mit voller Wucht auf die Qualle fallen, um sie zum Kentern zu bringen. Alle vier Passagiere stürzten ins trübe Wasser. Die vielköpfige Kreatur machte Anstalten hinter ihnen herzuschwimmen und sie zu beißen, aber sie verfing sich rasch in den klebrigen Gifttentakeln der nunmehr auf dem Rücken treibenden Knallqualle.

„Schwimmt weg!", rief Charlie. „Gleich explodiert sie!"

Tatsächlich leuchtete ihr ehemaliges Floß bereits hellrot.

Sie schwammen, so schnell sie konnten, während die Hydra mit Zähnen und Klauen über die Qualle herfiel, aber je wütender sie sich wehrte, desto mehr verhedderte sie sich. Im Nu waren die beiden Kreaturen ein einziger Klumpen aus Zähnen, Tentakeln und dickem, spritzendem Glibber.

„Weiter, weiter!", brüllte Charlie und spuckte schales Salzwasser aus. „Nur noch ein paar Meter, dann haben wir's ge…"

Die Knallqualle explodierte, tötete die Hydra auf der Stelle und sandte eine gewaltige Druckwelle aus. Die Druckwelle erwischte Theodor, der sofort ohnmächtig wurde.

Langsam glitt er in die schwarze, unergründliche Tiefe.

„Theodor!", gellte Charlie, der selbst verzweifelt versuchte, nicht unterzugehen. Das Wasser war so eiskalt, dass seine Muskeln zu krampfen anfingen. Er nahm Kurs auf die Stelle, an der Theodor versunken war, aber er war noch mehrere Meter entfernt.

„Ich hol ihn!", rief Violet und tauchte in die Brühe.

Hoffentlich erwischst du ihn, dachte Charlie in zunehmender Panik. Bitte, lass ihn nicht sterben.

Er zählte siebzehn endlose Sekunden, bis Violet zu seiner großen Erleichterung wieder auftauchte – den bewusstlosen Theodor an sich gedrückt.

„Wach auf, Theo!", schrie sie. „Ich kann dich nicht richtig festhalten!"

Theodors Augenlider öffneten sich flatternd. „Sind wir schon da?"

„Nein, wir sind nirgendwo", rief Charlie Wasser tretend. „Wir dümpeln mutterseelenallein mitten im fürchterlichen Ozean des vierten Kreises der Finsterwelt!"

„Allein sind wir nicht." Pinch schaute grimmig in die Ferne. „Nicht mehr."

Charlie blickte auf und sah eine weitere Hydra auf sie zukommen. „Das hat uns grade noch gefehlt", murmelte er zu sich selbst und zog seinen Degen.

Schon war das Untier heran und schnappte mit sechs zähnestarrenden Mäulern nach ihm. Charlie spürte die vertraute Gelassenheit, die ihn immer überkam, wenn er in seiner Bezwingerrolle aufging. Er wehrte einen Beißangriff nach dem anderen mit einer Geschicklichkeit und Anmut ab, die ihm beinahe übernatürlich vorkamen. Es war ja auch irgendwie übernatürlich, aber trotzdem konnte er nicht ewig so weitermachen.

Wenn ich nur ein Portal öffnen könnte!, dachte er. Dann würde das Wasser durchrauschen und uns alle mitreißen!

Aber auch wenn er ein Zwiefacher war und sowohl Bezwingen als auch Portalieren konnte, beides gleichzeitig ging nicht. Wenn er auch nur einen Augenblick innehielt, um ein Portal aufzutun, waren sie alle verloren. Theodor war zu schwach, um ihm beizustehen, und Violet musste alle Kraft aufbieten, um Theodor vor dem Ertrinken zu bewahren.

Und Pinch … der hatte schon seit Jahrzehnten kein Portal mehr aufgetan, nachdem die abscheuliche Reduzierung ihn dieser Fähigkeit beraubt hatte.

Charlie hatte immer noch mit der Hydra zu tun, als er sah, dass noch zwei der ekelhaften Viecher auf sie zuhielten.

Jetzt waren es schon drei.

„Hör auf zu kämpfen!“, rief Pinch. „Du kannst den Kampf nicht gewinnen!“

„Wie bitte? Sind Sie verrückt? Dann fressen mich die Biester! Sie fressen uns alle!“

„Tu einfach, was ich dir sage!“

„Das ist glatter Selbstmord!“

„Hör auf mich oder du stirbst! Lass … die Waffe … sinken!“

Was redet der da?, dachte Charlie. Hatte Pinch aufgegeben? Wollte er einfach Schluss machen?

„Hör auf ihn!“, rief da jemand hinter ihm. Es war Violet. „Wir können die Hydras sowieso nicht besiegen, Charlie! Tu, was er sagt, uns bleibt keine Wahl!“

Obwohl alles in ihm dagegen aufschrie, ließ Charlie den Degen sinken.

Im selben Augenblick schloss sich ein Hydramaul über ihm und verschlang ihn bis zur Hüfte. Spitze Zähne bohrten sich ihm in Rücken und Bauch. Im Maul der Hydra war es feucht und so dunkel wie in einem geschlossenen Sarg. Der

Gestank der letzten Mahlzeit des Untiers kam vom Magen heraufgestiegen – es roch nach verdorbenem Fisch und fauligem Seetang.

So muss ich also sterben, dachte er. So müssen wir alle sterben.

Da erschienen auf einmal seine Eltern vor seinem geistigen Auge und lächelten ihn liebevoll an. Er hatte sie schon monatelang nicht mehr gesehen, denn der Albtraumdienst hatte sie irgendwo versteckt und ihnen neue Namen und Identitäten gegeben, um sie vor den Ungeheuern der Finsterwelt zu schützen.

Wenn er doch nur wüsste, wo sie waren und ob es ihnen gut ging …

Wenn er sie doch noch einmal umarmen könnte …

Wenn …

Dann riss ihn die Dunkelheit mit sich fort.

10. Kapitel

Wie melkt man eine Hydra?

Charlie kam in einer tiefen Grube auf einem riesigen Knochenhaufen wieder zu sich. Wasser tropfte von der hohen Decke und er hörte es auch an den Wänden herunterplätschern. Als er sich umschaute, stellte er fest, dass die anderen sich ebenfalls regten. Er hatte keine Ahnung, wo er sich befand. Es sah aus wie eine Höhle. Immerhin waren sie noch am Leben, das war das Wichtigste. Er zog sein Hemd hoch und sah, dass die Zähne der Hydra eine Reihe blutiger Punkte auf seinem Bauch und Rücken hinterlassen hatten, aber das war zum Glück alles.

„Charlie …“, sagte neben ihm jemand mit schwacher Stimme. Es war Violet. „Sind wir alle durchgekommen?“

„Ich glaub schon … aber ich weiß nicht, wieso. Warum hat uns die Hydra nicht gefressen?“

„Das hängt mit der Rudelstruktur zusammen.“ Pinch stützte sich mit den Ellbogen auf die Rückengräte irgendeines Riesenfisches, an dessen Brustgräten noch vereinzelte Fleischbrocken hingen. „Kein Arbeiter darf vor der Königin fressen. Sie sucht sich die besten Bissen aus, die Männchen müssen sich mit dem begnügen, was übrig bleibt."

„Haben Sie deswegen gesagt, ich soll nicht mehr kämpfen?", fragte Charlie. „Weil Sie gewusst haben, dass uns die Viecher zur Königin bringen?"

Pinch zuckte die Achseln. „Na ja, den Versuch war es jedenfalls wert. Wir müssen wohl froh und dankbar sein, dass sie ihre Beute gern lebendig hinunterschlingt. Andernfalls wäre es uns noch viel schlechter ergangen."

„Sie meinen, noch schlechter, als im Bau einer Hydra in der Falle zu sitzen und darauf zu warten, dass uns die Königin frisst?" Theodor setzte sich auf.

„Schlecht ist immer noch besser als tot, Mr Dagget. Oder sind Sie anderer Meinung?"

„Ich bin der Meinung, dass mir von den ganzen Knochen und Gräten der Hintern wehtut."

„Na schön." Violet gab sich einen Ruck. „Mal sehen, womit wir es hier zu tun haben." Sie krabbelte zum Rand der Grube hoch. Charlie kletterte hinterher, aber was sie von dort aus sahen, war alles andere als ermutigend.

Sie befanden sich in einer Art Unterwasserhöhle. Wasserströme ergossen sich in große, dunkle Teiche, in die Hydramännchen eintauchten und aus denen andere auftauchten. Vermutlich waren es Zugänge zum Ozean. Mindestens dreißig der abscheulichen Viecher waren zu sehen. Auf der anderen Seite der Teiche ruhte etwas Großes auf einer

Art Thron. Charlie erhaschte einen ersten Blick auf die Königin.

Sie war gewaltig, beinahe so groß wie ein Wal. Ihre blauen Schuppen leuchteten sogar im Schummerlicht. Einige ihrer großen, mit spitzen Zähnen versehenen Köpfe hielten Wache, während die anderen friedlich schlummerten. Ein paar abenteuerlustige, etwa bärengroße Hydrajungen balgten sich spielerisch, während sich die anderen um das Muttertier scharten und an den vielen Zitzen saugten, die über seinen gepanzerten Bauch verteilt waren.

„Siehst du die Drüsen da?“, fragte Violet. „Da kriegen wir unsere Milch her.“

„Klasse“, sagte Charlie.

„Klasse?“, wiederholte Theodor, der gerade hochgeklettert kam. „Was soll daran klasse sein? Wie sollen wir an die Milch rankommen? Wir sind hier nicht im Supermarkt. Wir können nicht einfach hinmarschieren und einen Viertelliter kaufen!“

„Pst!“, machten Charlie und Violet im Chor.

Dann drehte sich Violet nach ihm um. „Immerhin haben wir das Muttertier aufgestöbert – das war das Kniffligste. Jetzt braucht sich nur noch einer von uns hinzuschleichen und sie zu melken.“

„Na, dann ist ja alles geritzt!“, flüsterte Theodor. „Man muss nur hinschleichen und dieses Riesenmonster melken? Wenn’s weiter nichts ist!“

„Pst!“, ertönte es noch energischer.

„Reg dich wieder ab“, setzte Charlie hinzu. „Ich bin derjenige, der das erledigt.“

„Abgelehnt“, erwiderte Theodor. „Diese Operation erfordert Geschick und Fingerspitzengefühl und das ist Dr. Daggets Spezialität: Dr. Dagget – Ihr Mann, wenn's knifflig wird! Lass mich nur machen, Baby!“

„Oho!“ Charlie grinste. „Klingt verlockend, aber du musst trotzdem hierbleiben, damit du die anderen wegportalieren kannst, falls irgendwas schiefgeht.“

„Zum Beispiel? Dass du draufgehst?“

„Theodor!“, fuhr ihn Violet an.

„He, was guckst du so? Er hat doch damit angefangen!“

„Ich geh schon nicht drauf“, besänftigte Charlie die Gemüter. „Ich meine bloß … wir kennen uns hier nicht aus und man weiß nie, was alles passieren kann.“

„Was dazu führen könnte, dass du draufgehst“, wiederholte Theodor. „Und deshalb übernehme *ich* das.“

„Die Entscheidung ist bereits getroffen.“ Charlie wandte sich ab, als wäre der Fall damit erledigt.

„Ach so, Entscheidung getroffen. Okay, capito. Soll ich deinen Eltern irgendwas ausrichten, falls deine tolle ‚Entscheidung‘ in die Hose geht? Und was sollen wir mit deinen sterblichen Überresten anfangen? Wenn beispielsweise nur noch ein Finger übrig ist, sollen wir den für die Aufbahrung mitnehmen oder möchtest du lieber einen geschlossenen Sarg?“

„Hör auf, Theodor! Das ist krank!"

„Außerdem bringt es nichts", fügte Charlie hinzu. „Du kannst mir keine Angst machen. Ich bleibe dabei."

„Und was ist mit mir?", fragte Violet. „Ich kann es doch genauso gut machen. Oder traut ihr mir das nicht zu, weil ich ein Mädchen bin?" Ihr Blick war vernichtend.

„Ich traue es dir schon zu", erwiderte Charlie. „Aber du musst hierbleiben und Theodor den Rücken freihalten, wenn er ein Portal auftun muss. Kurz gesagt: Du musst kämpfen."

„Ich kann auch kämpfen", warf Theodor ein. „Bloß weil sie eine Bezwingerin ist, ist sie hier nicht die Einzige, die eine Waffe halten kann."

Charlie riss der Geduldsfaden. „Ihr beide macht mich noch wahnsinnig! Könnt ihr nicht einfach eure Arbeit tun, ohne euch dauernd zu streiten, und ich kann in aller Ruhe die Königin melken?"

„Kein Problem", sagte Violet.

„Theodor?"

„Hä? Ich hab doch schon Ja gesagt. Jetzt geh schon, melk deine blöde Königin und gib Ruhe!"

„Hast du dir schon etwas überlegt?", erkundigte sich Violet. „Wie willst du an sie rankommen, ohne dass sie dich sieht?"

„Das wirst du gleich sehen." Charlie rief dem nächstbesten Hydrajungen zu: „Hallo, Kleiner …"

Die sechs kleinen Köpfe schwenkten zu ihm herum. Eigentlich ist das Vieh ja ganz niedlich, dachte Charlie und redete weiter auf das Geschöpf ein: „Braves Baby. Komm her, Hydraleinchen. Komm zu Charlie."

Das Jungtier sah ihn verdutzt an und kam auf seinen vier unsicheren Beinchen angetapst.

„So ist's brav!", raunte Charlie. „Komm her, Hydra-Hydra-Hydra … hierher, mein Süßer …"

„Na, so was sieht man nicht jeden Tag", warf Theodor ein. „Ach übrigens, woher weißt du, dass dich das Kleine nicht einfach – du weißt schon – frisst? Es ist zwar noch ganz jung, aber trotzdem doppelt so groß wie du."

„Es frisst mich nicht, weil es noch kein Fleisch frisst. Es trinkt ja noch Muttermilch und darum bringt es mich direkt zu seiner Mama."

Schon stand die kleine Hydra vor ihnen und Charlie streichelte behutsam einen der sechs Köpfe. Das Junge gurrte zufrieden, sichtlich angetan von der Liebkosung.

„Dann wollen wir mal …"

Charlie schielte zu den ausgewachsenen Hydras hinüber, die in der großen Höhle hin und her trotteten. Sie schienen mit sich selbst beschäftigt, und so sprang er rasch aus der Grube, legte sich unter das Babyungeheuer und klammerte sich wie ein Affenjunges an seinen Bauch.

„Auf geht's, mein kleiner Freund. Auf zu Mama! Du hast doch bestimmt Hunger und Durst!"

Das Kleine stand einfach nur da. Charlie wunderte sich, dann sah er, dass das Tier gespannt zu Theodor hinüberschaute.

„Duzi-duzi-duzi!“, lockte der schlaksige Junge. „Mein kleiner sechsköpfiger Mutant! Mein kleiner Schuppenfreak!“ Er steckte sich die Daumen in die Ohren, wackelte mit den Fingern, streckte die Zunge heraus und machte ein Furzgeräusch.

„Hallo? Theodor?“, sagte Charlie ärgerlich. Er hing immer noch unter dem Bauch des Hydrajungen.

„Was ist denn?“

„Könntest du vielleicht … aufhören, das kleine Monster … abzulenken?“

„Ja, klar.“

Theodor ließ sich wortlos wieder in die Grube fallen.

„Alles Gute!“, sagte Violet. „Jetzt musst du entweder höllisch aufpassen oder dich auf dein Glück verlassen.“

„Ich mach beides“, erwiderte Charlie grinsend, dann widmete er sich wieder dem Hydrajungen. „Na los, mein Kleiner. Auf zu Mami!“

Die kleine Hydra machte kehrt und trabte quer durch die Höhle. Charlie hielt den Atem an, als sich das Tier zwischen den ausgewachsenen Hydramännchen durchschlängelte. Hoffentlich sah oder witterte ihn keines von denen! Seine Sorge war unbegründet. Keins der Biester sah in seine Richtung.

Schließlich kam das Kleine bei seiner Mutter an.

Aus der Nähe erinnerte ihr Bauch an eine schrundige Felswand – hoch, steil und abweisend. Charlie hörte die anderen Jungen schmatzend an den Zitzenreihen saugen.

Ganz ruhig, ermahnte er sich.

Zum Glück waren die Kleinen so mit Trinken beschäftigt, dass sie ihn gar nicht wahrnahmen. Was die Mutterhydra anging, so schliefen vier ihrer Köpfe, und die beiden anderen hatten so schwere Lider, als würden sie jeden Augenblick zufallen. Als Charlies Hydrajunges drauflosnuckelte, kroch er hervor, sah sich kurz um und entdeckte auch gleich eine unbesetzte Zitze, aus der eine dünne weiße Flüssigkeit rann.

Milch!, jubelte er innerlich. Hydramilch!

Dann bekam er einen Riesenschreck, weil ihm einfiel, dass er vor lauter Eifer total vergessen hatte, einen Behälter mitzunehmen.

Oh nein, dachte er. Wie kann man nur etwas so Wichtiges vergessen? Wie bescheuert!

Er zwang sich zur Ruhe und dachte nach. Bestimmt trug er etwas bei sich, das man zum Behälter umfunktionieren konnte! Hastig tastete er sich ab: Gürtel, Schuhe, Portemonnaie. Nein, nein und nein.

Bitte!

Je hektischer er suchte, desto vergeblicher schien es zu sein, bis er plötzlich …

Bingo! Ein Fettstift für die Lippen!

Er hatte einen Fettstift mit Traubengeschmack in der Tasche.

Er zog den Stift heraus, nahm die Kappe ab, drehte das wachsartige Zeug ganz heraus und brach es ab. Nun hatte er ein kleines Röhrchen mit Deckel.

Gott sei Dank!, dachte er schweißgebadet. Das dürfte reichen. Schließlich hatte die Rektorin gesagt, dass der Wächter nur einen kleinen Schluck Milch brauchte.

Charlie wartete ab, bis er sich wieder halbwegs beruhigt hatte, drehte sich nach der tropfenden Zitze um – und schaute einem der Königinnenköpfe ins Gesicht.

Das Untier zog die bebenden schwarzen Lefzen zurück und bleckte die baseballschlägerlangen Zähne, die kreuz und quer im schwarzen Zahnfleisch steckten. Seine orangefarbenen Augen waren wie die einer Schlange zu Schlitzen zusammengezogen und starrten ihn in dumpfer Wut an.

„Mist!“, keuchte Charlie. „Das darf nicht wahr sein …“

„Was treibt Charlie da drüben?“, fragte Theodor.

„Schwer zu sagen.“ Violet verrenkte sich den Hals. „Da krabbeln so viele Junge rum, dass ich ihn kaum erkennen kann.“

Da brüllte die Hydrakönigin auf einmal so laut, dass die Schallwellen die Oberfläche der Teiche kräuselten.

Anschließend rief jemand: „Haut ab!“ Es war Charlie.

„Sofort wegportalieren! SOS! SOS!“ Er kam quer durch die Riesenhöhle angerannt, war aber immer noch fast die Länge eines Fußballplatzes entfernt.

„Himmelherrgott, ich hab's ja geahnt!“, ächzte Pinch, als sich jetzt von allen Seiten ausgewachsene Hydras mit gefletschten Zähnen auf sie stürzten. Violets Axt schien ihr wie ein Zauberstab von selbst in die Hand zu springen. Ein paar flinke Hiebe mit der blau leuchtenden Klinge und etliche Hydraköpfe plumpsten zuckend in die Grube.

„Tu ein Portal auf, Theodor!“, brüllte Violet. „Ich halte sie uns so lange vom Leib, wie's geht!“

Sie fegte herum wie ein Irrwisch, schwang die doppelseitige Axt und schlug Monsterköpfe ab. Derweil schloss Theodor die Augen und versuchte, seine innersten Ängste anzuzapfen.

Wenn ich hier sterbe, dachte er, bringt mich mein Dad um.

Charlie sprintete durch die Höhle wie … na ja, wie jemand, dem eine Riesenhydra auf den Fersen ist. Er hob die Fettstifthülse ans Ohr und schüttelte sie.

Es gluckerte leise.

Milch.

Hydramilch!

Kurz bevor das todbringende Monster auf ihn losgegangen war, war es ihm gelungen, einen kurzen Milchstrahl aus der Zitze zu drücken. Viel ist es zwar nicht, dachte er, aber wenn wir Glück haben, reicht es.

Obwohl er dank seiner ungewöhnlich entwickelten Bezwingerfähigkeiten schnell wie der Wind laufen konnte, kam die Mutterhydra rasch näher. Schon spürte er ihren heißen Atem wie einen Hochofen im Genick. Ihm war klar, dass er ihr weder davonlaufen noch sie im Kampf besiegen konnte. Ihm blieb nichts anderes übrig, als sie zu überlisten.

„Fang!“, brüllte er und warf die Fettstifthülse quer durch die Höhle in Pinchs ausgestreckte Hände.

„Hab sie!“, rief Pinch, duckte sich unter dem zuschnappenden Maul einer Hydra weg, einen zweiten Kopf hieb Violet ab. Während Theodor immer noch mit seinem Portal beschäftigt war, machte sich Charlie bereit, ein zweites zu öffnen – und zwar mitten in den Pazifischen Ozean.

Eine Spülung, dachte er. Höchste Zeit für eine Spülung.

Mitten im Laufen streckte er die rechte Hand aus, schloss die Augen und wollte das Portal gerade beschwören – da bebte auf einmal der Höhlenboden.

Stalaktiten hagelten von der Decke wie riesige Speere. Die Teiche traten über die Ufer, der Felsboden wurde glitschig und Charlie und die Hydras kamen ins Schlittern.

Was ist denn jetzt los?, dachte Charlie.

Irgendwie kam ihm diese Art Beben bekannt vor …

Nein, dachte er. Das kann nicht sein!

Mitten in der riesigen unterseeischen Höhle brach der

Felsboden auf und eine Art Riesenwurm kam zum Vorschein. Sein gewaltiger grauer Leib war dick wie eine Rakete und auch fast so lang. Er besaß unzählige Beine wie ein Tausendfüßer, und sein spitz zulaufender Kopf ähnelte einem Bohrer und war auch so gedreht. Unter der harten Schädeldecke saßen zwei große dunkle Augen in einem käferartigen Gesicht mit schaukelnden Fühlern.

Um die Leibesmitte trug er einen glänzend schwarzen, mit roten Runen verzierten Gürtel – unverkennbar das Gegenstück zu den Schmuckstücken der anderen Namhaften.

„Tag, Charlie Benjamin!“, sagte der dritte Namhafte Herrscher der Unterwelt mit von Erdbrocken gedämpfter Stimme.

„Tag, Slagguron“, antwortete Charlie.

11. Kapitel

Slagguron, der Beständige

„Du weißt, wer ich bin?“, fragte der dritte Namhafte. Seine Donnerstimme löste bedenkliche Nachbeben in der Höhle aus.

„Na ja, die anderen Namhaften habe ich schon kennengelernt, und du trägst auch so ein Schmuckstück.“ Charlie zeigte auf den leuchtenden Gürtel um Slaggurons schlammtriefenden Leib. „Außerdem bist du groß wie ein Haus, also hab ich messerscharf kombiniert.“

„Mir ist schon zu Ohren gekommen, dass du ein schlaues Bürschchen bist, Charlie Benjamin. Rasche Auffassungsgabe. Einer, mit dem man rechnen muss.“ Slagguron lächelte. „Ich hab mich anscheinend nicht verhört.“

„Du hast vielleicht schon von mir gehört, aber ich noch nicht viel von dir. Soweit ich weiß, hat dich bis jetzt noch nie jemand gesehen.“

„Ich halte mich gern bedeckt. Unter der Erde. Bin lieber für mich. Nicht so wie die anderen.“ Das Wort „anderen“ hatte einen Unterton von Abscheu.

„Kannst du sie nicht leiden?“, fragte Charlie. Wenn unter den Namhaften Zwietracht herrschte, konnte das für ihn in Zukunft vielleicht ein Vorteil sein – jedenfalls, wenn es für ihn überhaupt so etwas wie eine Zukunft gab.

„Weder noch. Ich bin einer der vier. Ich erfülle meinen Zweck.“

„Den Fünften herbeizurufen?“

Die riesige Kreatur nickte. „Um zu tun, was ich tun muss, brauche ich deine Hilfe, Charlie Benjamin. Du musst ein Portal öffnen und mich auf die Erde bringen.“

„Ich dachte, du hättest dir etwas anderes einfallen lassen.“ Charlie ging langsam auf ihn zu. „Ich dachte, du willst mithilfe von Kindern den Wächter umbringen, um anschließend durch die Anomalie zu schlüpfen.“

„Nein. Den Plan hat Tyrannus ausgeheckt. Die Anomalie ist zu hoch für mich. Ich kann nicht fliegen.“

Charlie war verdutzt. Daran hatte er noch gar nicht gedacht. „Ja, sieht so aus. Dann war es also nicht deine Idee, Kinder in die Finsterwelt zu locken?“

Slagguron schüttelte den Kopf. „Sie haben hier nichts zu suchen.“

„Keine Sorge“, sagte Charlie. „Jedes Kind, das wir hier entdecken, nehmen wir wieder mit auf die Erde.“

„Dann nimm mich auch mit.“ Slagguron klang so beiläufig, als verlange er von Charlie lediglich, ihn ein Stück auf dem Fahrrad mitzunehmen.

„Du glaubst doch nicht im Ernst, dass ich das mache? Ich bin doch nicht verrückt! Schließlich willst du uns alle umbringen."

„Stimmt."

„Warum sollte ich dir dann helfen?"

Slagguron glitt auf ihn zu. Es war, als bewegte sich ein Wolkenkratzer. „Wir vier Namhaften werden auf jeden Fall auf die Erde gelangen, Charlie Benjamin, ob du uns dabei behilflich bist oder nicht. Wenn du mir aber hilfst, dann beschütze ich dich und keiner tut dir was."

„Du lügst. Barakkas hat mir dasselbe versprochen und dann wollte er mich trotzdem umbringen. Verminion hat es Pinch versprochen, bevor er seine ganze Familie abgeschlachtet hat."

„Allerdings", sagte Pinch irgendwo hinter Charlie.

Slagguron warf einen kurzen Blick in seine Richtung. Pinch ging sofort in Deckung.

„Das ist richtig", entgegnete das Monster dann, „aber deswegen dürft ihr mich nicht gleich mit den anderen in einen Topf werfen. Verminion ist ein Lügner. Er sagt das eine und meint das andere. Er dreht einem das Wort im Mund um. Die anderen sind launisch. Ich dagegen bin beständig wie der Fels, durch den ich mich bohre."

„Was ist mit Barakkas?", wollte Charlie wissen. „Was hältst du von ihm?"

„Eben noch ist er ganz umgänglich, im nächsten Augenblick rastet er aus. Er ist unausgeglichen. Jähzornig. Ich dagegen bin beständig wie der Fels, durch den ich mich bohre."

„Und Tyrannus?"

„Tyrannus ist ein Irrer. Sein Verstand ist von Wahnsinn verwirrt. Er ist launisch wie das Aprilwetter. Ich dagegen bin beständig wie …"

„… wie der Fels, durch den du dich bohrst?", rief Theodor dazwischen.

Alle sahen ihn böse an.

„Entschuldigung." Theodor tat so, als verschlösse er seine Lippen mit einem Reißverschluss.

„Hilfst du mir nun, Charlie Benjamin?", fragte Slagguron. „Dann garantiere ich auch für deine Sicherheit."

„Woher soll ich wissen, dass du deine Meinung nicht änderst?", erwiderte Charlie. „Dass sie so … beständig bleibt, wie du behauptest?"

„Beurteile mich nach meinen Taten. Ich habe dich schon einmal geschützt, vor der Hydra."

Charlie sah zu der Hydrakönigin hinüber. In der ganzen Aufregung hatte er gar nicht mehr an sie gedacht. Sie hielt sich im Hintergrund und fürchtete sich offenkundig vor dem gigantischen Namhaften.

„Na ja, wenn wir hier im Debattierclub wären", sagte Charlie, „könnte jemand – irgendjemand, natürlich nicht ich – dahin gehend argumentieren, dass du mich nur deshalb vor ihr beschützt hast, weil ich dir andernfalls nicht mehr helfen könnte."

„Willst du mir damit unterstellen, dass ich dich nur ausnutzen will?"

„Man könnte auf die Idee kommen. Mir liegt das natürlich fern."

„Aber jetzt tut dir die Hydra nichts mehr."

Charlie zuckte die Achseln. „Nicht, solange du hier bist."

„Das heißt, ich hätte nichts davon, wenn ich sie jetzt umbringe, stimmt's?"

„Eher nicht."

Ohne Vorwarnung schnellte Slagguron vor und warf sich mit dem Gewicht eines einstürzenden Gebäudes auf die Hydrakönigin. Sie wurde unter seinem massigen Leib völlig zermalmt. Als er sich wieder zu voller Größe aufrichtete, zuckte ihr Körper, aus dem eine schwarze Flüssigkeit austrat, nicht mal mehr.

„Warum ... warum hast du das getan, Slagguron?" Charlie war bestürzt darüber, wie brutal der Namhafte sein konnte.

„Das war bloß ein Beweis. Ein kleines Geschenk. Ein Geschenk für dich."

Ein *Geschenk*?

Charlie war sprachlos. Nicht, dass er besonders freundschaftliche Gefühle für die Hydrakönigin gehegt hätte. Schließlich hatte sie ihn fressen wollen. Aber nur, weil er sich zwischen ihre Babys gemogelt und ihr Milch abgezapft hatte. Da durfte sie ja wohl sauer auf ihn sein.

Und jetzt war sie tot.

Schlimmer noch: Es war vorbei damit, an ihre stärkende Milch heranzukommen … oder hatte Slagguron vielleicht genau das beabsichtigt?

„Ich … ich weiß nicht, was ich sagen soll."

„Hilf mir jetzt und ich beschütze dich, Charlie Benjamin", versicherte ihm das Riesenvieh. „Darauf gebe ich dir mein Wort. Und mein Wort ist so beständig wie ich selbst."

Charlie war unschlüssig. Sie waren eindeutig an einem Punkt angekommen, an dem er eine Entscheidung treffen musste. Aber sämtliche Möglichkeiten kamen ihm schrecklich vor.

Er konnte versuchen, sich und seine Freunde wegzuportalieren. Aber nachdem er erlebt hatte, wie flink sich Slagguron bewegen konnte, war ihm klar geworden, dass sie es nicht rechtzeitig schaffen würden. Also blieb ihm nichts anderes übrig, als zu tun, was Slagguron von ihm verlangte, und ihn auf die Erde mitzunehmen. Aber das war Wahnsinn … oder? Nachdem sein Abenteuer mit Barakkas so verheerend ausgegangen war, konnte Charlie es sich nicht erlauben, noch einen Finsterweltherrscher einzulassen, auch nicht, wenn es dabei um sein eigenes Leben ging.

Aber durfte er diese Entscheidung auch für seine Freunde

treffen? Musste er nicht wenigstens sie retten, wenn es irgendwie möglich war?

„Los, wir machen das Vieh alle!“, rief Theodor von der anderen Seite der Höhle. In seinen Augen brannte eine geradezu irre Leidenschaft. „Wir haben den ZF auf unserer Seite, nicht zu vergessen Fräulein Hackebeilchen, und meine Portale sind auch nicht zu verachten. Und wir haben Pinch dabei, und der ist … auch zu irgendetwas gut. Glaubt mir, der fette Wurm hat keine Chance gegen uns!“

„Denkst du auch irgendwann mal nach, bevor du die Klappe aufreißt?“, fragte Violet ungläubig.

„He, darf man denn nicht mehr optimistisch sein? Ich hab die Schnauze voll davon, mich ständig von irgendwelchen Wichtigtuern einschüchtern zu lassen! Zeigen wir’s dem Kerl! Machen wir ihn kalt!“

„Nein!“, sagte Charlie resolut und so laut, dass es von den Höhlenwänden widerhallte.

„Was soll das heißen: Nein?“, fragte Theodor. „Was sollen wir denn sonst tun? Du willst das Vieh doch wohl nicht auf die Erde portalieren!“

„Offen gestanden doch.“

„Wie bitte?“, rief Violet.

„Das meinst du ja wohl nicht ernst …“, sagte Pinch.

„Todernst.“

Charlie machte die Augen zu. Grellviolette Flammen umzüngelten ihn und im Handumdrehen hatte er ein Portal geöffnet, das groß genug war, um Slagguron hindurchzulassen. Auf der anderen Seite lag das Death Valley – eine flache, konturenlose Wüste mit nur hier und da ein paar Kakteen oder einer einsamen Klapperschlange, die zusammengerollt unter einem Stein lag.

„Bitte sehr", wandte er sich an Slagguron. „Ich hab vergessen, dich zu fragen, wo du eigentlich hinwillst, aber hier in der Wüste hast du ordentlich Platz. Außerdem kannst du dich sofort wieder unter die Erde verziehen."

Slagguron starrte misstrauisch in das Portal. „Ich ... hätte nicht gedacht, dass du mir tatsächlich hilfst."

„Warum hast du mich dann darum gebeten?"

„Ich folge dir schon geraume Zeit, Charlie Benjamin. Ich folge den Schwingungen deiner Schritte. Die sind unverwechselbar. Ich wollte dein Vertrauen gewinnen."

„Das ist dir gelungen. Ich habe getan, was du verlangt hast, also geh." Charlie wies auf das offene Portal. „Die Erde wartet."

„Nein. Das ist bestimmt eine Falle. Du willst das Portal mittendrin schließen und mich entzweischneiden. So wie du es mit Barakkas' Arm gemacht hast."

„Du wolltest mein Vertrauen", widersprach Charlie, „und ich habe es dir gegeben. Und jetzt vertraust du *mir* nicht? Warum bringst du mich nicht einfach um, wenn du mir nicht glaubst? Bring uns doch alle um!"

„Charlie!", rief Violet entsetzt.

„Du bist gerissen“, erwiderte Slagguron. „Hinterhältig, wie Verminion.“

„Nur ein Lügner glaubt, dass ihn alle anderen belügen.“

„Du schimpfst mich einen Lügner?“, brüllte Slagguron und richtete sich auf. Seine Stimme wurde ganz dumpf vor mühsam beherrschtem Zorn. „Ich bin beständig …“

„… wie der Fels, durch den du dich bohrst. Das können wir inzwischen schon singen.“ Charlie schüttelte ungeduldig den Kopf. „Kriechst du jetzt durch das Portal oder bringst du mich um? Such dir was aus, mir wird langsam langweilig.“

Slagguron starrte Charlie aus großen schwarzen Augen an. Schließlich schüttelte er den gewaltigen Kopf. „Wir sehen uns wieder!“

Er machte einen Satz wie ein Schwimmer vom Sprungbrett. Panzerplatten schoben sich vor sein Gesicht und bildeten eine Art Bohrspitze. Verblüffend mühelos bohrte er sich in den Höhlenboden und hinterließ einen breiten Tunnel, der in die unterirdischen Gefilde der Finsterwelt hinabführte.

Nach wenigen Augenblicken war nichts mehr von ihm zu sehen.

„Mannomann …“, schnaufte Theodor.

„Ich glaub, ich träume“, sagte Violet.

Nur Pinch war mit etwas anderem beschäftigt. Alle ausgewachsenen Hydras kreisten sie jetzt ein. Geifer troff aus ihren offenen Rachen. „Ich glaube, es wäre nicht unklug, wenn wir ganz schnell den Abgang machen würden.“

„Ich glaube, Sie haben Recht“, erwiderte Violet mit einem Blick auf die herandrängenden Monster, die den Tod ihrer Königin rächen wollten.

Plötzlich kam eine Hydra aus dem Teich gleich neben Charlie geschnellt und stürzte sich wild um sich beißend auf ihn. Instinktiv zückte Charlie seinen Degen und schlug dem Biest zwei Köpfe ab. Im selben Augenblick schlug das riesige Portal zum Death Valley mit lautem Knall zu – und bewies damit eindringlich, dass nicht einmal ein Zwiefacher gleichzeitig bezwingen und portalieren kann.

„Theodor! Ein Portal!“ Charlie wehrte die übrigen Köpfe der Hydra ab und lief zu seinen Freunden hinüber. „Wir müssen hier weg, und zwar sofort!“

Theodor arbeitete an einem Portal, während Charlie und Violet Rücken an Rücken ihre Waffen schwangen, bis der Felsboden mit Hydraköpfen übersät war.

„Duckt euch!“, rief Pinch.

Sie duckten sich und entkamen gerade noch dem Schwanzschlag eines der Viecher.

„Achtung!“, schrie Theodor. „Es geht los!“

Sein Portal sprang mit schallendem *Plopp!* auf.

Die vier sprangen hindurch, dicht gefolgt von einer Hydra. Theodor schloss das Portal sofort wieder und hackte das Untier in der Mitte entzwei, womit er ihm das schreckliche Schicksal bescherte, das Slagguron so gefürchtet hatte.

Etliche Schüler umringten Charlie, Pinch, Violet und Theodor und betrachteten entsetzt die abgeschlagenen Hydraköpfe, die im warmen Sand auf dem Strand vor der Albtraumakademie lagen.

„Seht sie euch gut an!“, sagte Theodor stolz. „Das Vieh wurde port-guillotiniert – port-enthauptet, damit ihr mich auch versteht! Eine Spezialität des berühmten Theodor Dagget …“

„Warum hast du das getan?“ Violet zog Charlie ein Stück von den anderen weg, während Theodor seine Mitschüler weiter mit seinen Heldentaten unterhielt. „Warum hast du für Slagguron ein Portal geöffnet?“

„Weil ich ihn genau so umbringen wollte, so, wie er es befürchtet hat. Aber ich bin wohl nicht schlau genug.“

„Das kann man wohl sagen.“ Pinch gesellte sich zu ihnen. „Stell dir bloß vor, du wärst auch nicht *schnell* genug gewesen und es wäre ihm gelungen, unversehrt auf die Erde zu gelangen.“

„Ist er ja nicht.“

„Hätte aber sein können. Du hast ganz schön hoch gepokert, junger Mann.“

„Tun wir das nicht alle? Außerdem hätte er uns umgebracht, wenn ich das Portal nicht aufgetan hätte. Ich habe ihn in die Defensive gedrängt. Ich dachte mir, wenn ich ihn verunsichere, kommen wir noch am ehesten mit dem Leben davon."

„Hat ja auch geklappt", sagte Violet versöhnlich, „das muss man dir lassen. Bloß, dass ich immer noch nicht kapiert habe, wieso Slagguron lieber abgehauen ist."

„Weil es unentschieden stand. Er hat meinem Portal nicht getraut, aber er wollte mich auch nicht töten – weil nur die Rektorin und ich so große Portale hinkriegen, dass er durchpasst. Die Möglichkeit wollte er sich für später noch offenlassen."

„Aber wozu? Wieso sollte er irgendwann später einem Portal von dir trauen?"

„Herrgott, was weiß ich?" Charlie wurde ärgerlich. „Leider hat er mich nicht zu seiner Flucht-in-die-Finsterwelt-Party eingeladen."

„Reg dich ab! Und sei nicht so ein Klugscheißer. Ich will ja nur aus der ganzen Geschichte schlau werden. Genau wie du."

„War nicht so gemeint", sagte Charlie verdrossen. „Wahrscheinlich bin ich nur sauer, weil ich mir sicher bin, dass er etwas im Schilde führt und nur nicht weiß, was."

„Vielleicht war das vorhin nur Plan A? Vielleicht hat er es einfach mal bei dir probiert, wollte sehen, ob du in Panik gerätst und ein passendes Portal auftust. Als er dann gemerkt hat, dass du dich nicht einschüchtern lässt, ist er zu Plan B übergegangen."

„Der da wäre?“

„Keine Ahnung.“ Violet seufzte. „Vielleicht hat Plan B überhaupt nichts mit dir zu tun. Vielleicht versucht er einfach, durch die Anomalie zu schlüpfen, sobald der Wächter tot ist.“

„Wie soll er denn da hochkommen?“

Violet zog nachdenklich eine Schnute. „Tyrannus? Meinst du, Tyrannus ist stark genug, um ihn hochzutragen?“

Charlie zuckte die Achseln. „Schon möglich. Aber das kann uns alles egal sein, solange der Wächter gesund und munter ist, wobei mir einfällt …“ Er wandte sich an Pinch und fragte: „Haben Sie die Milch noch?“

Pinch hielt die Fettstifthülse hoch. „Na klar.“

„Super. Dann bringen wir das Zeug am besten gleich der Rektorin. Angeblich gelangt ja jeder, der davon trinkt, in den Vollbesitz aller seiner Kräfte, die ihm jemals zur Verfügung standen. Hoffentlich stimmt’s.“

„Das hoffe ich auch“, erwiderte Pinch, nahm zu Charlies und Violets Verwunderung die Kappe von dem Plastikröhrchen, leckte sich die Lippen und trank die Milch der Hydrakönigin aus.

12. Kapitel

Pinch, der Mächtige

„Was … was machen Sie da?", rief Charlie entsetzt.

„Einfach das, was nötig war", erwiderte Pinch. „Etwas so Kostbares können wir nicht einfach dem Wächter einflößen, ohne es vorher ausprobiert zu haben, meinst du nicht?"

„Aber Sie haben alles ausgetrunken!"

„Nicht alles. Ich habe nur ein Schlückchen genommen. Es ist noch etwas drin, siehst du?" Er hielt ihnen den kleinen Behälter hin. Tatsächlich war er noch nicht ganz leer.

„Sie sind ein Dieb!", rief Charlie. „Die Hydrakönigin ist tot! Wenn das hier nicht für den Wächter reicht, können wir keinen Nachschub beschaffen!"

„He, Leute", rief Theodor munter und kam zu ihnen herüber. Offenbar hatte er den Vorfall nicht mitbekommen. Er sonnte sich immer noch im Glanz der Aufmerksamkeit der anderen Schüler. „Wisst ihr, Portalieren ist eigentlich gar nicht so übel. Man muss nur wissen, wie man es als Waffe einsetzt. Klar, ohne gute Verteidigung kommt man nicht aus, aber ab und zu will man auch mal vorne Punkte machen.“ Er schaute Charlie und Violet neugierig an. „Was ist denn mit euch los? Ihr seht aus, als hättet ihr grade einen Säurespucker in euren Cornflakes entdeckt.“

„Was los ist?“, sagte Violet. „Pinch hat die Hydramilch getrunken.“

„Sind Sie bescheuert?“, schrie Theodor.

„Es war nur ein Schlückchen“, verteidigte sich Pinch.

„Nur ein …“ In blindem Zorn stürmte Theodor auf Pinch los und krempelte sich die Ärmel an den schmächtigen Armen hoch. „Nach allem, was wir durchgemacht haben, um das blöde Zeug zu beschaffen, fällt Ihnen nichts Besseres ein, als es selber zu trinken? Es ist mir scheißegal, dass Sie erwachsen sind – ich reiß Ihnen den Kopf ab!“

„Halt!“, schrie Charlie, ehe Theodor zuschlagen konnte.

„Was ist?“

„Sieh mal!“

Irgendetwas ging mit Pinch vor sich. Sein Gesicht war schmerzverzerrt und er spannte alle Muskeln an, als wäre er an einem Elektrozaun hängen geblieben. Er zitterte krampfhaft. Charlie, der Angst hatte, dass Pinch auch noch den letzten Rest Milch verschüttete, nahm ihm den Behälter aus der Hand und setzte sofort die Kappe wieder auf.

„Was haben Sie denn?“, wunderte sich Violet.

„Ich … ich weiß nicht …“, stöhnte der bärtige Mann. Dann fiel er auf die Knie, kniff die Augen zu und schrie qualvoll auf. „Aaah, tut das weh!“

„Da ist was schiefgelaufen", sagte Charlie. „Holt sofort Hilfe! Holt Mama Rose!"

Doch ehe sich jemand rühren konnte, geschah etwas Merkwürdiges.

Pinchs Barthaare fielen aus und rieselten in den Sand zu seinen Füßen. So glatt rasiert war er nicht wiederzuerkennen. Er wirkte mit einem Schlag um Jahrzehnte verjüngt.

Aber dann begriff Charlie, dass es nicht nur an dem fehlenden Bart lag – Pinch war tatsächlich jünger geworden! Die Falten um Mund und Augen hatten sich geglättet, die paar Pfunde zu viel, die er auf den Hüften hatte, waren wie weggeschmolzen, und jetzt fing er auch noch an zu schrumpfen, wurde erst einen Zentimeter kleiner, dann zwei … drei … vier …

„Was geht da vor sich?", flüsterte Violet.

Charlie schüttelte den Kopf. „Ist mir auch ein Rätsel."

Falten, Zentimeter und Pfunde schwanden, bis Pinchs grauer Anzug so lose hing, dass er aussah wie ein Kind, das im Spiel Papas Kleider angezogen hat. Seine Gesichtshaut war straff und makellos und das Weiße in seinen Augen leuchtete ungetrübt.

„Nicht zu fassen!", sagte der Verwandelte. Seine Stimme klang jugendlich. „Es hat gewirkt! Das Elixier hat tatsächlich gewirkt. Ich bin wieder der Pinch von einst, als ich noch im Vollbesitz meiner Kräfte war!"

Charlie starrte den Dreizehnjährigen sprachlos an, der vor ihm stand – den Dreizehnjährigen, der eben noch sein Lehrer Pinch gewesen war.

Er war wieder ein Kind geworden.

„NZF …“, schnaufte Theodor ungläubig. „Nicht zu fassen.“

Violet schüttelte den Kopf. „Wenn ich es nicht mit eigenen Augen gesehen hätte, würde ich es nicht glauben.“

„Jetzt wüsste ich bloß gern“, fuhr Pinch mit seiner fremden Knabenstimme fort, „ob mit meiner Jugend auch die Gabe zurückgekehrt ist.“

Er streckte die rechte Hand aus und schloss die Augen. Blaurote Flammen umzüngelten ihn, und im langen Schatten der Albtraumakademie sprang ein großes Portal auf, hinter dem schwarz die Finsterwelt gähnte.

Alle spähten erstaunt hinein.

„Na bitte, geht doch!“, rief Theodor. „Sie haben tatsächlich ein Portal aufgetan!“

„Sie haben die Gabe wieder“, sagte Charlie. „Es hat echt geklappt!“

„Ich hab’s hingekriegt, es hat geklappt!“, wiederholte Pinch und fing vor Freude an zu weinen.

Ist ja echt schräg, dachte Charlie, als er Pinch in der Jeans und dem roten T-Shirt sah, die er ihm geliehen hatte. Die Sachen passten ihm. Der andere Junge (der *Mann*, musste sich Charlie in Erinnerung rufen) war ungefähr so groß und so schwer wie er, aber damit hörten die Ähnlichkeiten auch schon auf. Pinchs Haar war dunkel wie seine Augen, und seine Haut war hell wie der Bauch einer Flunder.

„Hier ist es", verkündete Pinch und zog unter seiner Hängematte eine abgewetzte Kiste hervor. Seine Kajüte in der Albtraumakademie war klein und spartanisch eingerichtet: keine Bilder, keine persönlichen Gegenstände, kein bisschen Gemütlichkeit. Er wischte den Staub von der Kiste und öffnete sie dann mit einem Anflug von Ehrfurcht.

In der Kiste lag eine glänzende Waffe mit scharfer, gebogener Klinge und einem kunstvoll gearbeiteten Griff.

„Meine Sichel!" Pinch grinste hochzufrieden und nahm sie heraus. Kaum hatte er sie berührt, glomm die Waffe bläulich auf. „Die hab ich schon seit …" Seine Stimme verklang. „Sehr, sehr lange nicht mehr in der Hand gehalten", beendete er den Satz schließlich versonnen.

„Pinch." Charlie stupste ihn an.

„Ja?"

„Wir müssen los. Die Rektorin wartet auf die Milch."

„Ach richtig." Pinch erhob sich, die Sichel immer noch in der Faust.

„Willst du … wollen Sie uns hinportalieren oder …?"

„Mach du das. Ich bin ein bisschen aus der Übung."

„Gut." Charlie wandte sich an Violet und Theodor. „Es

geht los. Wir begeben uns direkt in den fünften Kreis, so nahe an den BD-Friedhof wie möglich. Wahrscheinlich treiben sich dort jede Menge Monster rum."

„Hast du die Milch?", fragte Violet.

„Ja." Sicherheitshalber griff er trotzdem in seine Hosentasche. Das Elixier war noch an Ort und Stelle. „Auf geht's." Flammen loderten auf und er öffnete ein Portal.

Im fünften Kreis wimmelte es nur so von Ungeheuern. Charlie war erschrocken darüber, wie weit die widerlichen Viecher schon zum Schlupfwinkel des wehrlosen Wächters vorgedrungen waren. Manche streiften schon die Schiffswracks am Rand des BD-Friedhofs.

„Meine Güte!", sagte Pinch. „Das geht nicht mehr lange gut. Anscheinend ist der Wächter schon sehr schwach. Hoffentlich kommen wir nicht zu spät."

„Wir müssen uns beeilen!" Charlie zog seinen Degen. „Ich würde euch ja gern in irgendeinen ausgeklügelten Plan einweihen, aber es sieht ganz so aus, als müssten wir uns bis zum Friedhof durchkämpfen."

„Das ist aber ziemlich weit", wandte Violet beim Anblick der vielen vor Monstern wimmelnden Meter ein, die sie hinter sich bringen mussten.

„Stimmt. Aber jetzt haben wir einen Bezwinger mehr dabei."

„Allerdings!" Pinch hob seine blau leuchtende Sichel. Es

war offenkundig eine weitaus raffiniertere Waffe als Violets Axt und Charlies Degen.

„Theodor?“, fragte Charlie.

„So lautet mein Name. Nutz ihn nicht ab.“

„Du portalierst uns sofort weg, wenn irgendwas schiefläuft, okay?“

„Okay … da ich nun mal kein Bezwinger bin wie ihr anderen alle, muss ich mich wohl damit begnügen.“

Normalerweise hätte Charlie versucht, ihn daraufhin aufzumuntern, aber die Zeit drängte. In den paar Sekunden, die das Portal geöffnet war, hatte die Macht des Wächters weiter nachgelassen und die Finsterweltungeheuer waren bis in die Mitte des Schiffsfriedhofs vorgedrungen.

„Auf in die Schlacht!“, kommandierte Charlie und stürmte als Erster mit hoch erhobenem Degen durch das Portal.

Es dauerte nicht lange, bis es zum ersten Zusammenstoß mit den Monstern kam.

Zwei Fünfer-Monsterus kamen vom Himmel gefallen und landeten mit dumpfem Aufprall direkt vor ihnen. Die Biester bleckten knurrend die Zähne, ganz anders als die freundlichen Tiere, denen sie entfernt ähnelten. Charlie, Violet und Pinch hieben unverzüglich drauflos.

Er macht das gut!, dachte Charlie, als er sah, wie Pinch mit seiner Sichel hantierte. Obwohl er seine Gabe schon jahrzehntelang nicht mehr genutzt hatte, gehorchte ihm die blitzende Waffe einwandfrei.

„Nummer eins ist erledigt!", brüllte Violet und alle knöpften sich das zweite Monsteru vor. Im Nu hatten die drei geschickten Bezwinger das todbringende Geschöpf unschädlich gemacht.

Da hörten sie auf einmal jemanden leise rufen: „Hilfe!"

Als Charlie sich umdrehte, sah er einen kleinen, ungefähr sieben Jahre alten Jungen, der mit dem Rücken zu den verkeilten, senffarbenen Kristallen stand. Er hatte die Augen vor Entsetzen weit aufgerissen und weinte.

„Sie haben mich entführt!", schluchzte der Kleine. „Die Känguru-Monster aus meinem Albtraum!"

„Wahrscheinlich haben sie ihn hergebracht, damit er dem Wächter den Rest gibt", sagte Violet. „Was fangen wir jetzt mit ihm an?"

Charlie sah sich um. Immer mehr Fünfer-Monster, die auf sie aufmerksam geworden waren, kamen von allen Seiten an. Manche krochen sogar hinter dem kleinen Jungen über die rasiermesserscharfen Kristalle.

„Wir müssen den Kleinen sofort in die Akademie bringen."

„Keine Zeit", erwiderte Pinch. „Erst müssen wir dem Wächter die Milch bringen. Das hat absoluten Vorrang."

„Stimmt. Aber wenn wir den Kleinen mitnehmen, behindert er uns."

„Wir können ihn nicht einfach hierlassen!", widersprach Violet. „Dann stirbt er!"

„Wenn der Wächter stirbt, sind wir alle verloren!", gab Pinch zu bedenken.

Charlie kniff die Augen zu und dachte nach. Die Rektorin hatte ihn davor gewarnt, dass es in der Finsterwelt noch andere gestrandete Kinder geben konnte, und dass er sie nach Möglichkeit retten sollte – aber sie hatte auch gesagt, dass es nichts Wichtigeres gebe, als ihren Auftrag zu erfüllen und die Milch so schnell wie möglich zum Wächter zu bringen. Eine echte Zwickmühle.

„Gut", sagte er schließlich. „Wir teilen uns auf. Theodor, du portalierst den Kleinen in die Akademie. Violet, du begleitest ihn und wehrst die Monster ab."

„Und was ist mit der Milch?", fragte Theodor.

„Pinch und ich schlagen uns zum Wächter durch."

„Ich weiß nicht ...", sagte Violet unschlüssig. „Ist das wirklich eine gute Idee, dass wir uns aufteilen?"

„Sie kommen!", schrie der kleine Junge, als er die Monster hinter sich erblickte. Es waren mehrere Finsterkrabbler und etwas Großes, Unförmiges, das wie ein Finsterling aussah.

„Haltet euch ran!", rief Charlie.

Theodor und Violet schienen zwar immer noch nicht recht von seinem Vorschlag überzeugt, aber sie liefen wieder zu dem verängstigten Kleinen. Pinch wehrte mit eleganten Sichelschwüngen den Angriff einer herabstoßenden Monsterfledermaus ab. Charlie kam ihm zu Hilfe und im

Handumdrehen waren sie in ein verzweifeltes Gefecht mit mehreren der fliegenden Finsterweltkreaturen verwickelt.

Inzwischen konzentrierte sich Theodor darauf, ein Portal zur Albtraumakademie aufzutun, während Violets Axt unter den Finsterkrabblern und dem Finsterling wütete.

„Wird das heute noch was mit deinem Portal?“, rief sie, als der kleine Junge ihr völlig verstört die Arme um die Taille schlang und einen Weinkrampf bekam.

„Schon passiert!“

Es machte *Plopp!* und sie erblickten den Sandstrand vor der Albtraumakademie.

„Bravo!“, sagte Violet. „Kommt mit!“ Sie zog den kleinen Jungen hinter sich her.

Kaum waren sie drüben, drehte sich Theodor noch einmal nach Charlie um. „Wir sind da!“, schrie er. „Alles klar hier!“

„Super!“, rief Charlie. Er und Pinch machten gerade dem letzten Finsterkrabbler den Garaus. „Schließ das Portal, bevor euch ein Monster folgt!“

„Warte!“ Violet wich mit aufgerissenen Augen von dem kleinen Jungen zurück, den sie eben erst gerettet hatten. „Äh … Charlie … das musst du dir ansehen.“

Charlie drehte sich noch einmal um. Der kleine Junge stand im Sand und zitterte krampfhaft. Erst dachte Charlie, das Kind hätte einfach nur panische Angst, dann fiel ihm etwas Merkwürdiges auf.

Das Gesicht des Kleinen rutschte in sich zusammen und … schmolz. Es rann ihm vom Schädel wie flüssiges Kerzenwachs.

„Weißt du noch, wie ich dir versichert habe, ich sei so beständig wie der Stein, durch den ich mich bohre?“, kicherte der Junge mit schiefem, irrem Grinsen. „Das war gelogen.“

Oh nein, dachte Charlie. Das darf nicht wahr sein.

Haut und Kleider fielen von dem Kleinen ab und eine Art Wurm kam zum Vorschein. Um die Mitte trug er einen schwarz schimmernden Gürtel.

„Slagguron …“, keuchte Charlie.

„Ich hab dir doch prophezeit, dass wir beide uns wiedersehen“, erwiderte der dritte Namhafte lachend.

13. Kapitel

Slagguron, der Wechselhafte

„Er ist ein Wechsler!“, stieß Violet hervor, als Slagguron nun mit Macht anschwoll. Im Nu war er halb so groß wie die gesamte Albtraumakademie.

„Was ist ein Wechsler?“, fragte Theodor und wich vor der sich verwandelnden Kreatur zurück.

„Etwas Ähnliches wie ein Mimic, aber statt sich in den Doppelgänger von jemandem zu verwandeln, können Wechsler jedes beliebige Aussehen annehmen – allerdings nur für kurze Zeit.“

„Sehr richtig“, pflichtete ihr Slagguron mit Donnerstimme bei. „Ihr dachtet wohl schon, ihr hättet mich in der Höhle der Hydras ausgetrickst. Und wer sind jetzt die Ausgetricksten? Als Charlie sagte, dass ihr andere Kinder retten wollt, wusste ich, dass euer alberner, typisch menschlicher Drang nach guten Taten mir zum Sieg verhelfen würde.“

„Und mir wirft der Kerl vor, ich sei hinterhältig …“, sagte Charlie vor sich hin. Er stand neben Pinch und sah von der Finsterwelt aus Slaggurons Verwandlung zu.

„Er hat uns ganz schön reingelegt", sagte Pinch finster. „Ich hatte keine Ahnung, dass er zu so etwas fähig ist. Es hieß immer, noch niemand hätte Slagguron mit eigenen Augen gesehen. Aber wer weiß, wie oft wir ihn schon gesehen haben, ohne es zu ahnen."

„Was sollen wir jetzt machen, Charlie?", rief Violet durch das Portal, aber ehe er etwas erwidern konnte, fiel es zu. Violet und Theodor waren wieder in der Albtraumakademie, Pinch und Charlie dagegen blieben in der Finsterwelt.

„Sollen wir umkehren und ihnen helfen?", fragte Pinch.

Charlie schüttelte den Kopf. „Nein. Um ihnen zu helfen, müssen wir hier weitermachen."

Als er sich umdrehte, sah er, dass die Monster, nachdem Slagguron nicht mehr zu sehen war, wieder auf sie eindrangen.

„Bist du so weit, Pinch?"

„Ja. Und du?"

„Ich auch."

Charlie stürmte mit gezückter Waffe den Fünfern entgegen, Pinch folgte ihm. In einem Wirbel aus sausenden Klingen, klebrigem Monsterblut und umherfliegenden Monstergliedmaßen kämpften sie sich an den BD-Friedhof heran. Wenn Charlie zwischendurch kurz zu Pinch hinüberschaute, staunte er jedes Mal, wie gekonnt der andere Junge (der *Mann,* wie er sich hartnäckig korrigierte) die Finsterkreaturen bezwang. Er war unglaublich gut und

Charlie empörte sich erneut über das Verbrechen, das der Albtraumdienst an einem derartig hochbegabten Jungen begangen hatte.

Irgendwann standen Charlie und Pinch im Schutz des BD-Friedhofs. Es war doch schneller gegangen, als sie gedacht hatten. Sie hinterließen eine Spur aus toten und blutüberströmten Monstern.

„Donnerwetter", sagte Pinch mit einem Blick auf ihr Werk. „Waren wir das?"

Charlie nickte. „Nicht übel für einen Dreizehnjährigen und einen Typ, der wie ein Dreizehnjähriger aussieht."

Pinch lachte und Charlie erkannte flüchtig den Jungen, der er einst gewesen sein musste – den Jungen, der einfach nur hatte Gutes tun wollen, um dafür geliebt zu werden.

Aber dann wurde Pinch wieder ernst. „Wo ist der Wächter?"

„Da lang!" Sie eilten im Laufschritt durch das Labyrinth aus Schiffswracks zu der Fregatte, wo der Wächter sein Quartier hatte.

Möchte wissen, was sich in der Albtraumakademie abspielt, dachte Charlie beklommen, als er sich einen Weg zwischen den hohen Schiffsrümpfen bahnte, die nie wieder Salzwasser unter dem Kiel haben würden. Hat Slagguron schon zugeschlagen? Sind meine Freunde noch am Leben?

Die Schüler der Albtraumakademie versammelten sich auf sämtlichen vorhandenen Decks, Laufstegen und Ästen und schauten in stummem Entsetzen auf den Finsterweltherrscher herunter. Brooke stand neben Geoff auf dem Piratenschiff hoch oben im Wipfel des Feigenbaums.

„Oh Mann!", sagte sie. „Eins schwör ich dir – wenn die mich mitgenommen hätten, wäre das nicht passiert."

„Bestimmt nicht", sagte Geoff skeptisch.

„Der Wächter ist tot", brüllte Slagguron. „Oder so gut wie. Seine todbringende Aura ist nur noch ein Kitzeln. Ich habe lange Jahre darauf gewartet, auf die Erde zu kommen und mein Zerstörungswerk zu beginnen."

„Ach nee! Kennst du nicht das Sprichwort?", rief Theodor, der immer noch am Strand stand, zu ihm hinauf. „Hochmut kommt vor dem Fall."

„Du hast wohl noch nie was vom ‚Recht des Stärkeren' gehört", konterte Slagguron. „Und der Stärkere bin ja wohl ich!"

„He, du Grobian!", rief da jemand.

Slagguron wandte den Kopf und erblickte Mama Rose, die auf dem Deck der Akademie-Kombüse stand. Das Frühstück für die Schüler war bereits auf den abgenutzten Holztischen gedeckt.

„Ganz recht, ich red mit dir, Bürschchen! Gut, du hältst dich für den Größten, aber das hier sind alles noch Kinder. Kinder, die hier draußen nichts zu suchen haben und schon gar nicht so ein Riesenmonster angaffen sollten!“ Letzteres galt den Schülern. Die verschwanden dann auch prompt wie erschreckte Mäuse in ihren Schiffwracks. Mama Rose wandte sich wieder an Slagguron. „Ich weiß ja, dass du am liebsten gleich loslegen würdest, aber das mit deinem ‚Zerstörungswerk‘ musst du leider woanders erledigen. Sogar ein großer, starker Finsterweltherrscher wie du wird sich nicht an wehrlosen Kindern vergreifen wollen!“

„Tja“, erwiderte Slagguron, „da irrst du dich aber gewaltig.“

Er holte mit dem gepanzerten Leib aus und rammte ihn mit einer Wucht wie von tausend Abrissbirnen gleichzeitig gegen den Stamm des Feigenbaums.

Charlie war ziemlich sicher, dass er noch nie jemanden gesehen hatte, der dem Tode so nah war wie der Wächter. Das gebrechliche Geschöpf hatte inzwischen eine kränklich gelbe Farbe angenommen. Seine Brust hob und senkte sich mit flachen, pfeifenden Schnaufern. Seine großen Augen waren glasig und aus der brüchigen Haut sickerte eine dünne, eiterähnliche Flüssigkeit.

„Nein!“, entfuhr es Charlie. „Ist es schon zu spät?“

„Er atmet noch …“, antwortete Pinch.

Da trat die Rektorin in die Kajüte. „Tut mir leid, dass ich bei Ihrer Ankunft nicht hier war“, entschuldigte sie sich.

„Ich musste ein paar Säurespucker in die Flucht schlagen, die schon zu nah heran waren."

Geschickt ließ sie ihren Stab, der schwarz von Monsterblut war, zusammenschnurren und verbarg ihn in einer Falte ihres Kleides.

Dann fiel ihr Blick auf Pinch. „Wer ist das denn?"

„Ich bin's, Edward. Edward *Pinch.*"

Die Rektorin machte große Augen. „Verstehe. *Verstehe* … Das heißt, dass Sie die Milch mitgebracht haben?"

Charlie gab der Rektorin die Fettstifthülse. „Bitte sehr." Sie stieß einen erleichterten Seufzer aus. „Vielen Dank, Mr Benjamin … und Mr Pinch. Bestimmt haben Sie beide von vielen spannenden Abenteuern zu berichten und ich würde mir Ihre Erlebnisse gern anhören – aber zuallererst muss der Wächter wieder zu Kräften kommen. Sie sehen ja selbst, es geht ihm sehr schlecht."

„Bitte flößen Sie ihm die Milch gleich ein", sagte Charlie. „Er muss ganz, ganz schnell wieder zu Kräften kommen."

Die Rektorin sah ihn forschend an. „Wieso habe ich eigentlich das dumpfe Gefühl, dass Sie mir etwas … Unerfreuliches … mitteilen wollen, Mr Benjamin?"

„Ich erzähl's Ihnen gleich. Wenn Sie ihm die Milch gegeben haben."

Da erscholl ein grauenerregender Schrei. Er war so nah, dass die Bullaugen des Kriegsschiffs zersprangen.

„Tyrannus ist im Anmarsch“, sagte die Rektorin. „Er wittert, dass der Wächter im Sterben liegt.“

Sie zog die Kappe von dem Plastikröhrchen und goss die letzten Tropfen des Elixiers behutsam und ohne den Sterbenden zu berühren, in dessen offenen Mund.

Die Erschütterung war unglaublich.

Die schiere Wucht von Slaggurons Attacke ließ den Riesenbaum bedenklich schaukeln. Zwei Schiffe – der Klipper, der Mama Rose als Kombüse diente und eine kleine Schaluppe, in der die Wäscherei untergebracht war – wurden aus ihrer Verankerung gerissen. Die Insassen schrien laut, als die Fahrzeuge aus der Baumkrone fielen.

Theodor reagierte rein instinktiv. Er streckte die rechte Hand aus und tat ein großes Portal unter den herabstürzenden Schiffen auf. Sie fielen hindurch und landeten im ersten Kreis der Finsterwelt – ungefähr dreißig Meter über dem Boden.

Ohne zu überlegen sprang Theodor hinterher.

Als er neben den beiden trudelnden Schiffen durch die Finsterwelt fiel, schloss er das Portal wieder und tat fast gleichzeitig ein anderes unter ihnen auf, worauf die Schiffe in einer hohen Wasserfontäne direkt im Meer vor der Albtraumakademie landeten. Der Aufprall war unsanft, aber längst nicht so verheerend, als wären die Schiffe auf festem Boden gelandet.

Nachdem er selbst in das warme Meer geplumpst war, tauchte Theodor wieder auf und half den Verletzten, die sinkenden Schiffe zu verlassen. Die Erste, der er beistehen konnte, war Mama Rose.

„Na, sieh mal einer an, Kleiner", sagte sie schmunzelnd, als Theodor sie aus der Kombüse herauszog. „Vielleicht wird aus dir doch noch eines Tages ein berühmter Portaler."

„Ach nee", erwiderte Theodor verschmitzt.

Während er noch mit Rettungsmaßnahmen beschäftigt war, stürzte sich Violet blind vor Zorn mit gezückter Axt auf den Namhaften. Sie benutzte seine Tausendfüßerbeine als Leiter und kletterte in Richtung seines massigen Kopfes nach oben.

„Was hast du denn vor?", brummte Slagguron, und drehte sich nach ihr um wie ein Pferd nach einer lästigen Fliege. Er schüttelte sich einmal kurz und Violet plumpste herunter. Sie fiel auf die grob gezimmerte Reling eines Piratenschiffes ganz oben im Feigenbaum, wollte sich festhalten, griff aber daneben und wäre um ein Haar vollends abgestürzt, als sie plötzlich eine bekannte Stimme sagen hörte …

„Ich hab dich!"

Brooke hatte Violet am Arm gepackt. Mit einem kräftigen Ruck zog sie die junge Bezwingerin aufs Schiffsdeck.

„Danke", sagte Violet atemlos. „Wenn du nicht gewesen wärst …"

Brooke erwiderte lächelnd: „Keine Ursache."

Violet sprang in eins der fahrstuhlähnlichen Beiboote und ließ es an seinem langen Seil wie ein Pendel hin- und herschwingen. Dann sprang sie mit einem Riesensatz aus dem Beiboot in Slaggurons Gesicht, wo er sie mit seinen tausend kurzen, zappelnden Armen nicht erreichen konnte.

„Runter von mir, Mensch!", brüllte er.

Violet holte wortlos mit der Axt aus und grub ihm die Klinge tief ins linke Auge.

Das Ungeheuer stieß ein solches Schmerzgebrüll aus, dass der Boden erzitterte.

„Ich bring dich um!", donnerte er und beugte sich Schwung holend zurück, um Violet am Stamm des Riesenbaumes zu zerschmettern.

„Nicht!", schrie Theodor. „Violet!"

Aber da stieß der Namhafte abermals ein Schmerzgebrüll aus und krachte wie ein tonnenschwerer Meteor auf den Strand. Violet hielt sich an ihm fest. Sein massiger Leib dämpfte den Aufprall und sie blieb unverletzt.

„Wahnsinn!", schnaufte Theodor, rannte aus dem Wasser und zu ihr hin. „Warst du das eben?"

Violet schüttelte den Kopf. „Bestimmt nicht."

Slagguron wollte sich aufrichten, brach aber wieder zusammen.

„Was hat er bloß?"

Da ging Violet ein Licht auf. „Charlie und Pinch haben den Wächter wiederbelebt!", rief sie freudig, rutschte an der gewaltigen Kreatur herunter und landete mit katzenartiger Geschmeidigkeit im Sand. „Die Verteidigung der Akademie steht wieder!"

„Mannomann! Da sieht man mal, wie stark die Aura des Wächters ist! Sogar hier ist ihre Wirkung vernichtend!"

Platten aus hartem Körperpanzer schlossen sich krachend über Slaggurons Gesicht und bildeten eine Spitze wie bei einem Bohrkopf. Violet kannte das schon. „Er will abhauen!"

„Auweia, ich glaube, du hast Recht."

Ohne viel Federlesen tat Theodor ein Portal zum ersten Kreis der Finsterwelt auf.

„Was hast du denn vor?"

„Wirst du gleich sehen", entgegnete er und sprang hindurch.

Der Wächter erholte sich verblüffend rasch.

Kaum hatte er von der Hydramilch getrunken, schlug die kränklich gelbe Färbung seiner Haut in ein kräftiges Grün um, das lebhaft und gesund wirkte. Die glasigen Augen wurden wieder klar und, obwohl er nicht groß gewachsen war, schien sein Körper straffer und kräftiger zu werden.

„Super!", rief Charlie. „Er erholt sich!"

Dann hörten sie von überall markerschütternde Schmerzensschreie.

Charlie lief aufs Deck des Kriegsschiffs. Die Finsterweltgeschöpfe traten schmerzgepeinigt den Rückzug an, als die Aura des Wächters nach und nach den gesamten Schiffsfriedhof erfasste. Der allerlauteste Schrei kam von oben, als Tyrannus vom Himmel stürzte und krachend und splitternd in den senffarbenen Kristallen landete.

„*Verrat!*“, kreischte er und erhob sich taumelnd. Dabei trat er auf seine Fledermausflügel, was ziemlich komisch aussah. „Das ist unfair! Unfair! Der Wächter müsste *tot* sein, dann kenn ich kein Verbot und euer Blut färbt den Boden *rot* – so gehört es sich!“

„Das Letzte ist eigentlich auf Theodors Mist gewachsen“, klärte Charlie Pinch auf.

„Stimmt.“

Die Rektorin kam zu ihnen nach draußen. „Wie man sieht, ist der Wächter wieder bei Kräften. Kommen Sie, wir müssen sofort zur Albtraumakademie.“

„Wenn die noch steht …“, sagte Charlie vor sich hin.

„Wie bitte, Mr Benjamin?“

„Ich hab gesagt, ich kann's kaum erwarten.“

Die Rektorin marschierte los und entfernte sich aus dem Kraftfeld der großen roten Anomalie über ihnen. Charlie wollte hinterhergehen, aber da hörte er hinter sich jemanden leise sagen: „Nimm mich in den Arm!“ Der Wächter stand auf dem Deck des Schiffes, das sein Zuhause war. „Es ist so kalt hier in der Finsterwelt … und ich bin so einsam …“

Er hat Recht. Man ist einsam in der Finsterwelt, dachte Charlie und blickte in die flehenden Augen des freundlichen Geschöpfes. Was führt er hier doch für ein elendes Leben. Er darf nichts anfassen und kein Mensch darf ihn berühren.

„Tut mir leid, Hank", sagte er freundlich. „Das darf ich leider nicht. Ich muss jetzt los. Ich wünsche dir alles Gute."

Er gab sich einen Ruck und rannte hinter der Rektorin her. Er sehnte sich danach, seine Freunde wiederzusehen.

Als Charlie und Pinch durch das Portal der Rektorin zur Albtraumakademie überwechselten, bäumte sich Slagguron gerade unter schrecklichen Schmerzen auf. Mit letzter Kraft bohrte er sich mit dem Kopf voran in die Erde.

„Nanu, das ist ja Slagguron …", sagte die Rektorin.

Charlie wand sich vor Verlegenheit. „Ach ja, das wollte ich Ihnen eigentlich noch sagen. Er … na ja … er ist aus der Finsterwelt entkommen."

„Scheint so."

„Das ist eine lange Geschichte."

„Kann ich mir vorstellen."

„Das war's jedenfalls", warf Pinch ein und fuhr sich müde mit der Hand über das Knabengesicht. Charlie hatte sich immer noch nicht daran gewöhnt, dass er jetzt wie ein Dreizehnjähriger aussah. „Er ist uns entwischt."

„Nicht ganz."

Sie drehten sich um und sahen Theodor neben seinem immer noch geöffneten Portal stehen.

„Was wollen Sie damit sagen, Mr Dagget?", fragte die Rektorin.

„Kurz bevor Slagguron abgehauen ist, als er noch völlig fertig hier rumlag, habe ich dieses Portal aufgetan."

Charlie schaute hindurch. Ihm bot sich ein wohlbekannter Anblick – sein Bezwingerschrank im ersten Kreis der Finsterwelt.

„He, da hab ich doch meine ganze Ausrüstung drin!", rief er erstaunt.

Theodor nickte. „Das ist mir wieder eingefallen. Du hast eine Batterie zum Gremlin-Anlocken rausgeholt, da habe ich noch ein paar Ersatzdegen gesehen und auf dem obersten Brett sind mir ein paar andere interessante Sachen aufgefallen."

Er hielt einen kleinen Metallgegenstand hoch.

„Ein Peilsender …", sagte Charlie.

„Bingo. So einen hab ich an Slaggurons Gürtel geklemmt, bevor er getürmt ist." Theodor grinste so breit, dass Charlie schon Angst bekam, sein Gesicht würde in der Mitte auseinanderreißen. „Na los … Sag mir, dass ich ein Supergenie bin."

„Theodor, du bist ein Superdupergenie."

„Das war tatsächlich sehr klug von Ihnen", sagte die Rektorin. „Ich beglückwünsche Sie zu ihrer raschen Auffassungsgabe, Mr Dagget. Wie immer ist das Endergebnis halb positiv, halb negativ. Slagguron ist auf die Erde gelangt, was eindeutig negativ ist. Dafür verrät er uns nun wahrscheinlich den neuen Aufenthaltsort von Barakkas und Verminion, was ausgesprochen positiv ist. Obendrein ist Tyrannus als Folge Ihrer mutigen Aktion, für den sterbenden Wächter Hydramilch zu beschaffen, wieder in die Finsterwelt verbannt – noch etwas Positives. Alles in allem: Gut gemacht!“

Charlie, Theodor und Violet strahlten.

„Und jetzt?“, fragte Pinch. „Wie sieht unser nächster Schritt aus?“

„Tyrannus mag fürs Erste in der Finsterwelt festsitzen“, erwiderte die Rektorin, „aber damit ist noch lange nicht gesagt, dass er nicht irgendwann eine andere Methode findet, früher oder später in unsere Welt zu gelangen. Wenn das geschieht, werden die vier Namhaften mit Sicherheit den Fünften herbeirufen, und das dürfen wir auf keinen Fall zulassen. Unser Weg ist ganz klar vorgezeichnet. Jetzt heißt es alles oder nichts – wir müssen uns mit vereinten Kräften in den Kampf werfen.“

Sie wandte das Gesicht dem Ozean zu. Ihr Kleid flatterte im lauen Wind.

„Einer der Namhaften muss sterben.“

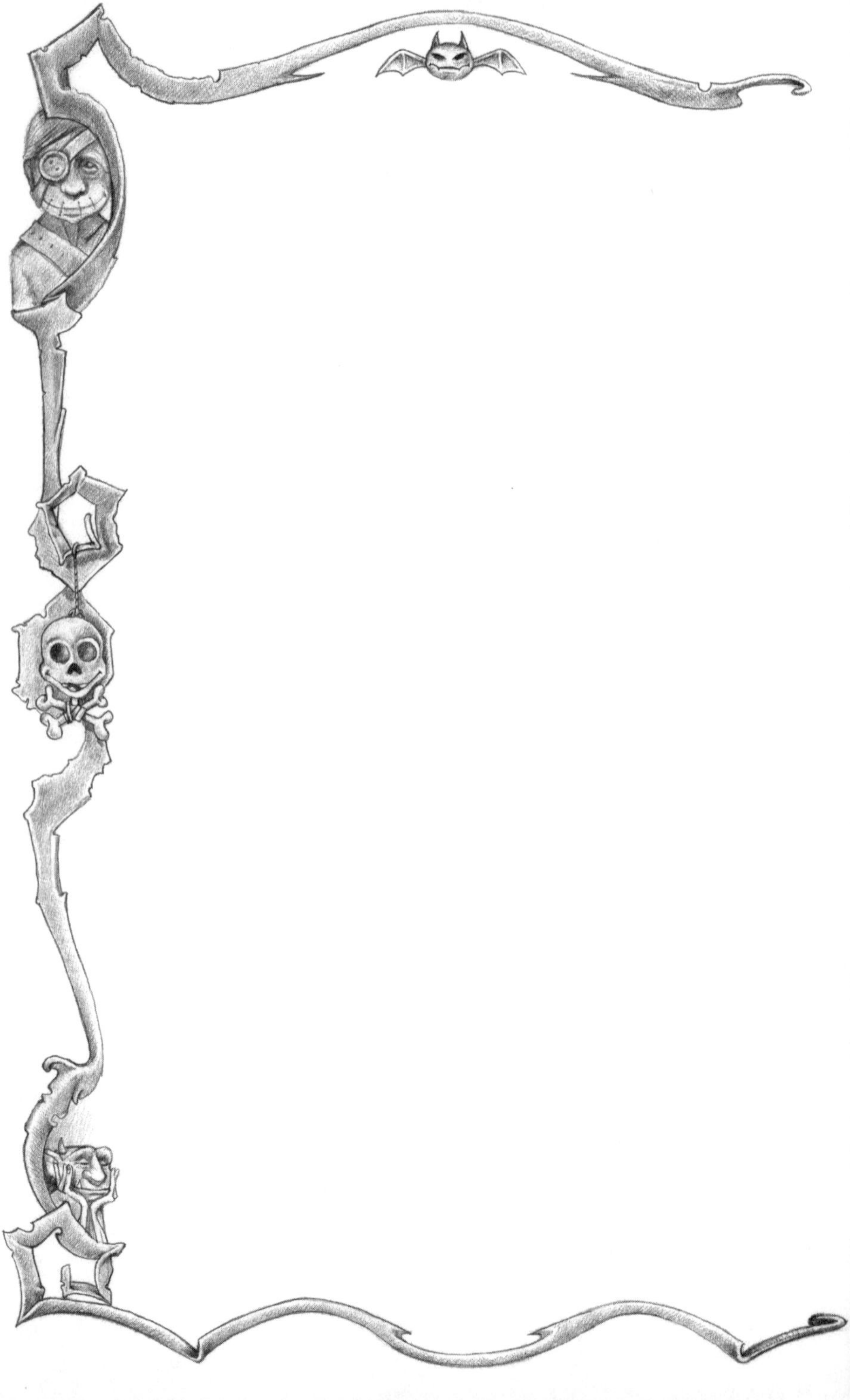

Dritter Teil

Die Namhaften

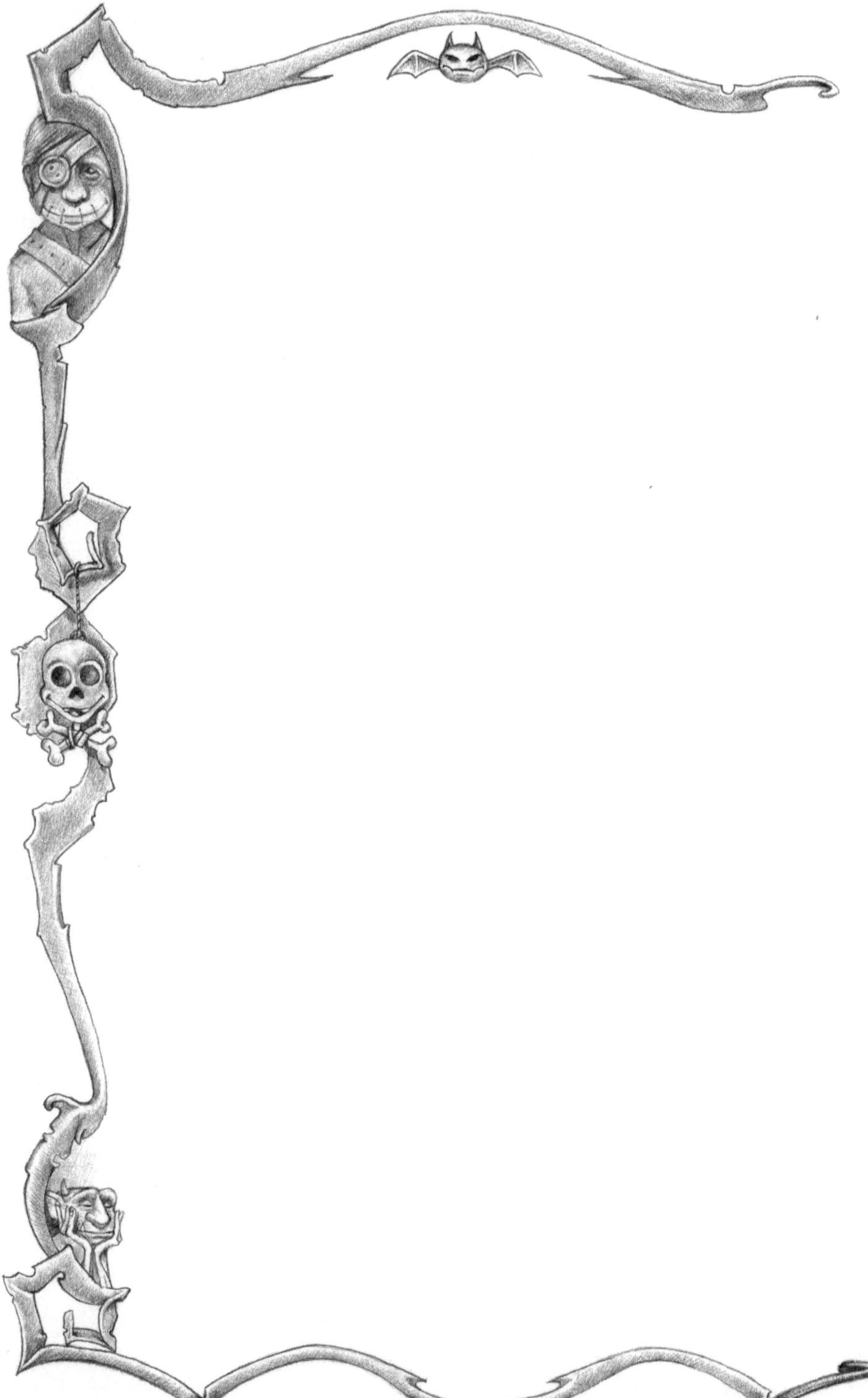

14. KAPITEL

Der Schlachtplan

Die Segel des Piratenschiffs im Wipfel der Albtraumakademie knatterten im Wind und lenkten Violet ab. Sie versuchte sich darauf zu konzentrieren, einen Drachen zu zeichnen, während die Handwerker des Albtraumdienstes ihr Bestes taten, um die schweren Schäden zu beheben, die Slagguron angerichtet hatte.

Die Zeichnung kam nicht recht voran.

Normalerweise sah Violet die Bilder so deutlich vor sich wie ein Foto und brauchte das Gesehene im Grunde nur noch aufs Papier zu übertragen. Aber in letzter Zeit sah sie die Bilder nur noch wie durch einen milchigen Schleier.

„Wie läuft's?", erkundigte sich Brooke, die sich zu ihr gesellt hatte.

„Geht so", antwortete Violet, nicht begeistert über die neuerliche Unterbrechung.

„Ich wollte dir nur noch mal sagen, dass ich dich echt klasse fand. Ich meine, wie du einfach so auf Slagguron los bist. Es sah aus wie bei einer erfahrenen Bezwingerin. Eigentlich noch besser. So was hab ich noch nie gesehen."

„Danke. Und danke, dass du mich festgehalten hast. Ohne dich hätte ich mir das Genick gebrochen."

Brooke zuckte die Achseln. „Ich war nur zur rechten Zeit am rechten Ort." Sie strich sich das seidige Haar aus den Augen.

„Trotzdem vielen Dank." Violet beugte sich wieder über ihre Zeichnung und hoffte inständig, dass Brooke den Wink verstand und sich verzog.

Fehlanzeige.

„Warum kannst du mich eigentlich nicht leiden?", fragte Brooke nach einer Pause.

Violet hob den Kopf. „Was?"

„Mir ist klar, dass ich nicht besonders begabt bin. Mir ist sogar klar, dass ich manchmal ziemlich nerven kann."

„Nerven ist gar kein Ausdruck."

„Na gut, so richtig abnerven. Wahrscheinlich sogar noch schlimmer. Mir ist auch klar, dass wir uns irgendwie auf dem falschen Fuß begegnet sind, als ich dich und deine Freunde hier in der Akademie kennengelernt habe."

„Meinst du echt? Ach nee!?"

Brookes und Geoffs ständige Hänseleien, die sich auf Charlie bezogen, aber auch auf sie selbst und Theodor, waren Violet noch gut im Gedächtnis, auch wenn es inzwischen ein halbes Jahr her war.

„Ich will nur sagen“, fuhr Brooke fort, „dass ich … du machst es einem aber auch wirklich nicht leicht. Also, ich wollte sagen, dass mir klar ist, dass ich früher eine ziemliche Pest gewesen bin, aber ich hab versucht, mich zu bessern. Ich habe mich echt bemüht, nett zu dir zu sein. Ich will einfach nur deine Freundin sein.“

„Warum?“

Brooke schien ehrlich verwundert. „Na ja … ich weiß auch nicht. Vermutlich aus denselben Gründen, warum sich andere auch mit irgendwem anfreunden wollen.“

„Ja, schon. Aber warum?“

„Weil ich dich mag und weil ich dachte, dass wir bestimmt gut miteinander auskommen …“

Violet schüttelte den Kopf. „Unsinn. Der Grund ist, dass du dich an Charlie Benjamin ranmachen willst.“

„Du spinnst wohl! Er ist dreizehn und ich bin fast sechzehn!“

„Und er ist ein Zwiefacher – der begabteste Schüler der ganzen Akademie. Jeder weiß das. Du willst dich an ihn ranmachen und deshalb willst du meine Freundin sein. Weil ich mit Charlie befreundet bin.“

Violet widmete sich wieder ihrem Bild. Es sah wirklich miserabel aus.

„Du bist so was von gemein!“ Brooke kämpfte mit den Tränen.

„Spar dir das Geheule. Und das Haarezurückschmeißen

und das affige Schmollmündchen auch. Das zieht bei mir nicht."

„Ich bin nicht affig!", erwiderte Brooke aufgebracht. Violet spürte ihren Blick auf sich, gab aber dem Drang, ihn zu erwidern, nicht nach.

„Egal." Brooke wandte sich ab. Aber statt endlich zu gehen, blieb sie einfach stehen. „Ich konnte auch mal portalieren", sagte sie schließlich. „Ich war sogar ziemlich gut. Aber ich habe die Gabe verloren. Jetzt kann ich nur noch zusehen, wie alle anderen um mich herum ihre Gabe einsetzen, und versuchen, irgendwie dazuzugehören."

„Du hast deine Gabe doch wiederbekommen, schon vergessen?" Jetzt sah Violet doch auf. „Als du und Charlie in Barakkas' Höhle wart, hast du ein Portal aufgetan und ihn und dich gerettet."

„Das war leider nicht von Dauer. Es ist wieder vergangen."

„Weil du nicht drangeblieben bist!" Violet sprang auf. Sie war jetzt richtig wütend. „Wenn du dich anstrengen würdest, Brooke, könntest du wie wir anderen sein. Aber dazu braucht man Mut. Doch du spielst lieber die hübsche Freundin: Immer dicht an den wichtigen Leuten dran, aber bloß für nichts verantwortlich sein!"

Violet bebte vor Zorn. Brooke wich einen Schritt zurück.

„Vielleicht hast du ja Recht … aber das heißt nicht, dass ich es so haben will."

„Dann tu was dagegen!"

„Was denn? Ich will einfach nur sein wie du."

Violet lachte. „Nein, das willst du bestimmt nicht."

„Doch! Du bist mutig und unglaublich begabt und …"

„Und ich hasse mich deswegen!"

Erschrocken merkte Violet, dass sie die Wahrheit sagte. Sie hasste sich selbst oder zumindest das, was aus ihr geworden war.

„Ich habe immer gerne gezeichnet", fuhr sie leise fort. „Und jetzt … sieh dir das an." Sie deutete verächtlich auf ihre gekünstelte Skizze. „Wenn die Monster ankommen und es ums Kämpfen geht, komme ich bestens zurecht. Ich kann mit der Axt umgehen – ja, darin bin ich gut, sogar sehr gut –, aber dabei erkenne mich selbst nicht mehr wieder."

Sie hielt inne und schaute aufs Meer hinaus. „Ich spüre, wie ich mir entgleite. Ich weiß einfach nicht mehr, wer ich eigentlich bin …"

„Ich bin ein echt erstaunlicher Portaler", sagte Theodor, als er mit Charlie den Strand vor der Albtraumakademie entlangging und Muscheln sammelte. „Wenn du die Portale gesehen hättest, die ich aufgetan habe – riesig! So groß, dass zwei Schiffe nebeneinander durchgepasst haben. Die Schiffe sind in die Finsterwelt geplumpst – *Rums!*, dann bin ich hinterher und habe – im Fallen, wohlgemerkt! – ein zweites Riesenportal aufgemacht, und da sind sie noch mal durchgefallen, als würde man eine Nadel einfädeln, und – *Schwupps!* – schon waren sie wieder hier auf der Erde, da draußen auf dem Wasser, wo ihnen nichts mehr passieren konnte …"

Er zeigte auf die Stelle im Meer, wo die Schiffe gelandet waren.

„Toll!", sagte Charlie, der sich ehrlich für seinen Freund freute. „Du hast die Portale so eingesetzt, wie es niemand erwartet hat. So ähnlich wie neulich, als wir den Finsterling der Sonne ausgesetzt haben, nur noch viel besser. Und du hast alles ganz allein geschafft. Da bist du doch jetzt bestimmt superstolz auf dich!"

„Klar."

Theodor blieb unvermittelt stehen, hielt sich den Bauch und krümmte sich ächzend.

„Was ist los?", fragte Charlie. „Dir wird doch nicht schlecht, oder?"

Theodor schüttelte den Kopf. Sein Gesicht war schmerzverzerrt. „Das Problem ist, dass ich nicht weiß, wie ich es angestellt habe. Die Portale, meine ich – die waren einfach da."

„Na und?"

„Wenn du von mir verlangen würdest, das Ganze zu wiederholen, jetzt sofort – dann könnte ich es nicht. Ich kann es nicht wiederholen. Ich bin ein Einmalwunder! Ich bin erst dreizehn und meine Karriere ist schon beendet!"

„Reg dich wieder ab. Mir geht's doch genauso. Die richtig großen Dinger, diese Riesenportale, die passieren mir einfach. Ich hole sie irgendwie aus mir raus, aber beeinflussen kann ich es nicht. Darum haben sie ja so eine durchschlagende Wirkung … und sind so gefährlich."

„Ehrlich?" Theodor schöpfte neue Hoffnung.

Charlie nickte. „Dir ist heute etwas Tolles gelungen, und wenn es wieder mal nötig sein sollte, was bestimmt irgendwann der Fall ist, dann gelingt dir garantiert etwas noch viel Tolleres."

„Meinst du?"

„Aber klar! Und stell dir bloß mal vor, wie sich dein Dad freuen wird, wenn er davon erfährt …"

Theodor bekam leuchtende Augen. „Meinst du, irgendwer erzählt es ihm?"

„Machst du Witze? Irgendwer? *Alle!*"

Theodor war auf einmal überglücklich. „Er wird ganz schön stolz auf mich sein, was? Ihm bleibt gar nichts anderes übrig, oder?"

„Das glaub ich auch."

„Ich meine, irgendwie war er schon in diese Richtung unterwegs. Weißt du noch, wie er in der Höhle von Barakkas und Verminion gesagt hat, dass er es gut findet, dass ich nicht abhaue, sondern dich beschützen will?"

Charlie nickte.

„Na, das hier ist doch bestimmt noch zehnmal besser,

oder? Heute habe ich einen ganzen Haufen Leute beschützt!“

„Das kann man wohl sagen.“ Charlie schlug dem Freund auf die Schulter. „Wetten, ab heute wird alles anders?“

„Alles wird anders …“

Charlie konnte förmlich zusehen, wie Theodors Hirn ratterte und sich ausmalte, was die neue Beziehung zu seinem Vater noch alles Schönes bereithielt.

„Du bist ein guter Freund, weißt du das, Charlie?“, sagte er schließlich. „Der beste Freund, den ich je hatte. Echt.“

„Jetzt hör schon auf …“ Charlie winkte verlegen ab.

„Nein, ich mein's ehrlich. Ich lasse niemals zu, dass dir irgendetwas zustößt. Das schwöre ich.“

„Na gut.“ Charlie merkte, dass es Theodor sehr ernst war. „Dasselbe gilt für mich.“

Sie blickten übers Meer. Möwen stießen ins Wasser und tauchten mit leckeren Fischen im Schnabel wieder auf.

„Wann hast du deine Eltern zuletzt gesehen?“, unterbrach Theodor nach einer Weile die Stille.

Charlie zuckte die Achseln. „Das ist ewig her. Ein halbes Jahr schon. Ich weiß nicht mal, wo sie sind.“

„Stehen sie immer noch unter dem Schutz des Albtraumdienstes?“

Charlie nickte. „Sie fehlen mir.“

Sie fehlen mir.

Die Wahrheit dieser drei Worte machte ihm das Herz schwer.

„He ...“, sagte Theodor. Seine Augen funkelten mutwillig. „Willst du wissen, wo sie sind? Wir können uns doch in die Computer der Abteilung einhacken und heimlich vorbeischauen, wie es ihnen geht.“

„Lieber nicht ...“

„Das wird bestimmt lustig“, lockte Theodor weiter. „Was Verbotenes tun ... Vorschriften brechen ... Ärger kriegen ... wie früher.“

„Danke für das Angebot, ehrlich. Aber Verminion hätte die beiden meinetwegen schon einmal fast umgebracht. Und jetzt, wo sich gleich drei Namhafte auf der Erde rumtreiben, kann ich nicht einschätzen, in welche Gefahr ich sie bringe, wenn ich sie besuche.“ Charlie schüttelte den Kopf. „Nein, nein, es ist besser, wenn ich mich von ihnen fernhalte.“

Da tat sich vor den beiden Jungen ein Portal auf und die Rektorin trat heraus. „Mr Benjamin, Sie sollen sofort in die Zentrale kommen. Es ist wichtig – machen Sie sich sofort auf den Weg.“

Schon wollte sie wieder zurück.

„Moment mal!“, rief Charlie ihr nach. „Gehen Sie nicht mit?“

Sie schüttelte den Kopf. „Das geht leider nicht. Ich muss wieder in die Finsterwelt und auf den Wächter aufpassen.“

„Aber der ist doch wieder gesund.“

„Vorerst schon, aber sobald ihn wieder irgendein Mensch berührt, geht alles von vorn los. Und Sie können Gift darauf nehmen, dass Tyrannus alles daransetzt, dass so etwas geschieht."

Charlie zweifelte nicht an ihren Worten, aber die Rektorin konnte doch nicht ununterbrochen in der Finsterwelt verweilen und bis ans Ende ihrer Tage auf den Wächter aufpassen!

„Wann kommen Sie denn wieder?"

„Sobald die Gefahr gebannt ist", antwortete die Rektorin in einem Ton, der ihm klarmachte, dass sie nicht weiter darüber diskutieren wollte. „Gehen Sie jetzt, Mr Benjamin."

„Nicht ohne mich."

„Haben Sie etwas gesagt, Mr Dagget?"

Theodor nickte. „Wo er hingeht, gehe ich auch hin."

„Das ist eine sehr entschlossene Haltung."

„Ich bin ja auch ein sehr entschlossener Portaler."

„Das habe ich vernommen."

Charlie wunderte sich, dass die Rektorin lächelte.

„Dann begleiten Sie ihn. Eigentlich können Sie alle Ihre Freunde mitnehmen, Mr Benjamin. Schließlich kann man nie zu viele Freunde haben."

Damit verabschiedete sie sich und ließ Charlie und einen verdutzten Theodor zurück.

„Auf zur Zentrale, Baby!", rief Theodor da. „So was ist genau meine Kragenweite!"

Im Plenarsaal des Hohen Rates war es kalt und still. Gefilterte Luft rauschte durch die Belüftungsanlage, Computer summten und surrten.

„Wir haben das neue Quartier von Barakkas, Verminion und Slagguron entdeckt. Es liegt im ewigen Eis des Himalaja", teilte Präsident Drake den versammelten Bezwingern und Portalern mit. „Jawohl, inzwischen gehört auch Slagguron der Truppe an." Er fixierte Charlie mit einem bohrenden Blick. „Unsere jungen Freunde aus der Albtraumakademie hielten es offensichtlich für angebracht, ihn auf die Erde zu portalieren."

Die Anwesenden ließen Unmutslaute vernehmen, schienen aber nicht sonderlich überrascht.

Er musste mir einfach wieder eins reinwürgen, dachte Charlie. Jeder wusste, dass Slagguron aus der Finsterwelt entkommen war. Solche Neuigkeiten konnte man nicht geheim halten. Aber es sah dem Präsidenten ähnlich, dafür zu sorgen, dass auch jeder erfuhr, wer dafür verantwortlich war – natürlich ohne die näheren Umstände zu erläutern.

Verdammt noch mal, wir wollten einen kleinen Jungen retten! Ein Kind! Woher sollten wir wissen, dass Slagguron ein Wechsler ist? Das hat niemand gewusst.

„Ja, klar, es waren die Kinder", sagte jemand ganz hinten im Saal. Charlie erkannte den zerdehnten texanischen Dialekt sofort. Er drehte sich um und sah Rex den Mittelgang entlangschlendern. Der bloße Anblick des schlaksigen

Cowboys hob seine Laune schlagartig. „Aber soweit ich das beurteilen kann, hätten wir das neue Hauptquartier nie gefunden, wenn sie den Burschen nicht herportaliert hätten. Und das haben wir unserem blitzgescheiten Mister Theodor Dagget hier vorne zu verdanken."

Rex nickte Theodor zu. Der lief knallrot an und schaute zu seinem Vater hinüber. Der General erwiderte den Blick und zwinkerte seinem Sohn kaum merklich zu.

„He! Hast du gesehen …"

„Ja." Charlie lächelte.

Rex sah den Präsidenten fest an. „Der kleine Dagget war schlauer als wir alle zusammen. Wir haben mit allen Mitteln versucht, den neuen Aufenthaltsort der Namhaften ausfindig zu machen, aber wir sind keinen Schritt weitergekommen. Wir sind wie ein Haufen Hydras mit abgeschlagenen Köpfen im Kreis herumgerannt."

Er drehte sich zu Violet um.

„Wo wir grade von Hydraköpfen reden. Was schätzt du, wie viele du abgeschlagen hast, als du den Wächter beschützt hast, Fräulein Violet Sweet?"

Violet, die auf Charlies anderer Seite saß, wurde ebenfalls rot wie eine Tomate und zuckte die Achseln. „Keine Ahnung."

„Klar, die Biester haben jeweils sechs Köpfe, da verzählt man sich leicht. Ich jedenfalls hätte mich verzählt. So was nimmt einem ein guter Regulator ab – wie beispielsweise

Miss Brooke Brighton, die anscheinend eine verdammt gute Regulatorin ist. Das sieht man schon daran, wie sie euch zum Schiff des Wächters auf dem BD-Friedhof geführt hat."

Brooke, die neben Violet saß, gab sich alle Mühe, ein unverschämt breites Grinsen zu unterdrücken.

„Aber Sie haben bestimmt Recht, Herr Präsident", fuhr Rex fort. „Wahrscheinlich sind die Schüler unserer Akademie bloß ein Haufen unfähiger kleiner Schwachköpfe."

Das Schweigen war zum Schneiden dick.

„Vielen Dank für Ihre wunderbare Ansprache, Bezwinger Henderson", erwiderte Präsident Drake schließlich. Seine Stimme troff vor Sarkasmus. „Haben diese Kinder mehr zuwege gebracht, als andere Kinder ihres Alters? Das steht außer Frage. Aber haben sie auch mehr Unheil angerichtet als andere Kinder? Zweifellos."

Er kam um sein Pult herum und stellte sich vor die Anwesenden.

„Wegen dieser jungen Leute hier treiben inzwischen drei von vier Namhaften in unserer Welt ihr Unwesen. Wenn es auch noch Tyrannus schafft, hierherzugelangen, werden die vier den Fünften herbeirufen. Aber das lassen wir nicht zu. Da wir jetzt wissen, wo sie sich aufhalten, könnten wir unsere Aufgabe zu einem guten Ende bringen. Meine Damen und Herren, wir müssen die Invasion abschließen und einen der Namhaften töten."

„Ich plädiere für Verminion", sagte eine hohe Stimme

am Rand des Saales. Charlie sah einen Jungen zum Podium marschieren. Er erkannte ihn sofort.

Es war Pinch.

„Verminion wurde im Kampf mit Barakkas schwer verwundet“, fuhr Pinch fort. „Deshalb ist er der Schwächste der drei. Ich bin dafür, ihn ganz oben auf die Liste zu setzen.“

„Vielen Dank für die Anregung, Kleiner“, entgegnete Rex mit verschränkten Armen. „Wir werden das selbstverständlich in unsere Überlegungen mit einbeziehen, aber es macht dir hoffentlich nichts aus, wenn wir die Sache noch offen lassen. Falls wir improvisieren müssen.“

„Improvisiert so viel ihr wollt“, erwiderte Pinch. „Hauptsache Verminion ist hinterher tot.“

Rex runzelte die Stirn. „Wer zum Henker bist du eigentlich, Kleiner?“

„Erkennst du mich nicht?“

„Irgendwie kommst du mir bekannt vor, aber …“ Rex trat näher und beugte sich zu ihm herunter. Dann machte er große Augen. „Nein … das ist ausgeschlossen.“

„Doch.“

„Pinch?“, fragte Rex zögerlich.

„*Edward* Pinch, wenn ich bitten darf.“

„Was geht hier vor?“, erkundigte sich Präsident Drake.

„Das wüsste ich auch gern.“

Charlie erhob sich. „Ich glaube, ich kann es erklären.

Pinch – ich meine Edward – hat einen Schluck von der Hydramilch getrunken, die wir dem Wächter gebracht haben."

„Ich habe die Milch vorgekostet, müssen Sie wissen", erläuterte Pinch. „Wir konnten dem armen Wesen doch nicht einfach irgendetwas einflößen, ohne vorher auszuprobieren, ob es wirkt, oder?"

Charlie überlegte, ob er Pinch daran erinnern sollte, dass er damit die Wahrheit gehörig strapazierte – schließlich war der Junge (der *Mann!*) zweifellos vor allem daran interessiert gewesen, seine eigene frühere Herrlichkeit wiederzuerlangen –, ließ es dann aber doch bleiben.

„Jedenfalls hat Pinch – ich meine, Edward – durch das Elixier seine Gabe zurückerlangt. Er ist jetzt wieder auf der Höhe seines Könnens: ein Zwiefacher."

„Das glaube ich nie und nimmer." Präsident Drake schüttelte nachdrücklich den Kopf. „Willst du wirklich behaupten, dass dieser Junge … beziehungsweise Mann … seine Gabe wiedererlangt hat, obwohl mein Vorgänger angeordnet hat, sie zum Wohl und Schutz der Menschheit chirurgisch entfernen zu lassen?"

„Allerdings", antwortete Pinch trocken. „Meine Gabe ist zurückgekehrt. Vielleicht möchten Sie ja noch einmal versuchen, mich reduzieren zu lassen – natürlich zum Wohl und Schutz der Menschheit?"

„Nur zu gern. Schlimm genug, dass jetzt schon zwei Zwiefache herumlaufen, die überall Unheil anrichten, ein dritter ist nun wirklich … untragbar. Eine Reduzierung ist unerlässlich!“

„Kommt nicht infrage.“ Charlie stellte sich trotzig neben Pinch. „Nur über meine Leiche.“

„Sehen Sie, wie sie alle zusammenhalten? Sie halten sich für etwas Besseres als wir! Für sie gelten keine Gesetze. Schließlich sind sie Zwiefache – fähiger, stärker und klüger als wir alle zusammen!“

„Das stimmt nicht!“ Charlie wandte sich an die Versammelten. „Ich gebe ja zu, dass ich manches getan habe, worüber hier keiner glücklich ist. Ich selbst bin es am wenigsten. Aber das hatte alles nichts mit böser Absicht oder Ego…“

„Das ist uns bekannt“, unterbrach ihn Drake. „Es spielt keine Rolle. Niemand wirft dir vor, du hättest diesen fürchterlichen Schlamassel absichtlich angerichtet. Du hast nicht gewollt, dass Barakkas in unsere Welt gelangt und Slagguron erst recht nicht. Tatsache ist, *dass* du es getan hast, Mr Benjamin. Und wir anderen müssen jetzt die Suppe auslöffeln, die du uns eingebrockt hast.“

Charlie hätte am liebsten vehement widersprochen. Ich wollte bloß helfen, hätte er am liebsten gebrüllt. Meinen Eltern, meinen Freunden, einem in der Finsterwelt verirrten Kind – was ist daran verkehrt?

Oder war es doch verkehrt gewesen?

Genügten gute Absichten, wenn sie so verheerende Folgen hatten? Mit einem Mal überfielen Charlie nagende Zweifel und er brachte kein Wort mehr heraus.

„Wie Sie alle sich vielleicht entsinnen", fuhr Drake fort, „habe ich schon einmal angeordnet, Mr Benjamin reduzieren zu lassen, aber Rektorin Brazenhope war seinerzeit strikt dagegen. Sie hat den Einfluss und den Respekt, den sie als Rektorin genießt, missbraucht, um den Jungen in Schutz zu nehmen. Warum? Um darauf zu kommen, braucht man kein Genie zu sein. Sie ist genau wie er eine Zwiefache. Da hält man zusammen. Sie erinnern sich an die kleine Auseinandersetzung von vorhin? Kaum drohe ich Mr Pinch mit Reduzierung, wer stellt sich sofort vor ihn? Natürlich Mr Benjamin! Zwiefache halten nun mal zusammen wie Pech und Schwefel. Wo soll das noch hinführen? Wann hält der gesunde Menschenverstand wieder Einzug in diese ehrwürdigen Hallen? Wie oft müssen wir uns noch beißen lassen, ehe wir … die Tiger … *schlafen legen*?"

So unbeirrt und leidenschaftlich trug der Präsident diese Ansichten vor, dass sogar Charlie ins Zweifeln kam. Aber ehe er etwas einwenden konnte, flog die schwere Flügeltür des Plenarsaals auf und ein blau uniformierter Arbeiter kam hereingestürmt.

„Was soll das?", polterte Präsident Drake. „Dies ist eine geschlossene Sitzung!"

„Tut mir leid, dass ich Sie unterbreche", erwiderte der Mann mit bebender Stimme. Alle Blicke waren auf ihn gerichtet. „Ich wär nicht reingeplatzt, wenn es nicht ganz dringend wär.“

„Dann reden Sie nicht lange um den heißen Brei herum, sondern teilen uns mit, worum es so dringend geht!“

„Slagguron hat sich in Bewegung gesetzt.“

Angesichts dieser unerfreulichen Neuigkeit redeten auf einmal alle durcheinander.

„Ruhe! Ruhe!“, übertönte Präsident Drake den Lärm. „Wo will er denn hin?“

Der Mann konnte nur mühsam antworten. „Hierher. Wenn er nicht von seinem momentanen Kurs abweicht, müsste er unsere Zentrale in einer Stunde erreicht haben.“

15. Kapitel

Angriff der Namhaften

Die Stahlwände des Informationszentrums, tief verborgen im Herzen des Albtraumdienstes, waren mit Monitoren gepflastert. Die Bildschirme lieferten erschreckende Ansichten von Slaggurons Verwüstung der Erdkruste und der Spur aus eingestürzten Brücken und Gebäuden, die er hinterließ. Charlie, der ganz hinten im Raum stand, staunte über die gigantischen Erdmassen, die Slaggurons Bohrkopf gewaltsam verdrängte.

„Meine Güte, ist der Bursche fix", sagte Rex mit einem Blick auf den großen Zentralmonitor. Der weiße Punkt, der das Vorankommen des Finsterweltherrschers anzeigte, huschte mit enormem Tempo über eine Satellitenkarte der Vereinigten Staaten.

„Sind wir sicher, dass er zu uns will?", fragte Präsident Drake. Auf seiner Oberlippe glitzerten Schweißtropfen. „Las Vegas liegt genauso auf seinem Weg. Vielleicht macht er dort halt."

„Wozu? Um sich an einen Spielautomaten zu setzen?"

Rex verdrehte ironisch die Augen. „Nein, er will hierher. Die Namhaften haben rausgekriegt, dass wir ihnen an den Kragen wollen, und beschlossen, als Erste zuzuschlagen. Kann's ihnen nicht verdenken."

Präsident Drake drehte sich nach Theodors Vater um. „Was schlagen Sie vor, General Dagget?"

„Wir müssen die Zentrale unverzüglich evakuieren."

„Evakuieren?", brummte Rex. „Das kann nicht Ihr Ernst sein. Sie wollen tatsächlich davonlaufen?"

„Natürlich nicht. Und diese Anspielung gefällt mir überhaupt nicht. Wir werden kämpfen, aber nicht hier, wo wir wie in einer Sardinenbüchse sitzen und Slagguron uns zermalmen kann. Unser einziger Vorteil ist der, dass wir wissen, dass er kommt. Und das haben wir dem Peilsender zu verdanken, den mein Sohn ihm umgehängt hat."

Theodor war von dem unerwarteten Lob wie erstarrt. „Hast du das gehört?", raunte er Charlie zu. „Er hat ‚mein Sohn' gesagt. Vor allen Leuten."

Charlie nickte lächelnd.

„Nein", fuhr William Dagget fort. „Wir treten den Rückzug an, und wenn Slagguron zuschlägt, findet er ein leeres Gebäude vor. Daraufhin portalieren wir uns zurück, greifen ihn von oben an und überrumpeln ihn."

Rex nickte beifällig und war offenbar von dem Plan beeindruckt. Präsident Drake wandte sich an einen Adjutanten. „Leiten Sie die Evakuierung ein."

In der gesamten Zentrale fingen blaue Lichter zu blinken an und Portalerteams klapperten alle Abteilungen ab und portalierten die Angestellten hinaus.

„Was ist mit den Zivilisten?“, wandte sich Tabitha an Drake.

„Welche Zivilisten?“

„Die da oben.“ Sie deutete mit dem Kinn zur Decke. „Wenn wir an der Oberfläche kämpfen, werden die Menschen im Zoo abgeschlachtet.“

Der Zoo! Es war ewig her, dass Charlie den Albtraumdienst nicht durch ein Portal betreten hatte. Er hatte völlig vergessen, dass sie sich unter dem Zoo von San Diego befanden. Als er sich irgendwann bei Rex nach dem Grund erkundigte, hatte der Cowboy bloß mit den Achseln gezuckt: „Keine Ahnung. Vielleicht, weil man im Zoo an sonderbare Geräusche gewöhnt ist und sich deshalb nicht wundert, wenn unsere lieben kleinen Monster ab und zu einen Schrei loslassen.“

Charlie war zwar skeptisch, ob das der wahre Grund war, aber das spielte jetzt auch keine Rolle. Wenn sie nicht bald etwas unternahmen, würde der Ausdruck „Zoofütterung“ eine völlig andere Bedeutung bekommen.

„Gut mitgedacht“, lobte der Präsident Tabitha. „Nehmen Sie eine Gruppe mit hoch und lassen Sie das ganze Gelände räumen.“

„Wird erledigt.“ Tabitha eilte aus dem Raum.

„Sehen Sie sich das an!“ William zeigte auf einen Monitor mit einer Luftaufnahme von Las Vegas. „Schlimmer als jedes Erdbeben!“

Straßen wellten sich, als sich etwas Riesengroßes darunter durch den Wüstensand bohrte. Die Kopie der Freiheitsstatue vor dem New York Casino stürzte mitten in den Verkehr. Autos schoben sich in Gebäude, Busse kippten um. Der Ton war zwar abgeschaltet, aber Charlie sah die Fußgänger schreien, als sie sich Schutz suchend auf den Boden warfen.

„Oh Gott“, stöhnte Violet. „Die armen Menschen …“

Verstört beobachteten sie, wie Slagguron unter der schwarzen Pyramide des Luxor-Hotels hindurchtobte und alle Fensterscheiben barsten. Scherben regneten aufs Straßenpflaster. William tippte dem Präsidenten auf die Schulter.

„Wir müssen Camp Pendleton alarmieren.“

Der Präsident nickte. „Einverstanden.“

„Halt! Wollen Sie wirklich das Militär einschalten?“ Rex schüttelte ungläubig den Kopf. „Das wäre das Todesurteil!“

„Für Slagguron?“, fragte Charlie.

„Nein, Junge – für die Armee. Die Soldaten würden uns bloß im Weg stehen und Slagguron könnte das reinste Schlachtfest veranstalten.“

„Die sind sowieso bald da“, konterte William. „Solche Kleinigkeiten wie ein Amok laufendes Monster registrieren sie durchaus.“

„Wird wohl so sein.“ Rex seufzte tief. „Also, wenn die

Jungs ausrücken, dann sagen Sie ihnen besser, sie sollen alles mitbringen, was sie so auf Lager haben – es ist witzlos, wenn sie hier antreten und nichts ausrichten können. Und sie sollen sich ranhalten!"

Charlie blickte wieder auf den Zentralmonitor. Slagguron hatte Las Vegas weit hinter sich gelassen und überquerte die Grenze nach Kalifornien. Wenn er dieses irre Tempo beibehielt, war er im Nu in San Diego. „Wie können wir ihn aufhalten?", fragte er Rex.

„Aufhalten? Indem wir uns schleunigst verziehen und unsere Arbeit tun."

„Auf keinen Fall!", rief Theodor. „Sie wollten doch nicht abhauen! Wir auch nicht!"

„Das hier ist kein Kinderkram mehr. Die Schule ist aus – alle gehn nach Haus. Husch, ab mit euch!"

„Er hat Recht", ließ sich Brooke vernehmen. „Lasst uns gehen. Hier sind wir nur im Weg."

Auch Charlie war klar, dass Rex Recht hatte. Sie hatten noch nie an einer solchen Schlacht teilgenommen und würden am Ende wahrscheinlich nur verwundet oder getötet werden. Trotzdem fand er die Vorstellung, das ganze Geschehen zu verpassen, unerträglich.

„Wir bleiben hier", sagte er darum. „Ich jedenfalls. Für die anderen kann ich nicht mit entscheiden."

Rex schüttelte den Kopf. „Mensch, Kleiner, ich hab jetzt keine Zeit für solchen Heckmeck. Echt nicht."

„Mach dir um uns keine Sorgen. Wir kommen schon klar."

„Hab ich dir nicht neulich erst gesagt, du sollst nicht immer solche Sätze wie ‚Wir kommen schon klar' sagen, wenn du *keine Ahnung* hast, wovon du redest?"

Da spürten sie das Beben.

Anfangs noch schwach und weit weg, ein dumpfes Rumpeln wie von einem kilometerweit entfernten Zug.

„Das ist er", sagte William. „Bezwinger Henderson, nehmen Sie Ihre Gruppe und gehen Sie los."

„Na schön." Rex wandte sich an Charlie. „Ihr Gören macht die Fliege, Charlie. Ich mein's ernst. Versprich mir das."

„Versprochen."

„Klingt irgendwie nicht überzeugend." Aber der Cowboy lief trotzdem zu seinen Leuten.

Das Rumpeln wurde lauter und das ganze unterirdische Gebäude erbebte heftig. Gegenstände fielen aus den Regalen, Deckenlampen sprühten Funken und erloschen.

Charlie blickte auf den Hauptmonitor. Slagguron war jetzt fast über ihnen. „Wir verziehen uns lieber", sagte er.

„Meinst du echt?", fragte Theodor.

Charlie nickte.

„Dann beeilt euch!", rief Brooke schrill. „Sonst ist es zu spät!"

Mit einer flüchtigen Handbewegung tat Theodor ein Portal zum ersten Kreis auf.

Das Rumpeln und Beben war auf einmal überall, dann brach der ganze Raum mit solcher Gewalt auf, dass sie durch das offene Tor in die Finsterwelt geschleudert wurden, wo sie auf einem harten Hügel aus bläulichem Sand landeten.

Charlie sah noch, dass Slagguron wie ein riesenhafter Weißer Hai aus den dunklen Tiefen der Erde hervorschnellte. Brüllend bohrte der Namhafte ein gewaltiges Loch in den Boden der unterirdischen Einrichtung, dann rauschte sein glatter grauer Leib wie ein Güterzug hindurch und an ihnen vorbei.

„Irre!“, entfuhr es Theodor.

Und dann folgten dem Wurmwesen zum allgemeinen Entsetzen Barakkas, Verminion und eine flatternde, krabbelnde, um sich beißende Meute tödlicher Kreaturen aus der Finsterwelt.

„Sie sind alle gekommen!“, keuchte Brooke. „Alle Namhaften, die schon auf der Erde sind!“

„Mach das Portal zu, bevor sie uns sehen!“, brüllte Charlie.

Theodor gehorchte. Sofort wurde es stumm und still in der Finsterwelt. Niemand rührte sich, bis Brooke sich schließlich aufrappelte und den Sand von den Kleidern klopfte.

„Gut gemacht, Theo.“

Theodor wurde rot. „Danke. War'n Klacks, echt. Bloß ein kleines Portalchen zur rechten Zeit.“ Er war offensichtlich sehr zufrieden mit sich. „Und … wann wollen wir wieder zurück?“, fragte er Charlie.

„Wie bitte?“, rief Brooke. „Spinnst du jetzt? Wir haben Rex versprochen, dass wir uns raushalten!“

„Ich habe ihm versprochen, dass wir verschwinden. Übers Wiederkommen haben wir kein Wort verloren.“

„Willst du später Politiker werden? Du weißt genau, dass die uns nicht dabeihaben wollen, und das aus gutem Grund! Wir könnten alle umkommen!“

„Oder aber jemandem das Leben retten und vielleicht nicht nur einem“, konterte Theodor. „Hast du nicht gesehen, wie viele von den Biestern uns überfallen haben? Alle! Es ist so weit. Wir sind im Endspiel. Sie wollen uns ausrotten! Gut möglich, dass es keinen Albtraumdienst mehr gibt, wenn sie wieder abrücken. Wir müssen tun, was wir können. Jetzt kommt's drauf an. Findest du doch auch, Charlie, oder?“

Charlie überlegte. „Hm … eine verdammt knifflige Entscheidung.“

Wenn sie umkehrten und mitkämpften, konnten sie dabei umkommen, keine Frage. Aber die Armee der Finsterwelt legte es darauf an: alles oder nichts. Darum mussten sie alles aufs Spiel setzen. Oder doch nicht? Sie verfügten über herausragende Fähigkeiten, wofür wollten sie die noch aufsparen? Trotzdem … konnte er es wirklich verantworten, das Leben seiner Freunde aufs Spiel zu setzen? Wenn er jetzt umkehrte, würden sie ihm bedingungslos folgen.

Konnte er diese Entscheidung wirklich für sie fällen?

„Und?“, fragte Brooke.

„Wir gehen zurück“, sagte Violet leise.

Alle drehten sich nach ihr um. Sie hatte sich so still verhalten, dass Charlie beinahe vergessen hatte, dass sie auch dabei war.

„Bist du sicher, Violet?“, fragte er.

Sie nickte. „Tabitha hat Recht. Diese Schlacht beschränkt sich nicht auf die Zentrale, sondern wird im Handumdrehen auf das Zoogelände übergreifen. Dort sind garantiert Schulklassen und kleine Kinder mit ihren Eltern. Die brauchen unsere Hilfe.“

„Irgendwie verstehe ich dich nicht“, protestierte Brooke. „Erst erzählst du mir, es kommt dir vor, als ob du dir gegen deinen Willen entgleitest, weil die Kriegerin in dir die Oberhand gewinnt. Und jetzt willst du unbedingt in den Kampf ziehen?“

Violet sah Brooke nur an. In ihrem Blick lag eine bis dahin ungekannte Kälte. Charlie war ganz erschrocken.

„Ich will nicht, dass noch irgendein Kind seine Eltern verliert … oder die Eltern ihr Kind. Ich will das nicht noch mal erleben!“

Nicht noch mal? Wovon redete Violet da? Charlies Eltern waren zwar von Verminion entführt worden, aber da war

Violet ja nicht dabei gewesen. Warum regte sie sich dann so auf?

Es sei denn …

„Redest du von deiner Mutter?“, fragte er leise.

Erst gab Violet keine Antwort, dann nickte sie kaum merklich.

„Du hast mir doch erzählt, dass sie tot ist. Woran ist sie gestorben?“

Violets Augen schwammen in Tränen, aber sie behielt sich im Griff. „Ich hatte einen Albtraum.“

Ich hatte einen Albtraum.

Die vier Worte lasteten schwer auf Charlies Herz und mit einem Mal verstand er seine Freundin viel, viel besser. Ihre Mutter war nicht einfach nur gestorben … sie war umgebracht worden. Und nicht einfach nur umgebracht … sondern von einem Monster getötet, das einem von Violets Albträumen entsprungen war.

Die Ärmste hat bestimmt schreckliche Schuldgefühle, dachte Charlie. Dabei war es nicht ihre Schuld – sie war ein Kind gewesen und hätte nichts dagegen tun, es nicht verhindern können. Trotzdem. Er wäre an ihrer Stelle auch nicht darüber hinweggekommen.

„Ich kehre um und kämpfe“, wiederholte Violet. „Ich gehe zurück und helfe den Familien im Zoo. Ihr könnt mitkommen oder hierbleiben. Ich brauche nur irgendwen, der mir ein Portal auftut. Machst du das für mich?“

„Klar“, antwortete Charlie. „Mach ich. Und ich komme auch mit. Ich finde nämlich, dass es höchste Zeit ist, es den Monstern mal ordentlich heimzuzahlen.“

Theodor grinste von einem Ohr zum andern. „Richtig! Rache ist Blutwurst! Genau meine Kragenweite, Baby! Yippiiee!“

16. Kapitel

Rache ist Blutwurst

Der Zoo von San Diego hatte sich in ein Schlachtfeld verwandelt.

Das Erste, was Charlie auffiel, als er durch das Portal trat, war der Krach: ein wüstes Durcheinander aus Schreien und Kreischen und das metallische Knirschen schwerer Maschinen. Das Militär war bereits eingetroffen: Panzer rollten durch den Tigerfluss und den Wald der Malaienbären, am Himmel donnerten Kampfflugzeuge.

Aber sie richteten so gut wie nichts aus.

Wie Rex es vorausgesagt hatte, wüteten die Monster der Finsternis zwischen ihnen, als seien es bloße Spielzeuge.

Barakkas – zehn Stockwerke hoch, muskelbepackt und voller Zorn – schleuderte gepanzerte Fahrzeuge wie Plastikautos in die anrückenden Truppen und fegte die Soldaten um wie Kegel.

Slagguron schoss in einer Erd- und Metallfontäne aus dem Boden, wodurch die Ruinen des Albtraumdienstes unter dem Zoogelände sichtbar wurden. Dann ließ er sich wie ein Wal, der einen Bauchklatscher macht, wieder zurückfallen und zerquetschte alles und jeden unter seinem gewaltigen Leib, bevor er wieder unter der Erde verschwand, um sein Zerstörungswerk an einer anderen Stelle weiterzuführen.

Und Verminion, der mindestens so groß wie ein halbes Fußballfeld war, krabbelte auf seinen krebsartigen Beinen umher, während Hunderte von Raketen wirkungslos auf seinem harten Rückenpanzer zerschellten. Seine verbliebene Riesenklaue schnitt durch die eilig errichteten Barrikaden wie durch Butter.

Und das waren nur die Namhaften.

Die gewöhnlichen Fünfer-Monster rückten den verzweifelten Bodentruppen mit spitzen Zähnen und tödlichen Zangen zu Leibe. Es war ein absurdes Schauspiel. Staksbeinige rosafarbene Flamingos, langhalsige Giraffen und hüpfende Gazellen, die bei dem Überfall aus ihren Gehegen befreit worden waren, hasteten in panischer Angst zwischen den angreifenden Finsterwesen umher. Hoch über ihnen stürzten sich Monsterfledermäuse auf Düsenjäger, rissen sie vom Himmel und explodierten mit ihnen in gewaltigen Feuerbällen auf der Erde. Die Tiger und Löwen aus den Raubkatzengehegen stellten sich einem Schwarm Finsterkrabbler und wurden von den Scheusalen im Handumdrehen in Stücke gerissen – wer hier die Könige des Dschungels waren, stand keine Sekunde lang infrage.

Charlie kam das Ganze furchtbar unwirklich vor.

Bisher hatte er die bösartigen Kreaturen nur in ihren lavabeleuchteten Höhlen oder auf den kahlen Ebenen der Finsterwelt erlebt, aber noch nie am helllichten Tag über der Erde, umgeben von ganz gewöhnlichen Menschen … beziehungsweise von Menschen, die der Albtraumdienst noch in Sicherheit bringen musste.

„Nein!", schrie Brooke plötzlich auf und weckte Charlie aus seiner Benommenheit.

Als er sich umdrehte, sah er eine Gruppe Drittklässler schreiend die Flucht ergreifen, während sich der Schatten eines von Barakkas geschleuderten Panzers auf sie herabsenkte. Kurz bevor das Fahrzeug auf den Kindern landete, klappte über ihnen ein großes Portal auf, der Panzer fiel hinein und verschwand in der Finsterwelt, ohne weiteren Schaden anzurichten.

Charlie sah sich um und stellte erstaunt fest, dass das Portal von Tabitha stammte. Sie arbeitete so unglaublich flink, dass sie das Portal schon wieder geschlossen und ein neues geöffnet hatte, um einen Zooangestellten vor einem heranspringenden Monsteru zu retten.

„Duck dich!", brüllte Violet.

Charlie gehorchte und im selben Augenblick schleuderte Violet ihre Axt in seine Richtung. Die Klinge sauste so dicht an seinem Kopf vorbei, dass sie ihm ein paar Haare absäbelte. Als er sich umdrehte, sah er die Waffe im Schädel einer

Silberzunge stecken. Das widerliche Biest war nur noch eine Handbreit von ihm entfernt gewesen und hatte mit seinem Skorpionstachel eine Mutter aufgespießt, die sich vor ihre kleine Tochter geworfen hatte.

„Wie furchtbar!“, rief Charlie, aber Violet stürmte wortlos an ihm vorbei.

Sie befreite die Waffe mit einem Ruck aus der toten Silberzunge, stapfte tiefer in die Schlacht hinein und stellte sich einer Hexe zum Kampf. Das alles geschah derart kaltblütig und gelassen, dass es Charlie unheimlich vorgekommen wäre, hätte er so etwas nicht schon bei sich selbst erlebt. Auch er empfand diese Art kaltblütige Gelassenheit, wenn er ganz in seiner Bezwingerarbeit aufging.

Als er hinter Violet herlief, staunte er über die Elitetruppen der Bezwinger und Portaler um sich herum. Sie schwangen ihre Waffen und öffneten Portale mit solchem Geschick und solcher Eleganz, dass die gewöhnlichen Soldaten verglichen damit wirkten, als bewegten sie sich in Zeitlupe.

„Pass auf!“, warnte Charlie Theodor. Sein Freund, der gerade ein Portal vor einer Monsterfledermaus geöffnet hatte und sie auf diese Weise zwang, in den ersten Kreis zu fliegen, wo sie sich an einem Felsvorsprung den Schädel einschlug, fuhr herum. Sofort sah er sich einer Horde Säurespucker gegenüber, die sich hinter ihm zusammengerottet hatten. Er öffnete unter ihnen ein weiteres Portal, woraufhin sie in die Finsterwelt stürzten.

„Danke für die Warnung!“

„Gern geschehen!“

Charlie drehte sich wieder um und stieß seinen Degen in einen Finsterkrabbler, der gerade auf einen Zoowärter losging. Das Scheusal brach zusammen und einen triumphierenden Augenblick lang dachte Charlie: Wir können es schaffen – wir können die Schlacht noch gewinnen!

Dann wurde er unsanft in die Wirklichkeit zurückgeholt.

Rex hatte gesagt, dass ein Bezwinger Mut brauche, um seine Arbeit zu tun. Daraus folgte, je aussichtsloser ein Kampf war und je mehr Mut er erforderte, desto mehr konnte der Bezwinger ausrichten. Aber gab es nicht einen Punkt, an dem ein Kampf trotzdem aussichtslos wurde? So gekonnt und verwegen die anderen auch kämpften, zahlenmäßig waren sie den Fünfer-Monstern hoffnungslos unterlegen. Zählte man noch die Namhaften dazu, konnten sie die Schlacht nur verlieren.

Überall kämpften Menschen mit dem Tod: Soldaten, Bezwinger und Portaler, sogar einige Zivilisten, die sich einen friedlichen Tag im Zoo hatten machen wollen. Diese Schlacht machte keinen Spaß, sie brachte nur Schrecken und Verwüstung. Aus dem Augenwinkel sah Charlie Rex und Tabitha mit Barakkas kämpfen. Tabitha wollte das Ungeheuer mithilfe eines Portals zum Stolpern bringen, und Rex schickte sich an, es mit seinem Kurzschwert anzuspringen.

Aber Barakkas kam ihnen zuvor. Sie wurden wie Marionetten davongefegt, flogen in hohem Bogen durch die Luft und landeten im Gorillagehege.

„Lebt ihr noch?", rief Charlie.

„Jau!", rief Rex zurück. „Uns geht's gut, Kleiner! Pass lieber selber auf dich auf!"

„Mach ich!"

Da wurde Barakkas auf Charlie aufmerksam. Das Ungeheuer lachte grollend.

„Wenn das nicht mein alter Freund Charlie Benjamin ist!" In den schwertartigen Klauen hielt er einen voll bemannten Panzer, den er achtlos wie eine Fliege zerquetschte. „Was sagst du jetzt, mein Junge? Bist du überrascht? Ist es nicht toll, uns mal so richtig in Aktion zu sehen?" Seine gewaltigen Hufe sprühten Feuer, als er auf die gemauerte Einfassung des Krokodilbeckens trat.

„Ja … ziemlich beeindruckend", erwiderte Charlie und wehrte einen Finsterhüpfer ab. „Ich wusste gar nicht, dass du noch lebst."

Barakkas lachte abermals, lange, laut und humorlos. „Es war ganz schön knapp, das kann ich dir versichern. Deine faulen Tricks hätten Verminion und mich seinerzeit beinahe das Leben gekostet. Aber wir sind wieder da, unbesiegbar und todbringend wie eh und je und im Begriff, eurer ekelhaften Tyrannei ein Ende zu bereiten! Jetzt wärst du bestimmt froh, wenn du dich uns damals angeschlossen hättest, was, Charlie Benjamin? Statt uns gegeneinander aufzuhetzen. Dann wäre jetzt auch die Stunde deines Triumphs und nicht die Stunde deines Todes!"

Barakkas brüllte unvermittelt wie Donnergrollen, griff sich mit der gesunden Hand einen verängstigten Elefanten und schleuderte das Tier treffsicher auf einen Kampfhubschrauber.

Die Explosion war gewaltig.

„Lästige Mücke, du!", brüllte das Ungeheuer.

Was sollen wir bloß tun?, dachte Charlie. Wie können wir sie aufhalten?

Da sah er Pinch.

Der Junge (der *Mann* – wieso konnte er sich einfach nicht umstellen) stand zwanzig Meter weiter weg und starrte gebannt Verminion an, der durch eine Soldateneinheit pflügte. In dem ganzen Durcheinander hatte Charlie gar nicht mehr an ihn gedacht.

„Verminion!", brüllte Pinch. „Sieh mich an, du Feigling!"

Das Untier blieb stehen und drehte sich bedächtig nach ihm um.

„Was gibt's, Kleiner?"

„Ich habe lange auf diesen Augenblick gewartet." Pinch ging unbeirrt auf den Namhaften zu. „Du hast meine Eltern umgebracht – jetzt bist du dran."

Ach du Schreck, dachte Charlie. Was hat Pinch vor? Ist ihm seine wiedererlangte Gabe zu Kopf gestiegen?

„Edward?“ Verminion musterte den Jungen neugierig. Der Finsterweltreif, den er um den gepanzerten Hals trug, glänzte schwarz. „Bist du’s wirklich, Edward Pinch?“

Pinch nickte. „Da staunst du, was? Und ich bin wieder so mächtig wie damals.“

„Ja, früher mal warst du recht mächtig.“ Die Soldaten setzten ihren sinnlosen Angriff auf den Riesenkrebs fort, ohne dass der etwas davon merkte. „Trotzdem konntest du deine Eltern nicht retten … und deine Stadt auch nicht … und auch nicht deine Gabe, stimmt’s?“

Charlie hatte vergessen, wie gemein das Ungeheuer sein konnte, aber Pinch schien das nichts auszumachen.

„Man sieht es mir nicht an, aber ich bin inzwischen um einiges älter geworden“, sagte er. „Älter und klüger.“

„Alter ist nicht immer mit Weisheit verbunden, Edward. Manchmal kommt mit dem Alter nur … das Alter.“

„Warum dichtest du nicht Sprüche für Glückskekse? Dafür hast du eine echte Begabung.“

„So wie du eine Begabung hattest. Bis man sie dir geraubt hat.“

Pinch sah das Ungeheuer mit hasserfülltem Blick an. „Ich kann gar nicht mehr zählen, wie oft ich mir vorgestellt habe, dich umzubringen.“

„Ach ja? Ist ja ulkig. Ich habe kaum mehr an dich gedacht, seitdem du Dummkopf mich in deine Welt gebracht hast.“

„Gleich wirst du der Dummkopf sein.“

„Meinst du wirklich? Wir werden ja sehen.“

Unter grauenerregendem Gebrüll und erstaunlich flink stürmte Verminion los. Er glich einem Güterzug, der alles niederwalzt, was sich ihm in den Weg stellt. Seine Riesenklaue schnappte wütend auf und zu und er streckte den wulstigen Schädel weit vor, weil er mit den abscheulichen Kieferzangen näher an das angriffslustige, prahlerische Menschlein herankommen wollte.

Pinch wich keinen Fußbreit.

In nur einem Sekundenbruchteil, ehe Verminion so weit heran war, dass er zuschlagen konnte, öffnete Pinch ein Portal, das genauso groß war wie der Schädel des Namhaften. Das Ungeheuer konnte nicht mehr bremsen und schob den Kopf hindurch, worauf Pinch das Portal wieder zuschnappen ließ und das Monster enthauptete. Der untertassenförmige Riesenleib krachte zu Boden wie ein abgestürzter Jumbojet, riss große Rasenstücke heraus und verspritzte eine Fontäne aus schwarzem, klebrigem Blut.

Die Umstehenden waren von dem Anblick so verstört, dass sie es nicht gleich begriffen – Verminion, einer der vier Namhaften Herrscher der Finsterwelt, war tot.

17. Kapitel

Pinchs Plan

„Was hast du getan?“, brüllte Barakkas und starrte fassungslos auf Verminions kopflosen Leichnam. „*Was hast du getan, Menschlein?*“

Pinch wankte verängstigt zurück, als der Namhafte mit Funken sprühenden Hufen auf ihn zustürmte.

Charlie wunderte sich über den Gegensatz zwischen Pinchs furchtlosem Auftreten gegenüber Verminion und seiner Angst vor Barakkas. Er kam zu dem Schluss, dass der entscheidende Unterschied in Pinchs persönlichem Hass auf Verminion bestand. Schließlich hatte Verminion Pinchs Eltern getötet und war obendrein der unmittelbare Grund dafür, dass Pinch seinerzeit reduziert worden war.

„Niemand kann meiner Rache entgehen!“, brüllte Barakkas und kam immer näher.

Da schoss Slagguron vor ihm aus dem Boden und hielt den Tobenden mit seinem gewaltigen Leib auf. „*Halt!*“

„Aus dem Weg, Slagguron!“, donnerte Barakkas. „Die

Menschen haben Verminion umgebracht. Das sollen sie büßen."

„Nein. Wir müssen hier verschwinden. Eins unserer Ziele haben wir schon erreicht."

Welches denn?, dachte Charlie.

Das Monster hob den Blick und sah, dass ihn neue Hubschrauber umkreisten und das unglaubliche Schauspiel filmten. Barakkas brüllte sie mit rot glühenden Augen an – ein schreckenerregender Anblick.

Das ist ihr Ziel!, begriff Charlie da. Uns Angst einzujagen. Indem sie sich auf diese Weise zeigten, konnten die Menschen überall auf der Erde aus erster Hand miterleben, mit welch grässlichen Kreaturen sie ihre Welt teilten. Heute Nacht würde es viele Albträume geben.

Und diese Albträume würden viele neue Portale öffnen, durch die noch mehr Monster in die Welt vordringen konnten.

„Vielleicht haben wir eins unserer Ziele erreicht", räumte Barakkas ein, „aber um was für einen furchtbaren Preis!" Er betrachtete wieder Verminions Leichnam. „Jetzt ist alles aus."

„Nein!", widersprach Slagguron. „Es besteht noch Hoffnung."

Hoffnung worauf?, überlegte Charlie.

„Komm mit", sagte Slagguron. „Diese elenden Menschen sind unwichtig. Wir müssen weitermachen wie geplant."

Er bäumte sich auf, bohrte sich kopfüber in den Boden und hinterließ einen gewaltigen Tunnel. Barakkas ließ den Blick über die versammelten Portaler und Bezwinger schweifen, die erschöpft und verwundet in den Ruinen des Zoos standen.

„Es ist noch nicht vorbei!“, donnerte er. „Bald sind wir wieder da. In der Nacht! Und dann legen wir eure ganze Welt in Trümmer!“

Das gewaltige Ungeheuer streifte dem toten Verminion den zauberkräftigen Reif vom Halsstummel und verschwand blitzschnell in dem von Slagguron gebohrten unterirdischen Gang.

Fast so schnell, wie sie aufgetaucht waren, waren die Heerscharen der Finsterwelt wieder verschwunden.

„Ich glaub, ich spinne“, sagte Rex in die Stille hinein. „Du hast's geschafft, Pinch. Du hast tatsächlich Verminion umgebracht.“

„Ja. Ich war das!“, bestätigte Pinch und ein Lächeln ging über sein Knabengesicht.

Die überlebenden Portaler und Bezwinger brachen in Jubelschreie aus. „Pinch! Pinch! Pinch!“, riefen sie und einer hob ihn sogar hoch. Dann wurde er im Triumph von einem zum anderen weitergereicht.

Pinch sah so glücklich aus wie noch nie ... und Charlie freute sich für ihn. Nachdem man ihn sein Leben lang nicht ernst genommen und ihn verachtet hatte, galt er jetzt als Held.

Was muss das für ein herrliches Gefühl sein, dachte Charlie, wenn man erst das Letzte ist und dann auf einmal der Größte.

Sogar Rex, Pinchs unverblümtester Kritiker, hatte dem Jungen (*dem Mann,* dachte Charlie, *dem Mann, dem MANN!*) Respekt gezollt. Im Schatten von Verminions erkaltendem Leichnam wurde Pinch durch die Luft geschwenkt und bejubelt wie die Drachentöter aus den alten Sagen.

Das freut mich wirklich für ihn, dachte Charlie. Er hat es verdient.

Charlie entdeckte unter den Versammelten nur einen, der mit dem Aufheben, das um Pinch veranstaltet wurde, nicht einverstanden zu sein schien. Der Präsident des Albtraumdienstes sah verbissen weg, als der neu gekürte Held herumgereicht wurde.

„Bezwinger! Portaler!“, übertönte Drake mit metallischer Stimme den allgemeinen Jubel.

Die Männer und Frauen vom Albtraumdienst verstummten nach und nach.

„Es ist zwar angebracht, Mr Edward Pinch für seinen Einsatz, zu danken …“

Seinen Einsatz – so kann man's auch nennen, dachte Charlie.

„… trotzdem haben wir keineswegs Anlass zum Feiern.

Viele unserer Kameraden sind an diesem schwarzen Tag gefallen. Die Welt ist nicht mehr dieselbe wie noch heute Morgen. Wir haben mitnichten gesiegt! Darum möchte ich Sie bitten, unseren kleinen Triumph hier nicht überzubewerten."

Das ernüchterte die Versammelten schlagartig. Der Portaler, der Pinch gerade hochhielt, setzte ihn behutsam wieder ab.

„Ich stimme Ihnen voll und ganz zu, Herr Präsident", erwiderte Pinch und strich sich die Kleidung glatt. Es kam Charlie komisch vor, solche erwachsenen Formulierungen von einem scheinbaren Altersgenossen zu hören. „Es handelt sich nur um einen Teilsieg. Wir dürfen uns damit nicht zufriedengeben. Wir müssen einen vollständigen Sieg anstreben …" Er wandte sich an die Menge. „Und den können wir uns noch vor Ende dieses Tages holen!"

„Wie bitte?", rief Präsident Drake bestürzt. „Wie können Sie so etwas Albernes behaupten?"

„Ich habe einen Plan", fuhr Pinch fort, „und wenn wir den befolgen, sind die verbliebenen Namhaften sowie sämtliche Finsterweltungeheuer, die sie befehligen, bis zum Morgengrauen tot."

In den Trümmern, die einmal der Plenarsaal des Albtraumdienstes gewesen waren, ließen sich die staunenden Bezwinger und Portaler Pinchs Strategie zur Vernichtung der Namhaften erläutern.

„… wir nehmen den Wächter mit und portalieren ihn in ihr neues Quartier im Himalaja. Seine Aura macht sie wehrlos, und wir können uns der abscheulichen Kreaturen endlich entledigen, ohne dabei unser Leben zu riskieren."

Eine Weile herrschte nachdenkliche Stille, dann stieß Rex einen anerkennenden Pfiff aus. „Eins muss man dir lassen, Pinch – das ist der verwegenste Plan, den ich je gehört habe."

„Ich finde ihn genial", sagte Tabitha. „Den Wächter auf die Erde zu holen und als Waffe einzusetzen. Das ist dermaßen einleuchtend – wieso ist eigentlich noch keiner von uns auf die Idee gekommen?"

„Ich schon", verkündete Präsident Drake, der vorn im Saal in seinem hochlehnigen Sessel thronte. „Aber ich habe ihn wieder verworfen, weil er viel zu riskant ist."

„Tut mir leid, aber ich sehe nirgends ein Risiko." Pinch ging nach vorn. „Es ist ein kühner Schachzug, aber in diesen Zeiten ist Kühnheit dringend gefragt."

„Was Sie ‚kühn' nennen, nenne ich ‚tollkühn'. Es ist zwar richtig, dass wir unterdessen das neue Versteck der Namhaften kennen …"

„Dank Theodor Dagget", fiel ihm Pinch ins Wort und nickte dem Jungen ermutigend zu. Charlie staunte nicht schlecht. Er hatte noch nie erlebt, dass Pinch irgendjemandem Anerkennung entgegenbrachte.

„Ja, dank dem jungen Mr Dagget", fuhr der Präsident

fort, „sind wir darüber im Bilde, wo sich die Namhaften derzeit aufhalten. Aber den Wächter aus der Finsterwelt zu holen und ihn dorthin zu bringen, birgt erhebliche Gefahren."

„Kann man wohl sagen. Nämlich für die Finsterviecher", warf Rex ein. Die Versammelten brachen in verhaltenes Gelächter aus.

Der Präsident lief puterrot an. Vielleicht sollte man ihn lieber nicht reizen, dachte Charlie. Er schien kurz vor einem Wutanfall zu stehen.

„Kann die Aura des Wächters die Namhaften und die übrigen Ungeheuer lähmen, sodass wir ihnen ungefährdet den Garaus machen können?", fuhr der Präsident fort. „Durchaus. Aber nur, wenn der Wächter es übersteht, in Gesellschaft so vieler Menschen zu sein – und das kann niemand vorhersagen. Außerdem haben Sie nicht bedacht, dass wir ein riesiges Einfallstor unbewacht lassen, wenn wir den Wächter von der Anomalie wegholen. Was Tyrannus zweifellos ausnutzen und ebenfalls zu uns herüberkommen würde."

„Das habe ich sehr wohl bedacht", erwiderte Pinch. „Wenn Tyrannus auftaucht, wird er genauso umgebracht wie die anderen. Das begreift doch jeder Schwachkopf."

„Auch wenn ich nicht wie Sie über die Gabe verfüge, Mr Pinch, heißt das noch lange nicht, dass ich ein ‚Schwachkopf' bin. Sie schlagen vor, dass wir mithilfe des Wächters den Ungeheuern den Garaus machen sollen. Ich sehe zunächst einmal nur, dass wir damit Tyrannus Tür und Tor öffnen."

„Na und? Verminion ist tot. Die Namhaften können keinen Fünften mehr beschwören. Diese Gefahr ist ein für alle Mal ausgeräumt. Demnach überwiegt der Nutzen gegenüber den Risiken."

„Da bin ich ganz anderer Meinung", erwiderte Präsident Drake unbeirrt. „Wir setzen lediglich die Gesundheit des Wächters aufs Spiel und holen uns den letzten Namhaften her, und das aufgrund der keineswegs begründeten Hoffnung, dass wir alle auf einen Streich erledigen können. Das ist leichtsinnig und lebensgefährlich und kommt nicht infrage, wenn es nach mir geht."

William trat vor. „Ich stimme dem Herrn Präsidenten zu." Sein zweihändiges Schwert leuchtete hell im Zwielicht.

„Ach nee!", sagte Rex leise.

„Wir dürfen uns nicht von diesem … äh, Kollegen …", William wies auf Pinch, „… äh … mitreißen lassen, bloß weil er gerade seinen großen Auftritt hatte."

Rex stand auf. „Jetzt will ich euch auch mal was sagen. Ich konnte Pinch noch nie besonders gut leiden, das ist kein Geheimnis. Aber wo er Recht hat, hat er nun mal Recht. Nach Verminions Tod sind Slagguron und Barakkas mit Sicherheit ziemlich durcheinander, aber das ist bestimmt nicht von langer Dauer. Jetzt ist genau der richtige Augenblick, um zuzuschlagen. Mit dem Wächter als Schutzschild müsste es ziemlich einfach sein, diese unangenehmen Kerle wegzuputzen. Wir haben ja heute erlebt, was die Monster anrichten, wenn sie sich wieder erholen. Das darf nicht geschehen. Wer ist noch meiner Meinung?"

Tabitha stand auf. „Ich."

„Ich auch." Charlie erhob sich ebenfalls.

„Packen wir's an", setzte Violet hinzu und stellte sich auch hin.

Einer nach dem anderen erhoben sich die anwesenden Portaler und Bezwinger und demonstrierten, dass sie Pinchs Plan unterstützten. Der Präsident und William wechselten einen finsteren, sorgenvollen Blick.

Da hatte Charlie eine Eingebung.

Drake geht es gar nicht darum, die Monster endlich auszurotten. Das Einzige, worum sich Drake scherte, war, an der Macht zu bleiben! Wenn alle Namhaften und ihre Gefolgschaft tot waren, brauchte man auch keinen Albtraumdienst mehr. Wenn die Bedrohung entfällt, ist Drake entmachtet. Obendrein wäre nicht er der Mann der Stunde, sondern Pinch wäre der strahlende Held.

„Meinetwegen", sagte Präsident Drake schließlich und ließ den Blick über den Saal voller Portaler und Bezwinger schweifen, die sich gegen ihn gestellt hatten. „Ich werde die Unternehmung absegnen, aber nehmen Sie bitte zur Kenntnis, dass ich Zwiefache weiterhin für höchst gefährlich halte und ihre Reduzierung befürworte. Die bloße Tatsache, dass Sie einem Zwiefachen blind ihr Leben anvertrauen wollen, beweist wieder einmal, dass ich Recht habe. Ich bin der Überzeugung, dass diese verzweifelte Aktion fehlschlagen wird. Und dafür sind allein Pinch und die anderen Zwiefachen verantwortlich, das werden Sie alle schon noch feststellen."

„Ordnungsgemäß zur Kenntnis genommen", entgegnete Pinch und wandte sich wieder den anderen Anwesenden zu. „Während wir unsere Vorbereitungen treffen – gibt es irgendwelche Freiwilligen, die den Wächter aus der Finsterwelt holen und herbringen möchten?"

„Ich", sagte Charlie ruhig. „Immerhin kenne ich ihn schon ein bisschen."

„Wir gehen auch mit." Violet deutete auf Brooke und Theodor, die neben ihr saßen. Beide nickten. „Wir vier holen den Wächter."

„Prima", sagte Pinch. „Macht euch sofort auf den Weg."

„Das ist ein ziemlich ungewöhnlicher Plan", sagte die Rektorin.

Der Wächter saß neben ihr. Er wirkte wieder ganz gesund, ja, er strotzte dermaßen vor Kraft und Energie, dass Charlie staunte, wie leicht es ihnen gefallen war, auf den BD-Friedhof zurückzukehren. Die schützende Aura des Wächters reichte sogar noch weiter als vorher. Jetzt gab es rund um den Friedhof einen schmalen Streifen, in den man portalieren konnte und der den Finstergeschöpfen verwehrt blieb.

„Wie schön, dass ihr wieder da seid!", sagte der Wächter. Charlie freute sich, dass er nicht mehr röchelte wie ein Sterbender. Der Wächter sprach zwar leise, aber mit fester Stimme. „Ihr habt mir schrecklich gefehlt. Nehmt ihr mich in den Arm? Danach sehne ich mich so sehr."

Jetzt, da er wieder bei Kräften war, wirkte der Wächter noch viel überzeugender, und Charlie musste sich zusammenreißen, um seinem Flehen nicht nachzugeben. Als er sich umschaute, sah er, dass es seinen Freunden genauso ging.

„Sie sehen selbst, wie schwer es inzwischen fällt, den Bitten des Wächters, ihn zu berühren, nicht nachzugeben", wandte die Rektorin ein. „Ihn in eine Menschenansammlung zu bringen, ist ausgesprochen riskant."

„Das hat der Präsident auch gemeint", erwiderte Charlie leise.

„Ach ja? Da muss ich ihm ausnahmsweise zustimmen." Die Rektorin stand auf und ging in der Kajüte des Wächters nachdenklich auf und ab. „Ihn von hier wegzuholen ist ein Spiel mit dem Feuer. Andererseits habe ich erst vorhin zwei Kinder wieder zu ihren Eltern auf die Erde gebracht. Der jüngste Überfall der Monster hatte ihnen schreckliche Albträume beschert. Wie nicht anders zu erwarten, wurden sie dabei entführt und von den Finsterweltmonstern hierher verschleppt, damit sie den Wächter umbringen." Sie schüttelte traurig den Kopf. „Momentan ist er nirgendwo mehr in Sicherheit."

„Dann sind Sie also dafür, dass wir ihn ins Lager der Namhaften bringen?", fragte Violet.

Die Rektorin seufzte. „Mein Verstand sagt ‚Ja' – mein Herz sagt ‚Nein'."

Charlie ging es ganz genauso. Aber jedes Mal, wenn er seinem Herzen gefolgt war – zum Beispiel als er den kleinen Jungen aus der Finsterwelt gerettet hatte, der sich anschließend als Slagguron entpuppt hatte – hatte das katastrophale Folgen gehabt. Er war fest entschlossen, diesmal der Vernunft den Vortritt zu lassen.

„Wenn es gelingt, wäre das natürlich wunderbar", fuhr die Rektorin fort, „aber den Wächter auf die Erde zu bringen und gleichzeitig Tyrannus einen Weg aus der Finsterwelt aufzutun, ist ein so gewaltiges Risiko, dass ich nicht recht weiß, ob …"

„Pinch jedenfalls scheint zu wissen, was er tut", erwiderte Charlie sanft drängend.

„Ach ja, Mr Benjamin?" Die Rektorin lächelte wissend und Charlie kam sich sofort dumm und ungeschickt vor, weil er diese kluge Frau hatte beeinflussen wollen. „Pinchs Schicksal hat sich in den letzten paar Stunden dramatisch gewendet, nicht wahr?"

„Aber hallo!“, sagte Theodor. „Sie würden nicht glauben, was da oben los ist. Alle feiern ihn wie einen Helden. Die sind alle total durchgedreht, das können Sie mir glauben.“

„Das glaube ich gern. Aber bedenken Sie die alte Lebensweisheit: Wer hoch steigt, der wird tief fallen. Das ist leider die Kehrseite des Erfolges. Um das zu vermeiden, gehen die meisten erfolgreichen Menschen sehr weit und greifen oft zu unverantwortlichen Mitteln.“

Der Präsident zum Beispiel, dachte Charlie, aber er sprach es nicht aus.

„Was sollen wir denn jetzt machen, Frau Rektorin?“, fragte Brooke. „Sollen wir den Wächter nun mitnehmen?“

Die Rektorin überlegte, dann wandte sie sich an den Wächter: „Was meinst du dazu, Hank? Hast du Lust auf einen kleinen Ausflug?“

Der Wächter lächelte erfreut. „Ich bin so einsam hier. Ich würde gern neue Freunde kennenlernen.“

Damit war es entschieden.

„*Schändliche List!*“, kreischte Tyrannus, der hoch über Charlie und seinen Gefährten hinwegflog. Die Kinder geleiteten den Wächter aus dem Kraftfeld der Anomalie, damit sie sich anschließend wegportalieren konnten. „Du hast eine Riesenschweinerei vor, Rektorin! Der alte Tyrannus wittert so was, sogar aus dieser Entfernung.“

„Mit dir haben wir keinen Streit“, erwiderte die Rektorin.

„Sobald wir weg sind, ist die Anomalie unbewacht und du kannst entkommen. Wolltest du das nicht schon immer?“

„Klar!“, kreischte die goldene Fledermaus. „Aber der alte Tyrannus weiß, was ihr mit Verminion angestellt habt – er hat alles in seinem funkelnden, fürchterlichen Spielzeug gesehen!“

Der Finsterweltring am Finger des Namhaften flackerte. Die vier eingravierten Figuren glommen rot auf.

„*Hinterhältige* Geschöpfe seid ihr, voller List und Tücke! Aber den alten Tyrannus führt ihr nicht so schnell hinters Licht. Er weiß, was ihr mit dem fiesen kleinen Wächter vorhabt, wo ihr ihn *hinbringen* wollt, und die anderen wissen es jetzt auch!“

Sie können uns beobachten, begriff Charlie. Er wandte sich an die Rektorin.

„Als ich Barakkas’ Armreif umhatte, konnte ich durch die Augen der anderen drei Namhaften schauen, die ebenfalls Schmuckstücke tragen. Wenn Tyrannus uns und den Wächter beobachten kann, können Barakkas und Slagguron das auch.“

„Dann müssen wir uns beeilen“, entgegnete die Rektorin entschlossen, „und losschlagen, bevor sie sich darauf einstellen können.“

Sie hasteten durch die Finsterwelt, so schnell der Wächter auf seinen kurzen Beinchen vorankam. Leider durften sie ihn nicht anfassen, sonst hätten sie ihn huckepack nehmen können. Kaum waren sie außerhalb der Reichweite der Anomalie, tat die Rektorin ein Portal auf. Alle sprangen hindurch, landeten in den Ruinen der Albtraumdienst-Zentrale und gesellten sich wieder zu ihren Kampfgefährten.

In selben Augenblick, als sich das Portal hinter ihnen schloss, erlosch die Wirkung der Aura des Wächters auf die Finsterwelt. Tyrannus drehte mit irrem Triumphgegacker noch eine Runde über dem Schiffsfriedhof, dann sauste er steil empor, der mahlenden roten Scheibe entgegen.

„*Endlich frei!*“, kreischte er hemmungslos lachend.

Gleich darauf paddelte er mithilfe seiner großen, goldenen Schwingen durch die eisigen Gründe des Atlantiks, bis er schließlich aus dem Wasser heraus und in den strahlend blauen Erdenhimmel hineinschoss.

Er hatte eine Ewigkeit darauf gewartet – jetzt war Tyrannus, der vierte Namhafte, der Finsterwelt entflohen.

18. Kapitel

Im ewigen Eis

Hoch oben in der menschenfeindlichen Eiswüste des Himalaja-Gebirges herrschte im bitterkalten Hauptquartier der Namhaften Hochbetrieb. Schnee rieselte durch die gewaltige Deckenöffnung der Riesenhöhle, während draußen ein Schneesturm tobte und den Himmel in eine undurchdringliche weiße Fläche verwandelte.

„Beeilung!", fuhr Barakkas die unzähligen Finstergeschöpfe an, die seine Füße umschwirrten. Slagguron krabbelte hastig über die glatten blauen Eisflächen, die jeden Quadratzentimeter des geheimen Basislagers bedeckten. „Die Menschen sind im Anmarsch. Wir müssen sofort verschwinden!"

„Warum so ängstlich?", fragte Slagguron. „Sind wir denn nicht die Herrscher der Finsterwelt?"

„Nicht die Menschen machen mir Angst, sondern der Wächter. Es ist lange her, da habe ich dieses abscheuliche Ungeheuer zu spüren bekommen, und ich habe keine Lust, so etwas noch einmal durchzumachen."

„Wächter hin, Wächter her – die Menschen können uns nur dann etwas anhaben, wenn sie unser Versteck kennen", hielt Slagguron dagegen. „Wir haben keinen Anlass anzunehmen, dass sie es kennen."

„Wir haben keinen Anlass anzunehmen, dass sie es *nicht* kennen."

Barakkas unterbrach sich. Ihm war etwas aufgefallen …

Der Gürtel um Slaggurons Leib verströmte einen rötlichen Lichtschimmer, der vom blanken Eis an den Höhlenwänden zurückgeworfen wurde – aber auf der Wand flackerte noch etwas anderes.

Ein kleiner blauer Fleck.

„Was ist das?", knurrte Barakkas und beugte sich vor. Er entdeckte den Peilsender, den Theodor an Slaggurons Metallgürtel befestigt hatte. Seine orangefarbenen Augen flammten zornig rot auf. „Die haben dir einen Sender verpasst, du Schwachkopf!" Er packte das kleine Gerät, das in seiner Faust kaum größer als ein Sandkorn wirkte, und zerdrückte es.

„Wie … hässlich." Slagguron verzog das Gesicht. „Na schön, du hast Recht. Wir müssen sofort hier weg, ehe es zu spät ist."

Aber es war bereits zu spät.

Überall flammten violette Portale auf wie ein Feuerwerk und entließen die Elitetruppen der Portaler und Bezwinger, darunter auch Charlie und seine Freunde.

„Nicht den Wächter anfassen!“, rief die Rektorin ihren Mitstreitern zu und geleitete die kleine, gebrechliche Kreatur in die Riesenhöhle.

„*Nein!*“, kreischte Slagguron, als er den Wächter erblickte.

Ein unerträglicher Schmerz schoss ihm durch den Kopf und er brach neben Barakkas zusammen, dem schon im Todeskampf Schaum aus dem Mund trat. Auch die Hundertschaften von Fünfer-Finsterwesen ringsum fielen taumelnd zu Boden und konnten sich nicht mehr rühren.

„Es hat geklappt!“ Verblüfft betrachtete Charlie die Kreaturen, die sich überall auf dem Boden wanden. „Der Wächter hat sie erledigt!“

„Super!“, rief Theodor und streckte dem Wächter die Hand hin. „Gib mir fünf, Hank!“

Der Wächter hob die Hand.

„Mr Dagget …“, sagte die Rektorin warnend.

„Ach ja. Nicht anfassen. Tut mir leid, Hank.“ Theodor zog die Hand sofort zurück.

Inzwischen stapfte Pinch durch die Höhle wie ein siegreicher General und musterte selbstzufrieden Aberhunderte todbringender – nunmehr aber wehrloser – Kreaturen. „Hervorragend. Alles verläuft nach Plan. Genau wie ich gesagt habe.“

Er sah zu Präsident Drake hinüber, der das Schauspiel mit finsterer Miene und verschränkten Armen verfolgte.

„Seien Sie nicht so selbstgefällig, Pinch. Auch der beste Plan hat eine Schwachstelle."

„Das stimmt natürlich und dabei fällt mir ein …" Er drehte sich nach Charlie um. „Bring den Wächter doch bitte irgendwohin, wo ihm nichts zustoßen kann, damit wir anfangen können."

„In Ordnung." Charlie kniete sich neben das zierliche Geschöpf. „Kommst du mit, Hank? Ich passe auf dich auf."

„Ja, Charlie." Sie verließen die Haupthöhle und gelangten durch einen Gang mit eisbedeckten Wänden in einen kleinen, dunklen Vorraum.

„Meinst du, dass du es hier eine Weile aushältst?"

Der Wächter nickte. Seine Augen leuchteten hell im Halbdunkel. „Glaub schon. Du bist lieb."

„Vielen Dank. Du auch."

„Nimmst du mich in den Arm? Es wäre so herrlich, einmal umarmt zu werden."

„Das geht leider nicht, das weißt du doch."

Der Seufzer klang verblüffend menschlich. „Ich weiß. Es wär bloß so schön. Nur ein Mal!"

Charlie lächelte ihn an.

„Mr Benjamin!", hörte er jemanden rufen. Es war Pinch. „Wir warten!"

„Du bleibst hier, Hank", sagte Charlie. „Wenn alles vorbei ist, komme ich wieder und hole dich."

Der Wächter nickte. „Pass auf dich auf, Charlie Benjamin."

„Gleichfalls."

Charlie warf einen letzten Blick auf das freundliche Geschöpf, das vor den hohen, dunklen Eiswänden noch viel kleiner wirkte, und machte sich auf den Rückweg in die Haupthöhle, wo den Finsterweltgeschöpfen endgültig der Garaus gemacht werden sollte.

„Das gefällt mir gar nicht", raunte Violet, als sich die Bezwinger und Portaler in der Höhle verteilten und auf Pinchs Befehl warteten.

Charlie wusste, was sie meinte. Ein Monster zu töten, das einen angriff, war Selbstverteidigung. Es zu töten, wenn es wehrlos dalag, war etwas ganz anderes. Vielleicht war es nicht verkehrt, aber es fühlte sich auf jeden Fall verkehrt an.

„Ich weiß, was du meinst", erwiderte Charlie im Flüsterton. „Mir ist klar, dass es sein muss … ich meine, nach allem, was heute im Zoo passiert ist … aber irgendwie kommt es mir nicht richtig vor."

Violet nickte. „Wenigstens Theodor scheint kein Problem damit zu haben."

Charlie sah zu ihm hinüber. Sein schlaksiger Freund machte tatsächlich den Eindruck, als sei er guter Dinge. Er freute sich, dass er mit seinem Vater hier war und ihm gleich seine Fähigkeiten vorführen konnte. Andererseits war er als Portaler auch nicht derjenige, der die tödlichen Streiche ausführen musste.

„Portaler, bitte mal kurz zuhören“, sagte Pinch und ging zwischen ihnen umher. Wegen der klirrenden Kälte trug er einen Parka über seinem T-Shirt und wirkte in diesem Aufzug noch viel schmächtiger. „Öffnet bitte der Reihe nach Portale unter den Finstergeschöpfen mit Ausnahme der beiden Namhaften und befördert sie in den fünften Kreis zurück.“

„Sollen wir die Biester denn nicht umbringen?“, erkundigte sich William. Sein Atem war in großen weißen Wolken sichtbar.

„Natürlich nicht. Sie wissen doch, dass wir nur töten, wenn es gar nicht anders geht.“

Charlie konnte sich noch gut erinnern, wie ihnen Rex in Bezwingen für Anfänger die Dreierregel beigebracht hatte: Für jedes Monster, das auf der Erde stirbt, entstehen in der Finsterwelt drei neue. Wenn man die Monster aber einfach in ihre Heimat zurückbefördert, wachsen keine neuen nach. Darum machte man sich die Mühe und beförderte die Finstergeschöpfe durch Portale wieder in ihre Welt zurück, auch wenn es meistens einfacher gewesen wäre, sie an Ort und Stelle abzuschlachten.

„Ich kenne die Regel“, erwiderte William verärgert. „Ich bin schließlich kein Neuling. Trotzdem finde ich es nicht angebracht, jetzt zimperlich zu sein. Wenn du uns schon hergebracht hast, sollten wir rasch und unerbittlich vorgehen und dem Ganzen ein für alle Mal ein Ende machen."

„Das machen wir auch. Aber wir müssen einen kühlen Kopf bewahren. Keine Sorge, William – Sie werden Ihren Blutdurst heute noch stillen können. Wir schaffen nur die gewöhnlichen Monster wieder in die Finsterwelt, die Namhaften müssen vernichtet werden."

Die Namhaften.

Charlie sah zu Barakkas und Slagguron hinüber, die verkrümmt und gelähmt am Boden lagen. Die beiden brutalen Ungeheuer hätten im umgekehrten Falle nicht einen der anwesenden Menschen verschont … trotzdem taten sie ihm irgendwie leid, wie sie hilflos auf dem Eis lagen. Charlie wusste, was er zu tun hatte, und doch … sträubte er sich dagegen. Am liebsten hätte er die Augen zugemacht oder wäre weit weggelaufen.

Alles ging viel zu schnell. War er nicht immer noch ein Schüler wie seine Freunde auch? Die schönen Zeiten, als sie gemeinsam die verschwiegensten Winkel der Albtraumakademie erforscht hatten, als sie im warmen, klaren Meer geschwommen und sich am Strand spielerische Schwertkämpfe geliefert hatten … es kam ihm wie eine ferne, verschwommene Erinnerung vor.

Das hier hingegen war blutiger Ernst. Es war an der Zeit, *erwachsen zu werden,* wie sich Mama Rose ausgedrückt hatte – und das passte Charlie nicht.

Ganz und gar nicht.

„Na schön, Portaler!“, rief Pinch. Seine Stimme hallte von den Höhlenwänden wider. „Auf geht’s!“

Mit grimmiger Entschlossenheit öffneten die Portaler violette Flammenportale unter den gelähmten Vierer- und Fünfer-Monstern, worauf sie in die Finsterwelt stürzten, wo sie keinen Schaden mehr anrichten konnten. Theodor machte eifrig bei den Erwachsenen mit. Charlie fiel auf, dass er immer wieder zu seinem Vater hinüberschaute, um sich zu vergewissern, dass dieser ihm auch zusah. Nach etlichen Anläufen gelang es ihm schließlich, Williams Blick zu erhaschen.

Sein Vater zwinkerte ihm zu.

Na endlich!, dachte Charlie.

Während die Portaler ihre Arbeit taten, wandte sich Violet an Brooke. „Wieso machst du nicht mit?“

„Ich? Wie kommst du denn darauf?“

„Du kannst ihnen doch helfen.“

Brooke machte ein verständnisloses Gesicht. „Wie denn? Du weißt doch, dass ich nicht mehr portalieren kann.“

„Du kannst es, Brooke. Ich weiß, dass du es kannst … und du weißt es auch. Du hast es schon einmal geschafft. Jetzt mach weiter.“

„Hm … na gut. Ich kann’s ja mal versuchen.“

Brooke suchte sich ein Monster und konzentrierte sich. Es klappte nicht gleich und es fiel ihr auch nicht leicht, aber zu ihrer Verwunderung gelang es ihr tatsächlich, unter einem Vierer-Säurespucker ein kleines Portal aufzutun.

Das Monster plumpste geräuschlos in die Finsterwelt.

Brooke drehte sich grinsend nach Violet um, die ihr ermutigend zulächelte. Mit neuer Zuversicht machte sich Brooke an das nächste Portal, während sich Charlie und die Rektorin zu Tabitha und den anderen Portalern gesellten, die systematisch die übrigen Ungeheuer in die Finsterwelt zurückbeförderten. Es schienen Millionen zu sein. Alle waren so beschäftigt, dass niemandem auffiel, dass jemand fehlte.

Der Präsident des Albtraumdienstes war nicht mehr da.

Der Wächter sah den langen Schatten den Gang entlangkommen. Er kroch wie ein Ölfleck über die eisbedeckten Wände.

„Guten Tag", sagte das sanfte Geschöpf. „Kommst du mich besuchen?"

„Ja", raunte Präsident Drake. Im Zwielicht glichen seine Augen zwei schwarzen Pfützen.

„Bist du ein netter Mensch?"

„Oh ja."

„Gut", sagte der Wächter. „Ich fühle mich hier nämlich schrecklich einsam. Und ich friere. Nimmst du mich in den Arm?"

„Aber gern."

Der Präsident nahm das kleine Wesen fest in seine langen Arme und drückte seine Wange auf den zerbrechlichen Schädel.

„Ach, vielen Dank“, sagte der Wächter selig lächelnd, während die Farbe aus seiner brüchigen Haut wich. „Es ist wunderbar, nach so langer Zeit wieder einmal im Arm gehalten zu werden … nachdem ich so lange in der kalten, dunklen Finsterwelt gehaust habe. Bist du so lieb wie Charlie Benjamin?“

Der Präsident antwortete nicht.

Die großen weißen Augen des Wächters wurden gelb, spitze Rippen ragten schief aus seiner einfallenden Brust. Sein Atem ging flach und stockend.

„Bist du mein Freund?“, fragte der Wächter ein wenig zögerlich.

Ein kalter Wind wehte durch den Eistunnel, während draußen der Schneesturm tobte. Stumm wie ein Grab drückte der Präsident die zierliche Kreatur noch fester an sich, schmiegte die giftige Wange an den Wächter und ließ ihn auch nicht los, als der Bedrängte anfing, sich zu wehren.

In den Augen des Sterbenden dämmerte eine schreckliche Gewissheit.

„Oh weh …“, röchelte er heiser. „Du bist gar nicht mein Freund.“

„Da muss ich dir leider Recht geben“, raunte der Präsident.

Der Wächter seufzte und flüsterte drei letzte Worte: „Allein … immer allein.“

Er stöhnte noch einmal … zweimal … dann rührte er sich nicht mehr.

19. Kapitel

Der Wurm schlägt zurück

Während die Portaler ihr Werk fortsetzten, versammelten sich die Bezwinger rings um die gewaltigen, bewegungsunfähig gemachten Leiber der Namhaften. Charlie stand neben Violet, kaum einen Meter von Barakkas' ledriger roter Haut entfernt, und Rex und William nahmen ihre Position vor Slagguron ein.

„Wir erledigen es so rasch und schmerzlos wie möglich", sagte Pinch und zückte seine Sichel. Sie leuchtete gleißend blau. „Ich weiß, dass viele von euch das verwerflich finden. Wir sind keine Mörder, gewiss nicht. Aber manchmal sind finstere Taten erforderlich, damit das Licht des Friedens wieder erstrahlen kann."

Das „Licht des Friedens", dachte Charlie. Was ist denn das für ein kariertes Gequatsche? Es hörte sich an, als sei Pinch schon mitten im Wahlkampf für das Amt des Präsidenten des Albtraumdienstes.

„Wenn wir unsere Pflicht getan haben", fuhr Pinch fort, „kehren wir morgen in eine Welt zurück, in der es sich sicherer lebt als in der, die wir heute verlassen haben.“ Pinch hob die kleine Hand mit der Sichel.

Seinem Beispiel folgend, hoben auch die anderen Bezwinger, Rex und William inbegriffen, ihre Waffen.

„Ich zähle bis drei“, verkündete Pinch.

Charlie sah Violet an. Ihm wurde ganz mulmig. „Ich weiß“, flüsterte sie, offensichtlich ebenso beklommen wie er. „Bringen wir’s hinter uns.“

Charlie nickte. „In Ordnung.“

Er hob seinen Degen, sie hob ihre Axt.

Pinch fing an zu zählen. „Eins, zwei …“

Plötzlich zuckte Barakkas.

Die Bezwinger wechselten verunsicherte Blicke.

„Bilde ich mir das nur ein?“, fragte Violet. „Oder hat er eben wirklich …“

Abermals durchfuhr ein Krampf den Leib des Namhaften. Ein klauenartiger Finger krümmte sich an seiner unversehrten Hand und kratzte eine breite Rille ins Eis.

„Er … hat sich bewegt!“, sagte Charlie.

„Verdammter Mist“, brummte Rex.

Barakkas schlug die Augen auf und sah zu den Menschen auf. „Wie’s scheint, habt ihr nicht auf euren Wächter aufgepasst“, sagte er grinsend. Dann sprang er mit solcher Kraft auf die Hufe, dass sich die Eisschicht von der Höhlendecke löste und wie Glasscherben auf Monster und Menschen niederprasselte.

Auch Slagguron erholte sich rasch und erhob sich zu seiner vollen Größe. Sein hakenförmig gekrümmter Wurmleib überragte sie alle. Seine dunklen Augen blitzten, als nun auch die übrigen Finsterweltgeschöpfe um ihn herum das Bewusstsein wiedererlangten.

Auf einmal waren die Menschen von quicklebendigen, wutschnaubenden Ungeheuern umzingelt, die nur eins wollten – sich erbarmungslos rächen.

„Das darf doch nicht wahr sein!", entfuhr es Tabitha.

William wandte sich mit zornigem Blick an Pinch. „Du bist schuld, dass wir jetzt alle sterben müssen."

„Nein! Das … das hier gehört nicht zu meinem Plan …"

Da griffen die Monster an.

Slagguron ließ sich auf den eisüberzogenen Boden fallen und zerquetschte Menschen und Monster gleichermaßen unter seinem ungeheuren Gewicht, Barakkas stampfte mit den mächtigen Hufen, fletschte die Zähne und sah mit vor Zorn sprühenden Augen um sich.

„Jetzt *rächen* wir uns!", donnerte das Riesenvieh. Heißer Geifer spritzte ihm aus dem Maul. „Jetzt müsst ihr *büßen*!"

„Weg hier!", schrie die Rektorin. „Wegportalieren! Diesen Kampf können wir nicht gewinnen!"

Als sich Hunderte wiederauferstandene Monster auf sie stürzten, kamen die Bezwinger zu sich und die Portaler versuchten verzweifelt, Fluchtportale aufzutun.

„Leg dich ins Zeug, Schätzchen", sagte Rex gelassen zu

Tabitha und wehrte mit fliegendem Lasso und blitzendem Schwert die auf sie eindringenden Kreaturen ab. „Ich halt sie dir vom Leib, solange ich kann."

Während Tabitha sich abmühte, inmitten des Tohuwabohus ein Portal zu erschaffen, wankte Pinch wie unter Schock durch die Höhle.

„Das ist ausgeschlossen …", jammerte er. „Mein Plan war narrensicher!" Er packte Bezwinger und Portaler, suchte bei ihnen nach Verständnis und Vergebung, aber die Betreffenden hatten genug damit zu tun, sich und ihre Gefährten zu verteidigen. „Ich konnte doch nicht wissen, dass es so ausgeht!", rechtfertigte er sich. „Ihr wisst doch, ich habe Verminion umgebracht … ich bin ein Held …"

Doch in keinem Blick las er Vergebung oder gar Verständnis. Alle schüttelten ihn ab und widmeten sich ihrem aussichtslosen Kampf.

Inmitten von Rufen und Schreien lief William, Theodors Vater, aus der Haupthöhle in den Gang, um nach dem Wächter zu sehen. Er entdeckte das sanfte Geschöpf in dem kleinen Vorraum, wo Charlie es versteckt hatte.

Der Präsident war gerade dabei, den Reglosen auf den Boden zu betten.

„Oh nein …", sagte William. „Was haben Sie getan?"

„Nur das, was getan werden musste", erwiderte Präsident Drake. „Aber das können Sie bestimmt nachvollziehen."

William nahm dem Präsidenten den Wächter ab, in der Hoffnung, noch einen Funken Leben in ihm zu finden. Aber die Hoffnung war vergebens.

„Machen Sie sich überhaupt einen Begriff davon, was geschehen wäre, wenn den Zwiefachen dieser kleine Streich gelungen wäre?“, fragte Drake kopfschüttelnd. „Sie hätten die Leitung des Albtraumdienstes an sich gerissen, William, und uns alle abserviert. Irgendjemand musste etwas dagegen unternehmen!“

„Ihre Kollegen sterben wie die Fliegen!“

„Ich weiß. Das finde ich auch ganz schrecklich … aber manchmal muss man sich zusammenreißen und zum Wohle der Allgemeinheit große Opfer bringen.“

„Zum Wohle der Allgemeinheit? Mein *Sohn* kämpft um sein Leben!“

Da kam Theodor in die Kammer gestürmt. „Dad!“, rief er. „Ich portaliere uns raus!“

Im Handumdrehen schuf er ein Portal … da fiel sein Blick auf den leblosen Wächter in den Armen seines Vaters.

„Was machst du da?“, fragte er leise und wich entsetzt zurück.

„Es ist nicht so, wie du denkst …“

„Du hast ihn angefasst? Man darf ihn nicht anfassen … das weißt du doch. Das weiß jeder!“

William schüttelte den Kopf. „Du irrst dich …“

„Wie konntest du nur?“, brüllte Theodor. „Meine besten

Freunde müssen sich gegen tückische Monster wehren! Ich weiß nicht mal, ob Charlie und Violet noch am Leben sind. Und das alles nur deinetwegen! Ich weiß nicht, ob überhaupt noch irgendwer am Leben ist!"

Daraufhin hallte ein schriller Laut durch den Gang – das irre Lachen eines Ungeheuers.

„*Hallöchen!*", rief jemand schallend. „Schön, dass ihr alle da seid!"

Tyrannus kam auf seinen großen goldenen Flügeln herabgeflattert. Seine glühenden Augen rollten haltlos in den Höhlen. „Hey, coole Party – darf ich mitmachen?!"

Auch das noch, dachte Charlie, der gerade ein Monsteru abwehrte. Hört das denn nie auf?

Mit Tyrannus befanden sich nun drei Namhafte in der Riesenhöhle.

Charlie machte sich mit blitzendem Degen auf die Suche nach seinen Freunden, bevor Tyrannus sich dem Gemetzel anschloss, aber inzwischen herrschte dichtes Schneetreiben und der Boden war glitschig von Monsterblut. Wie durch einen Schleier sah er hier und da ein Portal aufspringen und woanders eines hinter Bezwingern und Portalern zuklappen – überall flohen die Menschen aus der Todesfalle oder fielen den Ungeheuern aus der Finsterwelt zum Opfer.

Verzweifelt weiterkämpfend überlegte Charlie, wo er seine Freunde zuletzt gesehen hatte. Rex und Tabitha waren in Slaggurons Nähe gewesen, aber das war schon eine ganze Weile her. Er hatte keine Ahnung, ob sie noch da waren oder ob ihnen die Flucht gelungen war.

Hoffentlich konnten sie entkommen, flehte er stumm.

Was die Rektorin betraf, so hatte Charlie ihren blau gleißenden Stab weiter hinten erspäht, wo sie ganze Heerscharen wütender Finsterkreaturen niedermähte. Zuletzt war sie so von Monstern umzingelt gewesen, dass man nur noch den Stab gesehen hatte. Ob sie noch am Leben war, ob es überhaupt möglich war, sich einer solchen Übermacht zu erwehren?

Dasselbe galt für Violet und Brooke. Er hatte gerade eine Hexe abgewehrt, als er aus dem Augenwinkel zu erkennen glaubte, wie Brooke ein Portal auftat, durch das beide Mädchen flüchteten – aber hundertprozentig sicher war er nicht. Dafür war es zu weit weg gewesen und die Spiegelungen auf den Eiswänden mochten ihm einen Streich gespielt haben.

Und Theodor? Charlie hatte ihn vor einer Weile hinter seinem Vater herlaufen sehen. Aber wo waren die beiden jetzt?

Hoffentlich bist du in Sicherheit, Theodor, dachte er leidenschaftlich, als könnte er dadurch etwas erzwingen. Du darfst nicht tot sein.

Irgendwo hinter sich hörte er Pinch durch den Tumult wandern und rufen, wie leid ihm alles täte und dass es nicht seine Schuld sei. Charlie hatte keine Ahnung, ob das stimmte und eigentlich war es ihm auch egal – zumindest vorerst.

Jetzt ging es erst einmal ums Überleben.

„Pinch!“, rief Charlie laut. „Wo bist du? Wenn du verwundet bist, sag Bescheid, dann hole ich dich und portaliere uns raus!“

„Jetzt hassen mich alle …“, jammerte Pinch irgendwo weiter hinten. „Genau wie früher.“

„Halte durch, ich komme zu dir!“

Charlie kämpfte sich an einem Fünfer-Finsterkrabbler vorbei in die Richtung, aus der er Pinch zu hören geglaubt hatte. Aber in der Eile rutschte er auf einer gefrorenen Monsterblutpfütze aus und schlug mit dem Kopf auf einen Eisvorsprung. Erst schien es nicht schlimm zu sein, kaum der Rede wert. Doch dann fühlte sich sein Körper auf einmal weit weg an, wie ein fernes Spiegelbild.

Als er sich aufrichten wollte, hatte er Beine wie aus Gummi und er klappte wieder zusammen.

Verdammt, dachte er, jetzt falle ich auch noch in Ohnmacht!

Dann schlug eine warme, schwarze Welle über ihm zusammen.

Als Charlie erwachte, war er ganz allein in der Höhle der Namhaften.

Soweit er wusste, waren alle anderen Menschen weg,

jedenfalls alle, die noch am Leben waren. Er hatte rasende Kopfschmerzen. Er kämpfte gegen den Drang, sich zu übergeben, kam zitternd auf die Beine und machte sich bereit, ein Fluchtportal aufzutun, als er eine vertraute, kehlige Stimme vernahm.

„Charlie Benjamin!“, sagte Barakkas.

Charlie drehte sich um.

Barakkas, Slagguron und Tyrannus standen hinter ihm wie Riesentrolle aus einem uralten Schauermärchen. Ihre Finsterweltschmuckstücke leuchteten hell, der Schein brach sich hundertfach an den Eiswänden.

„Ja bitte?“, antwortete Charlie matt.

„Es muss nicht so enden, mein Junge“, sagte Barakkas freundlich und machte einen Schritt auf ihn zu. „Bloß weil die übrige Menschheit von unserer Hand sterben wird, brauchst du nicht das gleiche Schicksal zu erleiden.“

„Selbstverständlich nicht!“, flötete Tyrannus vergnügt und flatterte verzückt mit den Flügeln. Der Luftzug wehte ein paar kleinere Finsterweltgeschöpfe, die in der Nähe waren, davon. „Nichts für ungut, Charlie Benjamin. Wir sind deine Freunde. Und Freunde fressen ihre Freunde, stimmt’s?“

„Freunde fressen ihre Freunde?“, wiederholte Charlie verständnislos. Hatte er sich verhört? „Was soll das denn heißen?“

„Das heißt“, erwiderte Slagguron dumpf grollend, „dass Tyrannus total durchgeknallt ist.“

„*Gar nicht!*“, kreischte Tyrannus. „Jemand, der total durchgeknallt ist, kann sich ja wohl nicht die Ohren mit der Zunge putzen!“

Alle bekamen einen Schreck, als er dieses Kunststück sogleich vorführte.

„Toll“, sagte Slagguron. „Trotzdem darfst du den Jungen nicht fressen.“

„Warum denn nicht?“, quengelte Tyrannus.

„Weil er uns helfen soll.“

„Wie denn?“, fragte Charlie. „Wie soll ich euch denn helfen?“

Barakkas warf ihm etwas vor die Füße. Das Ding hatte den Umfang eines Wasserturms und knallte mit ohrenbetäubendem Scheppern auf den Boden. Charlie erkannte es sofort wieder.

„Verminions Halsreif? Was soll ich denn damit?“

„Du hast schon mal meinen Armreif umgehabt“, erklärte Barakkas. „Das heißt, du bist das einzige Menschenwesen, das je ein Schmuckstück aus der Finsterwelt getragen hat, ohne dass es ihn vernichtet hätte.“

„Ja und?“

„Nachdem Verminion jetzt tot ist, du, Charlie Benjamin, aber noch lebst, sollst du den Reif an seiner statt tragen und uns helfen, den Fünften zu beschwören.“

Charlie gefror das Blut in den Adern. „Aber … ich dachte, dazu müssen vier Namhafte zusammenkommen.“

„Schon – weil vier Schmuckstücke zusammenkommen müssen. Auf den Träger kommt es nicht an, nur auf das Schmuckstück." Er deutete mit den Hörnern auf den Halsreif.

„*Du* kannst unser vierter Namhafter sein, Charlie Benjamin."

Da begriff Charlie endlich, was Slagguron gemeint hatte, als er beim Überfall auf den Albtraumdienst zu Barakkas gesagt hatte: „Es besteht noch Hoffnung." Verminions Tod hatte nicht alle Pläne der Namhaften zunichtegemacht … jedenfalls nicht, solange sie noch Charlie hatten.

Er schüttelte den Kopf. „Kommt nicht infrage."

„Denk noch mal drüber nach", erwiderte Barakkas. „Wenn du dich weigerst, musst du nämlich sterben."

Charlie zuckte die Achseln. „Kann sein. Vielleicht portaliere ich mich aber vorher auch hier weg. Wollen wir ausprobieren, wer schneller ist?"

„Jetzt mach nicht so ein Theater!", kreischte Tyrannus und flatterte auf ihn zu. „Du musst mitmachen, du *musst*, denn du bist der einzige Mensch, der das *kann*!"

„Nicht ganz", sagte da jemand hinter Charlie.

Charlie fuhr herum und sah den mit blutenden Wunden übersäten Pinch hinter sich stehen. Pinch grinste grimmig. Die Resignation, die in seinem noch so knabenhaften Gesicht zu lesen war, konnte man bestenfalls verstörend nennen. „Charlie konnte den Armreif seinerzeit tragen, weil er ein Zwiefacher ist. Das bin ich auch."

„Nicht, Edward!", sagte Charlie. „Tu's nicht."

„Ich habe nichts mehr zu verlieren", entgegnete Pinch leise. „Jetzt hassen mich alle … der ganze Albtraumdienst. Sie geben mir die Schuld …" Er deutete auf das Massaker. „Ich kann's ihnen nicht verdenken … An ihrer Stelle würde ich mich auch hassen."

„Sie werden dir auch wieder verzeihen, Edward", widersprach Charlie. „Ganz bestimmt. Auch wenn es eine Weile dauert."

Edward schüttelte den Kopf. „Ich sehe vielleicht aus wie ein Kind, Charlie, aber du *bist* eins. Du musst noch viel über die Menschen lernen. Sie verzeihen nicht und sie vergessen nie." Er legte den Kopf in den Nacken und sah zu Barakkas hoch. „Was gebt ihr mir, wenn ich das für euch übernehme?"

„Dein Leben", erwiderte Barakkas grinsend. Fleischbrocken hingen ihm zwischen den Zähnen. „Und einen Platz an unserer Seite. Der Fünfte will dich bestimmt hierbehalten, damit du weitere Portale in die Finsterwelt öffnest … um zu unserer Verstärkung mehr Monster herzuschaffen."

Pinch schloss die Augen und überlegte, welchen Weg er wählen sollte.

„Die lügen doch wie gedruckt!", sagte Charlie. „Das weißt

du selber. Wenn man gemacht hat, was sie wollen, bringen sie einen um.“

„Na und? Ich habe sowieso nichts mehr, wofür es sich zu leben lohnt.“

Wer hoch steigt, wird tief fallen, hatte die Rektorin gesagt.

Pinch, der einst einer der begabtesten Zwiefachen gewesen war, die es jemals gegeben hatte, hatte nach seiner Reduzierung den größten Teil seines Lebens in tiefster Verzweiflung zugebracht. Dann war er durch ein Wunder – ja, so durfte man es nennen – wieder ganz nach oben gekommen, hatte seine Gabe wiedererlangt und Verminion erschlagen …

Das alles *noch einmal* zu verlieren, war ihm ein unerträglicher Gedanke.

Er streckte die Hand aus, eine schmale, glatte Hand, und berührte Verminions Halsreif. Sogleich schrumpfte das Schmuckstück auf die passende Größe zusammen.

„Bitte überleg es dir noch mal, Edward!“, flehte Charlie. „Es ist noch nicht zu spät.“

„Werd endlich erwachsen, Charlie“, entgegnete Pinch, legte sich den Halsreif um und ließ den Verschluss einrasten.

Mit einem Mal leuchteten alle vier Schmuckstücke mit einer Helligkeit, die der Sonne Konkurrenz machte.

Tyrannus gackerte ausgelassen. „Jetzt geht die Party erst richtig los!“

„Ha!“, rief Slagguron und richtete sich auf. „Ich fühl mich super!“

„Ich auch …“, rief Pinch, das Gesicht zu einer ekstatischen Grimasse verzogen. „Ich hätte nie gedacht, dass man sich so herrlich fühlen kann!“

„Ihr habt Recht!“ Barakkas’ orangefarbene Augen leuchteten jetzt dunkelrot vor unstillbarer Gier. „Es ist so weit!“

Charlie wich zurück. Er war zutiefst niedergeschlagen, weil es ihm vorkam, als hätte er sich selbst, seine Freunde, ja, vielleicht sogar die ganze Menschheit verraten.

„Fangen wir also an, meine Freunde!“, donnerte Barakkas. „Lasst uns mit vereinten Kräften den Fünften rufen!“

Und so begann das Ritual der Beschwörung.

VIERTER TEIL

Der Fünfte

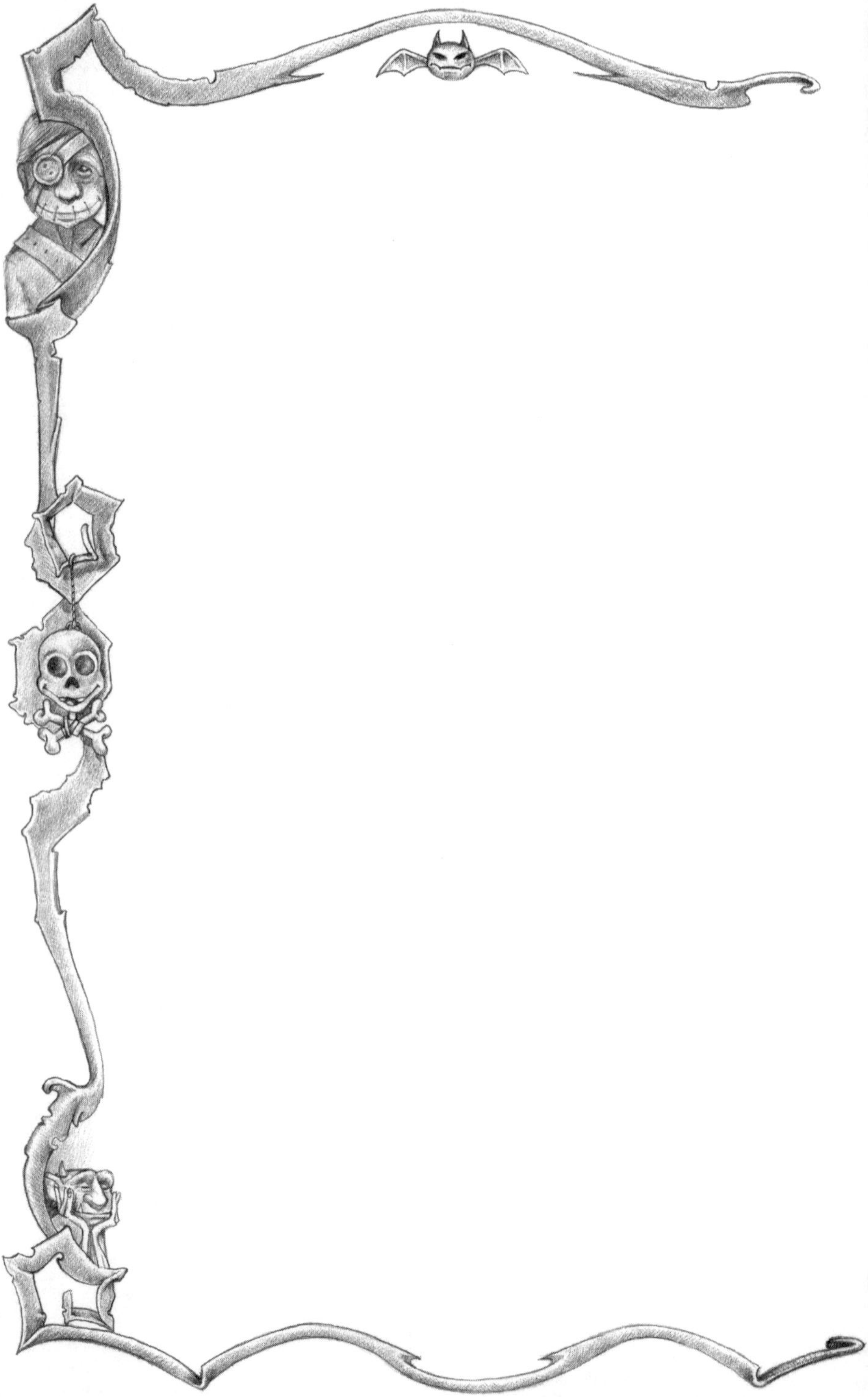

20. KAPITEL

Pearl

Die Schmuckstücke der Finsterwelt leuchteten so hell, dass Charlie die Augen schließen musste, wenn er nicht geblendet werden wollte. Er hätte die Gelegenheit nutzen und sich wegportalieren sollen … aber er brachte es nicht über sich, einfach abzuhauen. Er wollte wissen, was sich hier nun abspielte.

„Lasst es einfach zu!", röhrte Barakkas. „Fühlt sich das nicht herrlich an? Haben wir uns nicht unser Leben lang danach gesehnt?"

„Ja!", rief Pinch freudetrunken. „Halt mal … ich sehe ein Tor vor mir … ein helles, leuchtendes Licht!"

„Mach es auf!", befahl Slagguron. „Das ist das Tor zum Fünften. Wir müssen es öffnen, damit er zu uns kommen kann!"

„Der Fünfte ist *freundlich*", kreischte Tyrannus. „Der Fünfte ist *gnädig*!"

Ein lautes Brausen hallte durch die Höhle. Es ging Charlie durch Mark und Bein, drang bis in sein Innerstes. Eine sengende Hitze brach über ihn herein, verwandelte das Eis in Dampf, der ihm das Gesicht verbrühte. Das Licht war inzwischen so grell, dass es sogar durch seine geschlossenen Lider flimmerte und sich ihm wie ein rot glühender Dorn ins Gehirn bohrte.

„Das Tor ist offen!", jubelte Pinch.

„Komm heraus!", rief Slagguron.

„Der Fünfte ist nahe!", kreischte Tyrannus. Und dann: *„Der Fünfte ist da!"*

Das Licht war nicht mehr ganz so grell, das Brausen wurde leiser und die drückende Hitze ließ nach. Dann wurde es ganz still in der Höhle der Namhaften, man hörte nur das Wasser von den Wänden rinnen und unzählige Füße über den Boden tappen, als die aufgescheuchten Finsterweltgeschöpfe ängstlich das Weite suchten.

Charlie schlug die Augen auf.

Der Fünfte stand mitten in der Höhle, umringt von den anderen drei Namhaften und Pinch. Wie bei seiner ersten Begegnung mit dem Wächter hatte Charlie etwas ganz anderes erwartet …

Der Fünfte war eine Frau. Sie war mehr als zwei Meter groß und damit zwar größer als jeder Mensch, aber im Vergleich zu den turmhohen anderen Namhaften geradezu zwergenhaft klein. Außerdem sah sie umwerfend aus. Charlie fühlte sich von ihrer fremdartigen Schönheit so angezogen, dass es ihm unangenehm war. Ihre Haut war von makellosem Scharlachrot – Blutrot – ihre großen Katzenaugen leuchteten wie funkelnde, dunkelrote Edelsteine. Sie hatte vier Arme und vier Hände, und ihre spitzen, makellos manikürten Fingernägel hatten dieselbe Farbe wie ihre Augen. Ihre Beine waren lang, ihre Kurven verführerisch weiblich. Die silbernen, zerzausten Haare schienen sich – gegen den Wind – von allein zu bewegen, als besäßen sie ein Eigenleben.

„Hallo, meine Kinder", sagte sie mit einer Stimme, golden wie Honig und nahrhaft wie süßer Rahm. „Ich habe lange darauf warten müssen, meine Kinderlein wiederzusehen."

Die Namhaften verbeugten sich. Charlie fiel auf, dass Pinch es ihnen gleichtat.

Der, beziehungsweise *die* Fünfte ließ mit überlegener Trägheit den Blick in die Runde wandern, vornehm und majestätisch wie eine Göttin. „Wo ist Wasser?"

„Wasser, Herrin?", fragte Barakkas mit immer noch gesenktem Haupt zurück.

„Ich heiße Pearl", erwiderte sie. Charlie glaubte, einen Anflug von Belustigung aus ihrem Tonfall herauszuhören. „Ich meine die Krabbe. Den Herrn des Wassers. Ich sehe ihn nirgends."

„Ach, du meinst Verminion." Jetzt hob Barakkas den Blick.

Sie nickte. „Ja, Verminion … wenn ihr ihn so nennt."

„Allerdings."

„Soso." Ihr Blick blieb auf Slagguron haften. „Ich sehe hier den Wurm, den Herrn der Erde …"

„Willkommen", erwiderte Slagguron kehlig.

Sie wandte sich an Tyrannus. „Und da ist die Fledermaus, der Herr der Lüfte."

Tyrannus flatterte mit seinen Riesenflügeln. „Wenn ich fliege, sterben die Menschen wie *Fliegen*!"

„Aber klar, mein Kleiner. Und dann hätten wir noch dich." Sie nickte Barakkas zu. „Mein herrlicher Herrscher des Feuers."

Wie zur Bestätigung stampfte Barakkas mit dem Riesenhuf auf den blanken Fels, dass die Funken nur so sprühten. „Jawohl – das Feuer ist mein Element!", bestätigte er prahlerisch.

Die Fünfte nickte zustimmend. „Vor mir stehen also die Herrscher der Erde, der Lüfte und des Feuers – aber nicht des Wassers. Wie kommt das?"

„Der Herr des Wassers ist tot", antwortete Barakkas. „Er wurde umgebracht … von diesem Menschen hier." Er zeigte auf Pinch und spuckte das Wort „Mensch" wie etwas Ungenießbares aus.

Die Fünfte wandte den Kopf.

Charlie, der von seinem Versteck aus zusah, spürte, dass Pinch am liebsten weggelaufen wäre – aber er hielt die Stellung.

„Edward Pinch", sagte die Fünfte gedehnt.

„Du weißt, wie ich heiße?“

„Allerdings. Ich kenne alle meine Kinder … und jetzt bist du eins davon. Das gefällt dir hoffentlich.“

Edward lächelte. „Ja. Klar. Vielen Dank.“

„Wenn du Lust hast, murks ihn ab“, warf Barakkas beiläufig ein. „Jetzt, wo du hier bist, haben wir keine Verwendung mehr für ihn.“

Sie drehte sich bedächtig nach Barakkas um. „Ich darf ihn töten? Wie nett von dir, mir die Erlaubnis zu erteilen, Feuer. Wie überaus *großzügig*.“

Barakkas fühlte sich deutlich unwohl. „So hab ich das nicht gemeint. Du bist natürlich die Mächtigste hier und es wäre mir nie in den Sinn gekommen …“

Sie machte eine kurze Handbewegung und der rothäutige Namhafte wurde von einem Flammeninferno verzehrt. Das Feuer brannte so hell und heiß, dass der Fels unter ihm schmolz.

Im Nu waren die Flammen wieder erloschen und ließen etwas zurück, was aussah wie eine ganz aus Asche gefertigte Statue von Barakkas.

Die Fünfte schürzte die Lippen und pustete.

Die Aschefigur rutschte zusammen und zerstob in einer Wolke, die die Höhle mit dickem, erstickendem Qualm erfüllte. Barakkas, der erste Namhafte Herrscher der Finsterwelt, war nicht mehr.

Slagguron und Tyrannus wichen erschrocken zurück.

„Pearl liebt ihre Kinder", verkündete die Fünfte, ohne eine Miene zu verziehen. „Aber manchmal müssen Kinder bestraft werden."

Charlie traute seinen Augen nicht. Sogar Pinch schien von Barakkas' so beiläufigem wie unerwartetem Feuertod wie vor den Kopf geschlagen.

„Wir würden nie etwas tun, was dich erzürnt", sagte Slagguron feierlich und verbeugte sich bis zum Boden. „Jetzt nicht und nicht bis ans Ende aller Zeiten."

„Das weiß ich doch", erwiderte die Fünfte mit übertriebenem Ernst, als wäre ihr nichts auf der Welt wichtiger, als Slaggurons Bedenken zu zerstreuen. „Zumindest nicht absichtlich. Allerdings könnt ihr natürlich auch nicht aus eurer Haut. Es liegt … wie sag ich's am besten … in eurer Natur, die Vorherrschaft anzustreben. Dazu seid ihr da. Deshalb haben meine unartigen Jungs auch nicht immer brav miteinander gespielt."

„Bitte glaub mir doch!", erwiderte Slagguron. „Ich gebe dir mein Wort darauf, dass wir nie …"

Er hatte noch nicht ausgeredet, da schnippte sie mit dem Zeigefinger der unteren linken Hand. Seine graue Haut verwandelte sich zu Stein und er konnte sich nicht mehr rühren. Noch ein Fingerschnipsen und er zerbröckelte wie ein morscher Fels bei einem Erdbeben und rieselte schließlich als Sandhaufen in sich zusammen.

Es dauerte keine drei Sekunden, da lag Slagguron, der

dritte Namhafte Herrscher der Finsterwelt, entstanden aus Erde, tot am Boden.

Die Fünfte wandte sich Tyrannus zu.

„Hallöchen", sagte Tyrannus und lächelte unsicher. „Dein kleiner Tyrannus freut sich sehr, dass du diese bösen Buben … aus dem Weg geräumt hast. Wie du schon gesagt hast, sie waren beide ganz unartige Jungs, die eine ordentliche Abreibung verdient haben!"

„Ach ja?"

„*Na klar!*", brüllte Tyrannus. „Du warst noch viel zu nachsichtig mit ihnen! Es waren Lügner und Diebe, alle beide! Sie wollten deine Macht bloß ausnutzen!"

„Ganz anders als du, nicht wahr?"

„Ich? Oh nein! Den guten alten Tyrannus gelüstet es nicht nach Macht! Er möchte nur dienen. Er möchte sich nützlich machen! Tyrannus liebt seine Herrin!" Das riesenhafte Ungeheuer grinste hoffnungsvoll – ein abstoßender Anblick. „Hat die Herrin ihren kleinen Tyrannus denn auch lieb?"

„Aber ja doch", antwortete die Fünfte freundlich. „Sie hat alle ihre Jungs lieb, einen wie den anderen."

„Einen wie den anderen?"

„Ja. Gleiche Behandlung für alle."

Unter panischem Geflatter schwang sich Tyrannus empor und versuchte, durch das Loch in der Höhlendecke zu entkommen.

Zu spät.

Die Fünfte schnipste mit den Fingern der rechten unteren Hand und ein Tornado verschlang Tyrannus mit Haut und Haaren. Er wehrte sich gegen die wütenden Winde, aber sie waren übermächtig. Der von der Fünften herbeigezauberte Wirbel drehte sich immer schneller, bis Charlie Tyrannus nicht mehr erkennen konnte. Die Fünfte nickte knapp, der Tornado verflüchtigte sich und nahm Tyrannus mit sich fort, dorthin, von wo es keine Wiederkehr gab.

So kam es, dass auch Tyrannus, der vierte Namhafte Finsterweltherrscher, der Luftgeborene, ganz plötzlich nicht mehr war.

Charlie war ganz benommen.

Über zwanzig Jahre lang hatte es der größten Anstrengungen des Albtraumdienstes plus eines gewaltigen Haufens Glück sowie der Arbeit dreier Zwiefacher bedurft, um nur einen einzigen Namhaften unschädlich zu machen. Und jetzt hatte die Fünfte im Handumdrehen den verbliebenen dreien einfach so den Garaus gemacht.

Dabei schien es sie nicht mal besonders angestrengt zu haben.

Die Fünfte wandte sich an Pinch.

„Na, mein Kleiner, hast du deine Pearl denn auch lieb?"

„Ja."

„Hast du Angst vor mir?"

„Ja."

Sie nickte. „Gut. Ehrlichkeit weiß ich zu schätzen. Mehr verlangt Pearl nicht von ihren Babys. Ehrlichkeit und bedingungslosen Gehorsam."

„Verstehe."

Sie ging auf ihren langen, leuchtend roten Beinen zu ihm hinüber. Sie war beinahe doppelt so groß wie er und fixierte ihn von oben herab. „Du hast jetzt die Wahl: Du kannst dich mir anschließen und dich an einer Welt rächen, die dich abgewiesen hat … oder du kannst in diese Welt zurückkehren."

„Würdest du mich denn gehen lassen?"

Sie nickte. „Pearl möchte kein Kind gegen seinen Willen hierbehalten. Wenn ihre Babys unglücklich sind, leidet sie auch. Aber …", sie lächelte milde, „… Pearl hat viele Herrlichkeiten für ihre kleinen Babys vorgesehen, die bei ihr bleiben und ihr Liebe und Ergebenheit erweisen. Für den, der sich ihr anschließt, ist die Erde eine Schatztruhe, die vor fleischigen Leckereien überquillt – und Pearls kleine Helfer dürfen sich nach Herzenslust bedienen."

„Ja!" Pinch blickte starr in ihre Juwelenaugen. „Das will ich. Ich will alles."

„Ich weiß, dass du das willst." Sie streichelte ihm mit vier langfingrigen Händen den Kopf. Charlie schüttelte sich vor Ekel. „Möchtest du Pearl jetzt behilflich sein und ihr ein Portal zum Innenkreis öffnen? Sie hat dort noch mehr Kinder, die sie schon ewig nicht mehr gesehen hat …"

„Gut."

Pinch schloss die Augen und tat ein gigantisches Portal zum Innenkreis der Finsterwelt auf.

Charlie kannte den Anblick. Er hatte selbst schon Portale dorthin geöffnet – zum allgemeinen Entsetzen – aber diesmal bot sich ihm ein ganz anderes Bild. Er schaute in einen weitläufigen Hof voller Fünfer-Monster. Die Ungeheuer tanzten um irgendwelche absurden Standbilder herum, die jeweils einen der Herrscher der Finsterwelt darstellten. In jeder Ecke des Hofes stand ein Palast, für jeden Namhaften einer. Der Himmel darüber glich einem feuerrot brodelnden Kessel.

Als die Ungeheuer das gewaltige violette Portal sahen, hielten sie inne.

„Kommt, meine Kinder", sagte die Fünfte sanft und winkte den Finsterweltgeschöpfen. „Kommt auf die Erde. Kommt zu Pearl."

Die Monster eilten ihr entgegen, strömten durch das Portal. Schon schmiegten sie sich wie junge Hunde an sie und sie streichelte zärtlich ihre abscheulichen Fratzen.

„Pearl liebt ihre Kinder. Pearl will ihren Babys die ganze Welt schenken."

Mit gurrenden Lauten lockte sie immer noch mehr Scheusale aus den Palästen der Namhaften. Finsterkrabbler und Ektosumpfler, Finsterlinge und Hexen, Monsterus, Säurespucker und noch viele andere Kreaturen, die Charlie noch nie gesehen und von denen er noch nie etwas gehört hatte, drängten sich in der Höhle.

„Auf!“, sagte die Fünfte fröhlich. „Die Erde wartet darauf, von uns erobert zu werden, meine Kinder! Ihr seid alle herzlich eingeladen mitzukommen!“ Dann drehte sie sich nach Charlies Versteck um. „Du übrigens auch, Charlie Benjamin.“

Charlie erstarrte vor Schreck.

„Komm raus, Kind. Niemand tut dir was.“

Charlie trat hinter dem Felsbrocken hervor. Im Nu war er von Monstern umringt, die auf ihn losgingen wie ferngesteuerte Raketen.

„Bedrängt ihn nicht so, Kinder“, mahnte die Fünfte liebevoll. Sofort wichen die Finsterkreaturen zurück und Charlie hatte wieder Platz. Er staunte, wie sie der Fünften aufs Wort gehorchten. „Edward, ich glaube, du kennst unseren Gast schon.“

„Allerdings“, sagte Pinch, und Charlie hörte an seinem Tonfall, dass er hier nicht erwünscht war – jedenfalls nicht, was Pinch anging.

„Möchtest du dich mir und Edward anschließen?“, fragte die Fünfte liebenswürdig. „Diese Welt hat so viel zu bieten, dass es für uns alle reicht.“

„Lieber nicht“, antwortete Charlie.

„Nicht?“ Sie schien nur milde gekränkt zu sein, als hätte Charlie von einem von ihr zubereiteten Essen keinen Nachschlag genommen. „Macht nichts. Dann darfst du gehen. Und erzähl jedem, erzähl *der ganzen Welt,* dass alles, was sie bis jetzt erlebt haben, nur ein kleiner Vorgeschmack, nur eine Kostprobe des Verderbens war, das Pearl und ihre süßen Kinderchen bald über sie hereinbrechen lassen."

Spielt sie mit mir, überlegte Charlie, oder hat sie wirklich vor, mich laufen zu lassen?

„Ich mische mich nur ungern ein", sagte Pinch, „aber Benjamin ist … sehr begabt. Wenn wir ihn laufen lassen, wird er unser stärkster Feind sein."

Wir.

Wäre nicht alles so schrecklich gewesen, hätte Charlie sich über diese Wortwahl amüsiert. Anscheinend zählte sich Pinch schon ganz offiziell zu den Finsterweltgeschöpfen.

Die Fünfte schien überrascht zu sein. „Ach ja? Ist er tatsächlich so begabt?" Sie beäugte Charlie. „Willst du dich uns nicht doch anschließen, mein Kind? Pearl hat ein großes Herz – da ist noch viel Platz."

„Auf gar keinen Fall", erwiderte Charlie. „Niemals."

„Wie schade." Sie wandte sich wieder den Monstern zu, die unvermindert durch Pinchs Portal hereingeströmt kamen.

„Auf ihn Kinderchen – *tötet ihn!*"

Es ging so schnell, dass es schon vorbei war, ehe Charlie klar wurde, was sich überhaupt abspielte.

Eine wahre Monsterwoge flutete mit gefletschten Zähnen und erhobenen Zangen auf ihn zu. In dem Augenblick, als die tödlichen Kreaturen über ihn herfallen wollten, tat Charlie ein Portal auf, hechtete hinein und schlüpfte hindurch.

Gerade noch rechtzeitig hatte er sich in die Finsterwelt geflüchtet.

21. Kapitel

Endlich wieder zu Hause

In den Ruinen des Plenarsaals hielt Reginald Drake den überlebenden Portalern und Bezwingern eine Ansprache. Die Rektorin war nicht anwesend, ebenso wenig Rex, Tabitha, Charlie, Violet und Theodor. Dafür stand William, sein General, schweigend neben ihm.

„Ich wünschte von ganzem Herzen, dass ich mich geirrt hätte", sagte Präsident Drake feierlich. „Ich wünschte, ich könnte heute vor Ihnen stehen und die Namhaften und ihre grausame Gefolgschaft wären nur noch eine verschwommene Erinnerung. Ich wünschte, ich könnte mich bei Ihnen entschuldigen, weil ich die Zwiefachen falsch eingeschätzt habe – weil Edward Pinch, Rektorin Brazenhope und Charlie Benjamin nur unser Allerbestes wollten.

Leider ist dem nicht so.

Man hat uns verraten, meine Damen und Herren! So abscheulich und hinterhältig, wie es nur geht. Warum hat Charlie Benjamin den Wächter vergiftet? Aus purem Egoismus? Aus Habgier? Das werden wir wohl nie erfahren. Wir wissen nur, dass er als Einziger mit diesem liebenswerten Geschöpf allein war ... und dass es starb, kurz nachdem es mit ihm in Berührung gekommen ist. Welche Qualen hatte es wohl auszustehen? Hat es vor Schmerzen geschrien? Hat es gewinselt?

Auch das werden wir nie erfahren.

Und Edward Pinch? Hat er uns alle absichtlich ins offene Messer laufen lassen? Es sieht ganz danach aus. Inzwischen steht fest, dass er mit den Monstern der Finsterwelt gemeinsame Sache macht, und wir müssen davon ausgehen, dass er schon die ganze Zeit über mit ihnen unter einer Decke gesteckt hat. Warum? Weil er genauso wie die anderen Zwiefachen, vor allem eines ist: machtgierig. Offenkundig ist er zu dem Schluss gekommen, dass er als Verbündeter der Namhaften am schnellsten zu noch mehr Macht gelangt.

Womit wir bei der Rektorin wären.

Wer hat die Zwiefachen ausgebildet? Wer hat sich für sie eingesetzt, als sämtliche Stimmen der Vernunft sich gegen ihre üblen Machenschaften ausgesprochen haben? Wer hat ihnen trotzdem Aufträge erteilt und sie gedeckt, auch wenn sie kläglich gescheitert sind? Muss ich den Namen noch aussprechen? Ich spreche von Rektorin Brazenhope, der Urheberin ihrer Niedertracht – von wem sonst.

Diese drei – Edward Pinch, Rektorin Brazenhope und Charlie Benjamin – haben uns ins Verderben geführt.

Während wir noch hier versammelt sind, ist die Fünfte

erschienen und versammelt ihrerseits die Heerscharen der Finsterwelt um sich. Für Reue ist es zu spät, für Wiedergutmachung ebenso. Uns bleibt nur, mit klarem Kopf und tapferem Herzen in die Zukunft zu blicken. Wir müssen uns den schrecklichen Ungeheuern, die sich bis vor Kurzem auf unsere Albträume beschränkten, zum Kampf stellen.

Die Erinnerung an unsere gefallenen Brüder und Schwestern hat sich mir unauslöschlich eingeprägt. Und so stelle ich mich zur Verfügung, gemeinsam mit General Dagget an der Spitze unserer Truppen eine bessere Zukunft zu erstreiten."

Der Präsident wandte sich nach William um, der immer noch wie in Gedanken versunken stumm in die Menge blickte.

„Möchten Sie dem irgendetwas hinzufügen, General Dagget?"

William rührte sich nicht.

„William?"

„Nein", erwiderte der General schließlich heiser. „Ich glaube, Sie haben alles gesagt."

Der Präsident wandte sich wieder an die Zuhörer.

„Die Ära der Zwiefachen ist um. Freuen wir uns auf ein neues, goldenes Zeitalter der Logik und der Vernunft. Wir werden unsere ruhmvolle Institution wieder aufbauen. Ich rufe alle Bezwinger und Portaler auf – unterstützen Sie *uns*", er nickte William zu, „wenn wir uns der Armee der Finsterwelt entgegenstellen und jenen, die uns Übles wollten, den

Rücken zukehren. Jenen, die wir nunmehr ins Exil schicken werden, jenen, die sich … Zwiefache nennen.“

Erst hätte man eine Stecknadel fallen hören können, dann erscholl Applaus. Anfangs klatschten nur wenige, dann schwoll das Klatschen zu einem donnernden Brausen an, das in dem großen Saal widerhallte. Die überlebenden Bezwinger und Portaler standen auf und bewiesen mit ihrem begeisterten Beifall, dass sie zu ihrem Präsidenten hielten, den sie so verhängnisvoll verkannt hatten. Und gleichzeitig demonstrierten sie damit ihre Ablehnung gegenüber Charlie Benjamin und seinen Freunden.

„Was bedeutet ‚Exil‘ überhaupt?“, fragte Theodor. Er, Charlie und Violet warfen Muscheln über die Reling der Albtraumakademie. Trotz des sonnigen Tages mit dem strahlend blauen, wolkenlosen Himmel lag ein kalter Hauch in der Luft. Charlie sagte sich, dass sich der Winter ankündigte. Aber immer wieder drängte sich ihm der Gedanke auf, dass die Kälte mit dem Tod des Wächters zu tun hatte, denn jetzt war die Akademie nicht mehr vor den Finsterweltkreaturen geschützt.

„Ich weiß auch nicht, was sie mit ‚Exil‘ meinen“, antwortete Charlie. „Fest steht, dass uns der Albtraumdienst loswerden will. Ob es noch etwas Ernsteres bedeutet, also ob sie uns verhaften oder reduzieren oder sonst was wollen … frag mich nicht. Das könnte uns wahrscheinlich die Rektorin beantworten, aber die ist …“ Er zuckte die Achseln und seufzte tief. „Du weißt schon.“

„Ist sie immer noch nicht aufgewacht?“, erkundigte sich Violet.

Charlie schüttelte den Kopf. „Mama Rose kümmert sich auf der Krankenstation um sie, aber … ich nehme an, sie ist ziemlich schwer verwundet. Wie schwer, will man mir dort nicht sagen.“

„Ich habe noch niemanden gegen so viele Monster gleichzeitig kämpfen sehen“, sagte Theodor. „Sie ist echt unglaublich.“

„Stimmt“, bestätigte Violet. „Aber jetzt mal im Ernst. Wie kann irgendwer auf die bescheuerte Idee kommen, dass sie, oder du“, sie nickte Charlie zu, „den Wächter umgebracht hat?“

Charlie zuckte die Achseln. „Das wüsste ich auch gern. Aber sie wollen es ganz klar mir in die Schuhe schieben.“

„Ich glaube dir jedenfalls.“

„Ich auch.“ Theodor starrte trotzig in den Dschungel. Irgendwo tief unten kreischte ein Vogel. „Weil ich nämlich weiß, wer der richtige Mörder ist.“

Charlie und Violet drehten sich erschrocken nach ihm um.

„Du willst uns nicht verarschen, oder?“, fragte Charlie.

Theodor schüttelte den Kopf. Charlie platzte zwar vor Neugier, aber er wartete ab, bis Theodor so weit war, dass er es ihnen von sich aus sagte. Schließlich sah Theodor sie an.

„Mein Vater."

„Das kann nicht sein!", widersprach Charlie energisch. „Dein Vater ist doch General … er soll den Albtraumdienst beschützen, nicht ihn zerstören!"

„Stimmt", sagte Theodor leise. „Trotzdem habe ich ihn auf frischer Tat ertappt. Er hatte den toten Wächter im Arm und wollte ihn grade auf dem Eisboden ablegen."

„Vielleicht hat es nur so ausgesehen", meinte Violet nachdenklich. „Schließlich glauben alle anderen, Charlie hätte es getan und der war es auch nicht."

Theodor schüttelte den Kopf. „Ich weiß, was ich gesehen habe. Ich habe gesehen, dass mein Vater ein Ungeheuer ist."

Ungeheuer.

Das Wort hing in der Luft.

„Wie bist du eigentlich entkommen?", fragte Charlie dann.

„Ich habe uns wegportaliert. Mich, meinen Vater und den Präsidenten."

„Hast du hinterher mit ihm darüber geredet?", fragte Violet. „Mit deinem Vater, meine ich. Vielleicht hat er eine Erklärung für …"

Theodor unterbrach sie. „Ich rede nie mehr ein Wort mit ihm. Was mich betrifft, habe ich keinen Vater mehr."

Charlie wusste nicht, was er sagen sollte, während Violet schlicht den Kopf auf Theodors Schulter legte.

„Na, ihr?"

Charlie blickte auf und sah ein Stockwerk tiefer Brooke entlangschlendern. Wie üblich hatte sie ihren Freund Geoff im Schlepptau.

„Hallo, Brooke", rief er. „Alles klar bei euch?"

„Ja. Wir gehen ein paar Freunde besuchen."

„Aha. Na dann, viel Spaß!"

„Danke. Bis nachher." Sie winkte.

„Tschüss, Brooke", rief Violet. „Und noch mal vielen Dank für das Portal in der Höhle. Du hast mir das Leben gerettet."

„Das hätte ich gar nicht auftun können, wenn du mir nicht die Monster vom Leib gehalten hättest, also hast du mir genauso das Leben gerettet", erwiderte Brooke lächelnd, dann gingen die beiden weiter.

„Was findet sie bloß an dem Typ?", ächzte Theodor.

„Ist mir auch schleierhaft", antwortete Violet. „Vielleicht liegt es ja daran, dass er ziemlich gut aussieht."

„Der? Meinst du das im Ernst? Na ja, vielleicht, wenn man auf große, durchtrainierte Blonde steht!" Theodor prustete los, als sei die bloße Vorstellung lächerlich.

„Er ist unkompliziert", warf Charlie ein. „Einfach gestrickt. Vielleicht braucht sie zurzeit so jemanden."

„Ich bin auch unkompliziert!", konterte Theodor. „Oder

fällt dir irgendwer ein, der noch unkomplizierter ist als ich? Ich bin wie ein einteiliges Puzzlespiel!"

Charlie und Violet sahen ihn verdattert an, dann brachen sie in schallendes Gelächter aus.

„Was denn?"

Sie lachten so lange, bis Theodor mitlachen musste. Damit war die Spannung zwar nicht ganz abgebaut, aber es war eine willkommene Unterbrechung.

„Eins will ich euch noch sagen", setzte Charlie an, als sie sich wieder einigermaßen beruhigt hatten. „Ohne euch beide hätte ich es niemals so weit gebracht. Ich kann's nicht genau erklären, aber ihr beide … na ja … ihr bedeutet mir echt alles."

„Ich glaube, damit hast du es ziemlich gut erklärt", entgegnete Violet. „Und wo wir gerade dabei sind: Mir geht es mit euch beiden ganz genauso."

„Ich schließe mich an", sagte Theodor.

Charlie drehte sich um und ließ den Blick über den weiten Ozean schweifen.

„Ich weiß auch nicht. Jedes Mal, wenn ich etwas Gutes tun will, kommt ein Riesenmist dabei raus. Wir haben die Milch geholt, damit der Wächter nicht stirbt, stattdessen hat Pinch davon getrunken, seine Gabe wiedererlangt und den Namhaften geholfen, den Fünften zu rufen. Wir haben den kleinen Jungen aus dem fünften Kreis gerettet und damit Slagguron die Flucht aus der Finsterwelt ermöglicht. Wir haben den Wächter auf die Erde geholt und hinterher waren die Hälfte aller Bezwinger und Portaler des Albtraumdienstes tot."

Er schüttelte den Kopf.

„Ich will doch nur das Richtige tun! Aber es scheint immer alles schiefzugehen."

„Dafür gibt es einen tollen Ausdruck", sagte eine freundliche Kaugummistimme hinter ihm. Als Charlie sich umdrehte, standen Rex und Tabitha da. „Man nennt es auch *Leben*."

„Hallo, Rex, hallo, Tabitha. Ich bin superfroh, dass Ihnen beiden nichts passiert ist."

„Um die Prinzessin und mich unterzukriegen, braucht es mehr als ein paar mickrige Finsterviecher."

„Und wir sind froh, dass ihr alle wohlauf seid", fügte Tabitha hinzu.

Rex grinste. „Denn wenn ihr verwundet wärt, könnten wir euch jetzt nicht bei eurer kleinen Trauerfeier Gesellschaft leisten."

„Trauerfeier!", rief Charlie. „Jetzt übertreiben Sie aber! Wir sitzen hier ja nicht rum und bedauern uns selbst – es ist schließlich einiges passiert."

„Hmm. Das ist ja grade euer Problem." Rex setzte den staubigen Stiefel auf die Reling. „Ihr glaubt noch daran, dass im Leben eins plus eins immer zwei ist. Von wegen! Manchmal kommt drei oder neunzehn dabei raus oder ein Eimer

Pech. Nur weil man was Gutes tut, heißt das noch lange nicht, dass sofort was Gutes dabei herauskommt. Und nur weil man was Böses getan hat, heißt das noch lange nicht, dass man dafür eins aufs Maul kriegt. Aber wenn man's immer wieder versucht, wenn man immer schön sauber und anständig bleibt, dann hat das Schicksal irgendwann ein Einsehen, und man ist froh, dass man nicht gekniffen hat."

„Und wann ist ‚irgendwann'?", wollte Charlie wissen.

„Tut mir leid, Junge, aber das Schicksal hört nicht auf mich."

Charlie grinste. „Eigentlich schade."

„Find ich auch, Kleiner."

„Wollt ihr zur Abwechslung eine gute Nachricht hören?", warf Tabitha ein.

„Klar doch!", sagte Violet. „Schießen Sie los!"

„Die Rektorin ist wach … und sie will euch sehen."

Die Rektorin lag in der Krankenstation unter freiem Himmel auf einer Pritsche. Mama Rose kühlte ihr mit einem feuchten Tuch die Stirn. Charlie wusste nichts Näheres darüber, wo und wie schwer sie verwundet war, aber sie wirkte schwach und gebrechlich – dabei war sie sonst das Urbild von Selbstvertrauen und Kraft.

„Ich weiß, was vorgefallen ist, Mr Benjamin", sagte sie im Flüsterton. „Wenn wir Zeit hätten, könnten wir uns jetzt darüber unterhalten, ob wir klug gehandelt haben, aber wir haben leider keine Zeit. Nun, da die Fünfte ihr Unwesen in unserer Welt treibt, werden die Monster bestimmt bald zum nächsten Angriff übergehen. Wie Sie wissen, hat Pinch uns verraten, ich meinerseits bin nicht in der Verfassung zu kämpfen, und so fällt Ihnen wohl oder übel eine verantwortungsvolle und riskante Aufgabe zu. Sie müssen eine Möglichkeit finden, wie wir der Fünften – der Herrscherin der Armee der Finsterwelt – entgegentreten und sie töten können … sonst ist alles aus."

„Verstehe", sagte Charlie und verstand überhaupt nichts. Wie sollte er gegen ein derart mächtiges Wesen antreten, gegen das nicht einmal die Namhaften etwas hatten ausrichten können?

„Vom Albtraumdienst dürfen Sie keine Hilfe erwarten, Mr Benjamin. Sie sollten sich im Gegenteil vor den Leuten in Acht nehmen, denn man ist Ihnen dort nicht wohlgesinnt. Verlassen Sie sich lieber auf Ihre Freunde." Die Rektorin sah zu Violet und Theodor hinüber. „Sie dürfen sich sehr glücklich schätzen, so treue Freunde zu haben."

„Das stimmt, Frau Rektorin."

„Wir lassen nicht zu, dass ihm was passiert!", rief Theodor munter und klopfte Charlie auf den Rücken. „Das ist eine TDG – eine Theodor-Dagget-Garantie."

„Wir werden alles tun, um ihn zu beschützen und Ihren Auftrag zu erledigen", fügte Violet hinzu. „Machen Sie sich keine Sorgen."

„Mach ich mir auch nicht“, erwiderte die Rektorin und nahm Charlies Hand. Er spürte ihre Knochen, zart und zerbrechlich wie die eines Vogels.

„Es wäre mir lieber, diese Aufgabe wäre Ihnen nicht zugefallen, Charlie“, sagte sie. „Doch es ist nicht zu ändern. Vor Ihnen liegt viel Dunkelheit … aber irgendwann wird es auch wieder hell.“

Charlie nickte. „Ja. Bestimmt.“

„Frau Rektorin …“ Rex trat näher. „Ich würde Charlie gern die ‚kleine Belohnung‘ verschaffen, von der wir gesprochen haben.“

Die Rektorin lächelte schwach und nickte. „Tun Sie das. Er hat sie sich redlich verdient.“

„Komm mit, Kleiner. Das gefällt dir bestimmt. Tabitha? Ein Portal, wenn ich bitten darf …“

Kurz darauf klopfte Charlie in einem kleinen Mietshaus, mehrere Stockwerke über einem kleinen Restaurant namens „Pizza-Paradies“ in Brooklyn, an eine ramponierte Wohnungstür. Von drinnen war ein Schlurfen zu vernehmen, gefolgt von: „Augenblick! Wir sind gleich da!“ Schließlich ging die Tür auf und dahinter standen ein fast schon glatzköpfiger, freundlich lächelnder Mann und eine Frau mit Lockenwicklern.

Sie starrten Charlie entgeistert an.

„Hallo, Mom, hallo, Dad.“

Seine Mutter brach in Tränen aus. „Charlie!“, rief sie und umarmte ihn stürmisch. Sie küsste ihm das Gesicht ab und Charlie wunderte sich, dass es ihm gar nicht peinlich war.

„Mein Sohn!“, rief Barrington Benjamin, nahm ihn Olga weg und drückte ihn an sich. „Du hast uns schrecklich gefehlt!“

„Ihr habt mir auch gefehlt. Ihr ahnt nicht, wie sehr.“

Rex folgte Charlie in die Wohnung und nach mehreren Stücken Pizza aus dem Restaurant (echt superlecker, dachte Charlie) erfuhr er, was seine Eltern in den langen sechs Monaten getrieben hatten, die sie nun schon getrennt waren. Der Albtraumdienst hatte seinem Vater eine neue Arbeitsstelle besorgt. „Batterie-Welt!“, verkündete Barrington stolz. „Wenn du irgendetwas über Batterien wissen willst, frag mich!“

Seine Mutter half ehrenamtlich in der örtlichen Suppenküche für Bedürftige aus und versuchte außerdem, eine kleine Bäckerei aufzuziehen.

„Ich rieche den ganzen Tag diese köstliche Pizza – da kann ich einfach nicht anders“, erläuterte sie.

Wie alle Leute überall auf der Welt hatten seine Eltern den Monsterüberfall auf den Zoo von San Diego im Fernsehen verfolgt. Sie bestürmten ihren Sohn mit Fragen, aber Charlie sträubte sich, sie zu beantworten – nicht, weil es ihm jemand verboten hätte, sondern weil sie sicherlich krank vor

Sorge geworden wären, wenn sie erst von seinem neuesten riskanten Auftrag erfuhren.

Das sind sie wahrscheinlich auch so schon, dachte er.

„Nett habt ihr's hier", sagte Charlie und sah sich um. Die Wohnung war viel kleiner als das Dreier-Modell, in dem er aufgewachsen war, aber seine Eltern hatten die Räume gemütlich eingerichtet und mit lauter Familienfotos dekoriert – auf denen fast ausschließlich Charlie zu sehen war.

„Die Wohnung ist gerade groß genug für uns", sagte Barrington. „Nicht zu groß und nicht zu klein – genau richtig, wie Goldlöckchen sagen würde."

Charlie lächelte. Goldlöckchen zu zitieren war typisch sein Vater.

„Dann hat der Albtraumdienst sich gut um euch gekümmert?"

„Oh ja", antwortete Olga. „Sie haben deinem Vater Arbeit besorgt, uns diese hübsche Wohnung verschafft und uns mit neuen Namen ausgestattet."

„Alberner Mummenschanz!", schnaubte Barrington. „Ehrlich gesagt war ich mit meinem alten Namen ganz zufrieden."

„Wie heißt ihr denn jetzt?"

„Smith", antwortete Olga. „Bob und Betty Smith."

Rex musste lachen. „Wahrscheinlich waren Jim und Jenny Jones schon vergeben."

„Das hab ich sie auch gefragt!“, erwiderte Barrington. „Und weißt du, was sie geantwortet haben? ‚Stimmt!‘“

Alle lachten. Nach dem Schrecken der letzten Tage tat das richtig gut. Wieder bei seinen Eltern zu sein, kam Charlie wie ein Traum vor – ein wunderschöner Traum, aus dem er am liebsten gar nicht mehr aufgewacht wäre.

„Was ist los, Charlie?“, fragte seine Mutter lächelnd. „Ich sehe doch, dass du etwas hast.“

„Es ist nur ... es ist alles so kompliziert.“ In diesem Augenblick wirkte er viel älter als dreizehn. „Na ja, ich hab da was gemacht ... und es ist irgendwie anders ausgegangen, als ich wollte.“

„Darauf kommt es nicht an“, antwortete seine Mutter schlicht.

„Du warst ja nicht dabei, Mom. Ich habe ... gewisse Entscheidungen getroffen. Ich dachte, ich tue das Richtige, und vielleicht war es auch richtig. Aber dann ist so ziemlich das Gegenteil dabei rausgekommen.“

„Darauf kommt es nicht an.“

„Doch! Ich habe die Leute, die sich auf mich verlassen haben, im Stich gelassen, und jetzt ...“

„Charlie?“

„Ja, Mom?“

„*Es ist nicht so schlimm!* Es kommt nur darauf an, dass dein Vater und ich dich lieb haben, ganz egal, was du tust. Hast du verstanden? Es ist ganz egal.“

„Hab's verstanden, Mom."

Sie strich ihm liebevoll über die Wange. „Du hast noch dein ganzes Leben vor dir, Charlie. Warum hast du es so eilig, erwachsen zu werden?"

Er umarmte sie und ihm kamen die Tränen.

Rex und Charlie standen auf dem kleinen Wohnzimmerbalkon und schauten auf die geschäftigen Straßen Brooklyns hinunter. Um das Balkongeländer war eine blinkende bunte Lichterkette geschlungen. Drinnen bereiteten Charlies Eltern den Nachtisch vor, irgendetwas mit Schokolade, Äpfeln und Schlagsahne. Es duftete schon köstlich.

„Da freust du dich, dass du deine Eltern wiedersiehst, nicht wahr?"

„Klar!"

„Aber du weißt auch, dass du sonst nicht allein bist, oder? Du hast deine Freunde und natürlich auch Tabitha und mich. Wir helfen dir, so gut wir können."

„Weiß ich. Vielen Dank."

Unten auf der Straße hörte man Glas splittern und anschließend einen Laut, der Charlie nur zu vertraut geworden war.

Das schrille Kreischen einer Monsterfledermaus.

Dann hörte man Menschen schreien und Autos hupen. Charlie und Rex sahen einander stumm an.

Es gab nichts zu sagen.

„Es geht los“, raffte sich Rex schließlich auf.

„Ja. Ich dachte, wir hätten noch ein bisschen mehr Zeit, aber wie’s aussieht, ist es schon so weit.“

Sirenengeheul und beißender Qualm stiegen in den Nachthimmel auf.

„Bist du selbst denn so weit, es mit der Fünften aufzunehmen?“, fragte Rex.

„Nein“, antwortete Charlie ehrlich. „Wie sollte ich?“

„Auch wieder wahr.“

Sie blickten beide zum Vollmond empor. Er leuchtete orangefarben durch den Smog der Stadt. In diesem Augenblick flog ein Schwarm Hexen vorbei. Ihre ledrigen Flügel zeichneten sich vor den Mondkratern ab, dann stießen sie auf die nächtliche Stadt nieder. Ihr abscheuliches, hämisches Gekicher hallte zwischen den Häusern wider, gefolgt von entsetzten Schreien und Rufen.

„Die geben sich alle Mühe, damit wir uns vor ihnen fürchten“, sagte Charlie leise. „Aber wissen Sie was?“

„Was denn?“

„Die sollten sich lieber vor *mir* fürchten.“ Er sah Rex an. „Ich bin kein Kind mehr.“

„Ich weiß“, sagte der Cowboy. „Du bist jetzt erwachsen. Und das gerade noch rechtzeitig.“

Er blickte in die dunkle Nacht voller Ungeheuer.

„Sieht ganz so aus, als hätte der Krieg der Finsterwelt begonnen.“

Dean Lorey wurde 1967 in Georgia geboren und wollte bereits als Kind zum Film. Schon während er die Filmschule der New Yorker Universität besuchte, verfasste er mehrere Drehbücher. Dean Lorey lebt mit seiner Frau, seinen zwei Söhnen und drei verrückten Hunden in Calabasas in Kalifornien.

Leseprobe aus:
Monsterjäger-Akademie, Band 1:
Das Portal des Barakkas

Charlie hatte noch nie etwas auch nur annähernd Vergleichbares gesehen.

Der Plenarsaal des Hohen Rates war der größte und eindrucksvollste Gerichtssaal der Welt. Das elegante Logo des Albtraumdienstes (ein ineinander verschlungenes A und D) nahm die ganze Stirnwand ein. Darunter thronten auf einem Podium zwölf Ratsmitglieder, alle in den gleichen dunklen Anzügen.

Den Vorsitz hatte ein grauhaariger Mann mit markanter Nase und stahlgrauen Augen. Das Schild an seinem Platz wies ihn als REGINALD DRAKE – PRÄSIDENT aus.

„Wir müssen mit dem Typ in der Mitte reden", zischte Rex, um die Sitzung, die offenkundig bereits im Gange war, nicht zu stören. „Er ist der Präsident des Albtraumdienstes."

„Entscheidet er über mich?"

„Er entscheidet alles."

Vor dem Präsidenten stand ein junger Mann und trug mithilfe einer Vielzahl visueller Hilfsmittel ein dringendes Gesuch vor. Die dreizehn Leute, die hoch über ihm saßen und ausnahmslos grimmige Mienen zur Schau trugen, verunsicherten ihn offenbar.

„Die Gremlinpopulation ist in nur zwei Jahren um zwölf Prozent gestiegen." Der junge Mann wies auf eine grafische Kurve, die seine Berechnung veranschaulichte. „Wir müssen endlich hart durchgreifen. Die Gremlins haben die Stromversorgungsnetze in Kalifornien und New York in solchem Ausmaß unterwandert, dass sich die Stromausfälle in diesem Jahr häufen dürften."

„Wie konnte es überhaupt so weit kommen?", blaffte Präsident Drake. „Sind Sie denn nicht dafür verantwortlich, die Gremlinpopulation auszudünnen? Ist das nicht Ihre Aufgabe, junger Mann?"

„Schon, aber wir können nicht so viele bezwingen, wie nachkommen und in die Welt vordringen. Im gleichen Maße, wie die Menschheit wächst" – er deutete auf eine andere Kurve, die mit „Menschheit wächst dramatisch" überschrieben war –, „nimmt auch die Zahl der Kinder zu, die unabsichtlich Gremlins in ihren Albträumen portalieren. Diese wiederum treten aufgrund der allgemeinen Verunsicherung angesichts der verheerenden Zustände in der Welt ebenfalls immer häufiger auf. Die Stromversorgung kann den andauernden Übergriffen nicht mehr standhalten. Ich habe von Kalifornien und New York gesprochen, aber tatsächlich wirken sich die Gremlins weltweit aus. Unsere Zweigstelle in London berichtet von schwerwiegenden Störungen in der Gegend um den Piccadilly Circus, und ich habe noch nicht einmal ansatzweise angesprochen, was unsere Kollegen aus Spanien, Italien und Korea melden. Wir haben es mit einer ausgewachsenen Epidemie zu tun!“

„Sie haben mich doch hoffentlich nicht aufgesucht, um hier über Ihre Versäumnisse zu jammern“, konterte der Präsident. „Sie haben doch gewiss schon einen Maßnahmenkatalog ausgearbeitet.“

„Selbstverständlich, Herr Präsident“, versicherte der junge Mann eilfertig. „Ist Ihnen der Erfolg zu Ohren gekommen, den wir mit unseren Mimic-Motels verzeichnen können?“

„Meinen Sie diese scheußlichen Pseudo-Motels, die Sie überall hochgezogen haben?“

„Jawohl, Herr Präsident. In jedem Zimmer steht ein offenes Fass Schweiß und zieht scharenweise Mimics an. Sie werden von einem Trupp Bezwinger und Portaler erwartet und in die Finsterwelt zurückgeschickt.“

„Das ist mir bekannt“, entgegnete Drake gereizt. „Machen Sie schon weiter!“

Der junge Mann schluckte schwer und fuhr fort: „Nun, Herr Präsident, wir möchten anregen, mit den Gremlins genauso zu verfahren. Weil sie sich von Elektrizität ernähren, könnten wir sie in ein falsches Elektrizitätswerk locken, das unter Aufsicht das AD steht, und sie bei ihrem Eintreffen unverzüglich bezwingen. Das wäre wesentlich effektiver, als sie um die halbe Welt zu jagen oder unsere Bezwinger in echte E-Werke einzuschleusen und das Problem scheibchenweise anzugehen.“

„Klingt knifflig", brummte der Präsident, „aber ich bin einverstanden. Vorausgesetzt, Sie sind sich darüber im Klaren, dass ich Sie persönlich für den Erfolg verantwortlich mache. In zwei Monaten erwarte ich einen Zwischenbericht. Hat sich die Lage bis dahin nicht drastisch verbessert, nehme ich gern Ihr Rücktrittsgesuch entgegen."

„Sehr wohl, Herr Präsident", erwiderte der junge Mann. „Ich werde Sie nicht enttäuschen." Er hastete zum Ausgang. Als er an Charlie vorbeikam, sagte er leise: „Viel Glück! Der Präsident hat heute eine Saulaune."

„Vielleicht kommen wir lieber an einem anderen Tag wieder", raunte Charlie Rex zu, aber ehe Rex etwas entgegnen konnte, schallte schon der Ruf des Präsidenten durch den Saal: „Und wen haben wir da?" Sein Blick durchbohrte Charlie förmlich.

Pinch trat vor. „Edward Pinch, Herr Präsident, zu Ihren Diensten. Wir bringen Ihnen den Kleinen. Den Jungen, den wir im Auge behalten sollten."

„Ausgezeichnet. Komm her, mein Junge. Wie heißt du?"

Mit klopfendem Herzen ging Charlie den Mittelgang entlang, bis er vor dem Hohen Rat stand. „Ich heiße Charlie. Charlie Benjamin."

„Ach ja, jetzt fällt es mir wieder ein. Du darfst mich übrigens mit ‚Herr Präsident' anreden. Das entspricht meinem hohen Rang."

„Äh, Entschuldigung", erwiderte Charlie. „Ich meine, Entschuldigung, Herr Präsident!", verbesserte er sich rasch.

Drake brummelte etwas vor sich hin und wandte sich wieder an Pinch. „Hat sich bestätigt, dass er mit einer starken Gabe ausgestattet ist?“

„Allerdings, Herr Präsident. Wir haben selbst erlebt, wie er eine Fünfer-Silberzunge portaliert hat.“

„Eine Fünfer, soso.“ Drake pfiff anerkennend durch die Zähne. „Das ist allerdings ungewöhnlich. Hat er noch mehr Portale geschaffen?“

„Na ja, ein, zwei Tage davor hat er einen Vierer-Mimic portaliert, der sich seiner Mutter bemächtigt hat. Außerdem sind wir so gut wie sicher, dass er auch für das Erscheinen eines Dreier-Finsterkrabblers verantwortlich ist, der vor kaum zwei Wochen bei einer Pyjamaparty etliche Kinder eingesponnen hat.“

„Wollen Sie damit andeuten, dass er im Lauf nur einer Woche von Dreiern zu Fünfern übergegangen ist?“

„Unglaublich, nicht wahr? Seine Kräfte wachsen außergewöhnlich schnell. Und nicht nur das. Zeitungsberichten zufolge hat der von ihm portalierte Finsterkrabbler nur die anderen Kinder eingesponnen und ihn selbst nicht behelligt.“

„Das ist ja nicht zu glauben.“

„Darüber habe ich mich ehrlich gesagt auch schon gewundert“, warf Charlie ein. „Warum hat er ausgerechnet mich in Ruhe gelassen?“

„Weil Finsterkrabbler“, erwiderte Pinch, „im Gegensatz zu den beschränkteren Bewohnern der Finsterwelt – Gremlins etwa oder Ektosumpfler – ziemlich schlau sind und nur im

Notfall auf jemanden losgehen, der ihnen überlegen ist. Und das bist du ganz offensichtlich."

„Krass!"

„Das kann man wohl sagen. Wie wär's, wenn du dem Herrn Präsidenten jetzt wieder die Liebenswürdigkeit erweist und nur sprichst, wenn man dich dazu auffordert?"

„'tschuldigung, Herr Präsident."

Drake brummte noch etwas Unverständliches, dann befragte er Rex und Tabitha. „Und was haben Sie beide dazu zu sagen?"

„Nun, der Kleine ist eindeutig sehr begabt", antwortete Tabitha. „Ich glaube, ich habe noch nie jemanden mit solchen Kräften erlebt."

„Kräfte sind nutzlos, wenn man nicht damit umgehen kann."

„Der Junge ist lernfähig", meldete sich Rex zu Wort. „Einwandfrei."

„Und diese Einschätzung beruht auf …?"

„Meinem Bauch. Ich weiß es halt."

„Aha. Nun, Sie mögen sich damit zufriedengeben, derart wichtige Entscheidungen aus dem Bauch heraus zu treffen, aber es macht Ihnen hoffentlich nichts aus, wenn ich Ihrem Bauch nicht dasselbe Vertrauen entgegenbringe."

„Bei allem Respekt, Herr Präsident, Sie werden sehen, dass ich Recht habe, wenn der Kleine erst mal ein Jahr in der Albtraumakademie hinter sich gebracht hat."

„Er wird die Akademie nicht besuchen."

„Wie bitte?“ Rex war sichtlich entsetzt.

„Der Junge ist ohne jegliche Ausbildung schon jetzt imstande, einen Fünfer zu portalieren! Haben Sie überhaupt eine Ahnung, wozu er fähig sein wird, wenn wir ihm ermöglichen, sein Talent voll zu entfalten? Vielleicht ist er dann imstande, ein Portal zum Innenkreis aufzutun! Als das zuletzt geschehen ist, ist ein Namhafter entwischt, und wir haben uns von Verminions Ausbruch noch nicht wieder erholt.“

Rex ließ sich nicht beirren. „Der Kleine könnte die Sache vielleicht regeln. Ein so begabter Bursche ist nach einer entsprechenden Ausbildung womöglich in der Lage, Verminion in die Finsterwelt zurückzubefördern – oder ihn gleich umzubringen. Charlie könnte unsere stärkste Waffe im Kampf gegen die Finstergeschöpfe werden.“

„Genauso gut kann er deren stärkste Waffe im Kampf gegen uns werden“, entgegnete Drake ungehalten. „Ist Ihnen etwa schon entfallen, wie Verminion überhaupt in die Welt gelangt ist?“

„Aus Ihnen spricht die pure Angst“, gab Rex zurück. „Wer seine Entscheidungen aus Angst trifft, kann es gleich bleiben lassen.“

„Warum soll man sich nicht von seiner Angst leiten lassen?“, gab Drake zurück. „Unser ganzes Dasein ist von Angst geprägt. Hätten die Leute keine Angst, hätten sie auch keine Albträume, und hätten sie keine Albträume, gäbe es auch keine Portale zur Finsterwelt. Angst ist unerlässlich für unsere Arbeit. Alles, was wir hier tun, gründet sich darauf!" Er schüttelte den Kopf. „Den Jungen auszubilden ist zu riskant. Er muss reduziert werden."

„Nein!", rief Charlie ängstlich.

„Keine Bange, Kleiner", beschwichtigte ihn Rex und wandte sich wieder an den Präsidenten. „Arthur Goodnight hätte einen Jungen wie Charlie niemals reduzieren lassen."

„Sehr richtig. Deshalb hat mich der Rat nach seinem Tod ja auch zu seinem Nachfolger berufen. Goodnight ist viel zu rücksichtsvoll mit jenen umgegangen, die über die Gabe verfügen. Weil er sie selbst besaß – und eben das war sein Tod."

„Es war ein Unfall, das wissen Sie sehr wohl."

„Natürlich war es ein Unfall", räumte Drake bereitwillig ein, „trotzdem haben ihn weder seine Ausbildung noch seine Fähigkeiten davor bewahrt, einen Albtraum zu haben und versehentlich einen Fünfer-Säurespucker einzulassen. Er hat sein Leben ausgehaucht, ehe er wieder aufgewacht ist, ganz zu schweigen von den Portalern und Bezwingern, die dran glauben mussten, weil sie ihm zu Hilfe eilten." Drake beugte sich vor. „Über welche Kräfte Goodnight auch gebot, aufgrund seiner Begabung stellte er eine ernsthafte Gefahr dar. Ich für meinen Teil besitze die Gabe nicht, mir bleibt dieses Problem erspart."

„Die Gabe ist doch kein Problem, sondern eine Lösung! Sie mögen nicht selbst darüber verfügen, aber Sie bedienen sich ihrer wie fast jeder andere hier, damit unser Dienst die ihm gestellte Aufgabe erfüllen kann."

„Sie missverstehen mich“, widersprach Drake. „Ich hege die allergrößte Hochachtung für die betreffenden Mitarbeiter, aber sie sind wie wohlerzogene Hunde – nützlich und meistens freundlich. Doch auch ein wohlerzogener Hund hat mal einen schlechten Tag. Je begabter jemand ist, desto mehr Unheil stiftet er, wenn er irgendwann zubeißt. Und ein Kind wie dieses …“, er wies auf Charlie, „… da kann schon ein einziger Biss tödlich sein! Das hat Goodnight nie begriffen … bis es ihn umgebracht hat. Ich dagegen begreife es sehr wohl und handle danach.“

„Hören Sie, ich möchte ja bloß, dass Sie dem Kleinen eine Chance geben“, lenkte Rex ein. „Charlie ist lernfähig. Er hat sich im Griff. Gewähren Sie ihm ein Jahr auf der Albtraumakademie. Geben Sie ihm die Möglichkeit, sich zu bewähren.“

„Wozu so lange warten?“, erwiderte Drake. „Soll er sich doch jetzt gleich bewähren! Soll er doch ein Portal auftun und mir vorführen, wie besonnen er seine Gabe einsetzt. Wenn er mich davon überzeugen kann, dass er seine Fähigkeiten im Griff hat, ändere ich meine Meinung womöglich.“

Schweigen legte sich über den Saal.

Schließlich ergriff Tabitha das Wort. „Selbst das begabteste Kind braucht Wochen, bis es im Wachzustand ein Portal auftun kann, Herr Präsident.“

„Soso. Höre ich da etwa Angst heraus? Angst, dass der Junge kläglich scheitern könnte? Ihr Gefährte schätzt ihn anders ein, nicht wahr?“

„Der Kleine schafft das“, sagte Rex.

„Wie bitte?“ Tabitha drehte sich ärgerlich nach ihm um. „Unsinn!“

Rex nahm sie beiseite und raunte eindringlich: „Es ist Charlies einzige Chance. Du weißt, was sie mit ihm machen, wenn er sie vermasselt!“

„Aber so etwas ist noch niemandem gelungen“, hielt sie dagegen. „Schon gar nicht unter Zwang. Sogar ein altgedienter Portaler käme unter derart absurden Bedingungen ins Schleudern. Sieh dir den Kleinen doch an. Er hat Angst.“

„Na und? Dann mach dir seine Angst zunutze! Wenn du ihn ordentlich ängstigst, kannst du ihn in einen Wachalbtraum versetzen. Dann klappt es vielleicht.“

„Aber dann hat er sich nicht im Griff“, widersprach Tabitha. „Selbst wenn es ihm gelänge, ein Portal aufzutun, kann niemand vorhersagen, wohin es sich öffnet. Wenn nun wieder ein Fünfer durchkommt? Oder gleich eine ganze Horde?“

„Dann kümmern wir uns drum. Hilf ihm einfach, das Portal aufzutun.“

„Ich warte!“, verkündete Präsident Drake vom Podium aus. „Noch drei Minuten, dann fälle ich eine endgültige Entscheidung über das Schicksal des Jungen.“

„Mach hinne!“, sagte Rex zu Tabitha.

„Schließ die Augen“, raunte Tabitha, „und hör mir gut zu.“

Charlie gehorchte.

„Gut.“ Sie sprach in ruhigem, getragenem Ton. Besänftigend. Einlullend. „Du stehst ganz oben auf einem hohen Gebäude, Charlie … auf dem höchsten, das du je gesehen hast."

Charlie sah sofort ein Bild vor sich. Er stand auf dem Dach eines Hochhauses, das bis über die Wolken reichte. Die Szene war so wirklich, dass er sogar den bitterkalten Wind im Gesicht spürte, und auch, wie das Gebäude unter den Windstößen Übelkeit erregend schwankte.

„Siehst du es vor dir?", fragte Tabitha. Charlie nickte. „Jetzt … schau über den Rand."

Charlie trat in Gedanken ein paar Schritte vor und spähte über die Dachkante. Es ging Hunderte von Stockwerken steil in die Tiefe, ein schwindelerregender Ausblick. Ihm drehte sich der Magen um, er bekam einen komischen Geschmack im Mund und verspürte den überwältigenden Drang kehrtzumachen.

„Auf einmal spürst du eine Hand im Rücken", fuhr Tabitha fort und Charlie machte sich ganz steif. Er spürte die Hand tatsächlich. „Jemand schubst dich runter."

„Wie bitte?"

„Du kannst dich nicht wehren. Du fällst."

Genauso war es – in seiner Fantasie fiel Charlie vom Hochhaus.

Er stürzte ins Bodenlose. Die Fenster des Wolkenkratzers sausten mit rasender Geschwindigkeit an ihm vorüber. Er wollte schreien, aber die Kälte verschlug ihm den Atem und sein Herz schlug wie ein Presslufthammer.

„Du stürzt in die Tiefe“, fuhr Tabitha noch eindringlicher fort, „aber du schaust dabei in die Fenster des Hochhauses und entdeckst lauter bekannte Gesichter. In einem Fenster erkennst du deine Eltern. Wenn sie wollten, könnten sie die Arme nach dir ausstrecken und dich zu sich hereinziehen … aber sie lassen dich fallen.“

„Warum?“, fragte Charlie mit belegter Stimme.

„Weil sie es ohne dich leichter haben.“

„Das stimmt nicht …“

„In anderen Fenstern siehst du lauter Kinder, die du kennst. Sie könnten dich alle retten, wenn sie wollten … aber sie tun es nicht.“

„Wieso nicht?“

„Weil du anders bist als sie, Charlie, weil sie sich vor dir fürchten und dich nicht leiden können. Darum lassen sie dich fallen.“

„Will mir denn gar niemand helfen?“

„Nein. Du bist ganz allein. Du bist schon fast unten, und dir ist klar, dass du dir gleich das Genick brichst, wenn du aufschlägst.“

„Es soll aufhören!“, flehte Charlie.

„Ich kann dir auch nicht helfen, Charlie. Nur du selbst kannst dir noch helfen.“

„Wie denn?“

„Indem du nach einer Tür Ausschau hältst. Nach einem Fluchtweg. Siehst du irgendwo eine Tür?“

„Nein!“ Charlie schaute sich in Todesangst um. Nirgends

war eine Tür zu erspähen, er sah nur lauter verschwommene Fenster und unter sich den harten Asphalt. Doch da … „Ja!“, rief er. „Ich sehe eine Tür. Im Boden! Sie ist violett und direkt unter mir!“

„Dann mach sie auf, Charlie. Mach sie auf und fall hinein.“

„Ich weiß nicht, ob ich das kann!“

„Mach die Tür auf!“, sagte Tabitha streng. „Mach die Tür auf, sonst musst du sterben!“

Im allerletzten Augenblick öffnete er die Tür.

Eine Art Erdbeben erschütterte den Plenarsaal, und mit einem ohrenbetäubenden *Rums!* tat sich ein gewaltiges Portal vor Charlie auf, viel, viel größer als alle Portale, die er bis dahin gesehen hatte. Es war so groß wie ein zweistöckiges Haus, erstreckte sich oben bis durch die Decke und durchstieß unten den Fußboden des Saales und war von violetten Flammen gesäumt.

„Oh nein!“, stieß Pinch hervor und wich zurück.

„Oha!“, schnaufte Rex und machte ebenfalls einen Schritt rückwärts.

Hinter dem Portal erblickte Charlie einen riesengroßen, ganz und gar mit blank geschliffenem schwarzem Obsidian verkleideten Thronsaal. Der Saal war so groß wie mehrere Fußballplätze zusammen, und Hunderte von Finstergeschöpfen trieben darin ihr Unwesen. Charlie erkannte etliche Silberzungen, aber es gab auch andere, ihm fremde Wesen. Eines nach dem anderen hielt inne und wandte sich nach dem riesigen Durchgang um.

„Sofort schließen!“, keuchte Präsident Drake. „Mach das Portal zu, Junge! Sofort!“

Aber Charlie hörte ihn nicht. Er war ganz benommen, bestaunte das von ihm geschaffene Wunder.

Rex ging rasch zu ihm und schüttelte ihn unsanft. „Wach auf, Kleiner! Das ist ’ne Nummer zu groß für uns.“

Aber Charlie nahm ihn kaum wahr. Er war nicht recht bei sich, als stünde er neben sich. Rex, Tabitha und der Hohe Rat schienen einer anderen Welt anzugehören, einer viel zu fernen Welt. Da stürzten die Finstergeschöpfe urplötzlich kreischend und klauenschwenkend auf das geöffnete Portal los.

„Sie da!“, schnauzte Drake Tabitha an. „Schließen Sie sofort das Portal! Auf der Stelle!“

Tabitha streckte schon die rechte Hand aus und machte die Augen zu, als Rex das Lasso vom Gürtel nahm und zu ihr trat. „Tu dein Bestes, Süße. Ich halte sie dir vom Leib, solang ich kann.“

5. Kreis
4. Kreis
3. Kreis
2. Kreis
1. Kreis